君有疾否

如似我闻 著

廣東旅游出版社
GUANGDONG TRAVEL & TOURISM PRESS
中国·广州

黑发如墨，雪衣如华，苏世誉独自踩过积雪稳步而来，撑一把紫竹骨伞，风盈满袖，仿佛一瞬间寒梅冷香于他行走间无声绽放，随飞雪染上他肩头，如一卷风骨清韵的写意画作。

目录

君有疾否

唯有假戏真做者，
愚不可及。

章一

流言

大夏，雍和八年，夏至。

京都长安的郊外，林海绿涛，风过有痕。一声清啸悠转而起，葱郁林叶间忽然掠出一只不起眼的黑羽鸟，直上云天。黑羽鸟振翅飞过巍巍城楼、繁华长街，便一头扎进了太尉府，落在院中一个风神疏朗的黑衣男子肩上。

秦昭取下鸟腿上的竹筒，在信笺上粗略一扫，转身便踏阶而上。

书房里檀香袅袅，案几后斜倚着个墨蓝锦袍的青年。他正低眉剥着荔枝，荔枝皮艳红晶莹，衬得他手指莹莹素白。

“回来得正好。”楚明允头也不抬，对着来人道，“吃不吃？”

秦昭递上信笺：“陈玄文死了。”

楚明允动作微顿，抬眸看了秦昭一眼，拿过锦帕擦净了手，接过信笺。漫不经心地一行行看过，他面上并无波澜，只是将信搁在桌上时，意味不明地低笑了声：“陈玄文于我有提携之恩，派人暗中护送他回乡本是尽个心意，没想到他还真就出了变故。”

“是属下无能。”秦昭道。

“得了。”楚明允道，“人家自杀，也不是你们拦得住的。”

秦昭沉默不语。

那陈玄文年逾古稀，官至兵部尚书，辅佐过三代帝王，在朝中甚有威望。前些日子他乞骸骨归乡，圣上赠礼，百官相送，平顺和气得如他一生年岁，连他们派去护送的影卫都启程复命了，又有谁能料到他会在家中突然自尽？

影卫闻讯赶回时满屋只空留杂乱血痕，陈玄文的尸首已经被当地官府收殓下葬了。传闻他在一天夜里忽然纵饮狂歌，然后突然没了声息，邻家推门询问，却见他已持剑自刎身亡，鲜血流了满地，更有人说见到了他写在墙上的八个淋漓血字。

“不堪逼迫，以死明志。”

“他死前真的写了这句话？”楚明允问道。

“影卫赶回时并没见到有字留下，不知道是真是假，官府那边在压着消息，只说是去世了，别的都闭口不提。”

“呵，陈玄文是何等人物，这么突然地死在了家中，官府是怕真有疑点惊动了京城会惹来麻烦，反正离京远，当然想尽快把事情盖过去。粉饰太平不就是那些人最擅长的吗？”楚明允靠上椅背，指尖轻点在信上，“流言也不是随随便便就会传起来的，况且这句话的确有他的风骨，应该是真的，恐怕是因为线索留得太明显，被人毁去了。”

秦昭一怔：“这里面果然有问题？”

楚明允却问：“在那边可有见到过陈玄文的家人？”

秦昭思索了片刻，摇头道：“据回报来看，从未见过。”

“这就怪不得了。”

“什么？”

“‘不堪逼迫，以死明志’，这就定然不是私仇。陈玄文仕宦多年，不说学生近百，大大小小受过他恩惠的就不可胜数，更别提他所知晓的机密。若是能让他为己所用，在朝中可就占了优势。”楚明允冷笑道，“无法诱惑拉拢，就拿家人威胁，也不是什么新鲜手段。”

“如果是这样，我们就非要插手不可了。”秦昭道。

“只是不知道他家人是被他自己安置到别处，还是已经落到别人手里了。”楚明允道，“先让留在那边的影卫再探探官府的消息，看看能不能查出些什么。”

“是。”秦昭顿了顿，又道，“还有一件事，如今来看可能有关。

先前在路上发觉的也在暗中跟着陈玄文的人，影卫刚刚在长安又发现了对方的踪迹，能肯定是苏家的人。”

“苏家？”楚明允微蹙了眉，“苏世誉？”

秦昭看着他点了点头。

大夏国祚已有百余年之久，因开朝丞相谋逆，此后历代皆废除此职，三公实则只存两位，以太尉掌军务，御史大夫掌监察，共同辅佐君王理政。①

如今的君王年轻而荏弱无能，朝中由官居太尉的楚明允与身为御史大夫的苏世誉把持大权，形成了楚党与苏党分庭抗礼的局面。

“你怀疑是苏世誉所为？”楚明允看向他，沉吟着又道，“难说。”

秦昭思索道：“也是。苏世誉毕竟是人皆称道的贤良，这种手段总归是卑劣了些。”

“呵。”楚明允嗤笑了声，“给人看的贤良样子，你哪里知道他就是真贤良了？”

“那你究竟怎么看？”

“我哪里知道。”楚明允道，“我和苏世誉又不熟。”

秦昭：“……”

“不过，我更关心另一个问题。”楚明允勾着唇角慢声道，“御史台都是朝廷的人，苏世誉是无法私下自由调动的，那一路尾随陈玄文的会是什么人？”

“不确定，我们有三次差点就能抓到对方了，结果都被逃了过去。”

“其中还有一次反把自己暴露给了人家。”楚明允微抬了手，制止了又要道歉的秦昭，“影卫是我一手培养出来的，有多大本事我清楚，能让他们这么狼狈的人，你觉得会是苏世誉随便找来的？”

① 官职糅合了三公九卿和三省六部，三公里废除了丞相，只有太尉和御史大夫，其下是六部。历史上并不存在，请勿考究。

秦昭恍然大悟，却一时答不上话。

楚明允淡笑着，眸中却是清冷："我这位同僚，身后是有什么江湖势力，还是如我一般，有什么私密培养的组织呢？多年来我竟然从不知晓，看来的确是对他了解太少了。我忽然忍不住想，我所看到的，大抵也是个表象罢了。"

"你的意思是？"

他唇边笑意冷下，手指捻着粒荔枝核，微一用力便将其化作齑粉散在指间："查，仔仔细细地查清楚。毕竟眼下，我最大的对手可是他啊。"

"但这样来看苏世誉背后的力量不容小觑，若是惊动他，引起他的警惕就麻烦了。"

"你担心得对，我们……"

叩门声骤然响起，楚明允停下谈话应声。书房门"吱呀"打开，一女子便端着红漆托盘步入，妖娆娉婷，对着他盈盈一拜："大人整日辛劳政务，如姬不才，难以为大人分忧，思量许久，唯有做些羹汤奉上，还愿大人不要嫌弃。"

楚明允"嗯"了一声，摆摆手道："先放这儿，你退下吧。"

如姬依言搁下东西，却不离去，她瞥了眼垂目站在一旁的秦昭。随即一阵香风拂过，如姬已绕过书案到了楚明允身畔，轻咬了唇，温香软玉便贴上了他的肩，她凑在楚明允耳边嗔道："这汤仔细炖了好几个时辰呢，如姬若是见不到大人全部喝下，就要赖着不走了。"

楚明允偏头看去，抬手捏上她的下颌，温热指腹擦过唇畔，她垂眸欲笑，忽然脸色惨白，一声惊叫卡在喉中，再无法出声丝毫。

楚明允扼住她的脖子，神色冷淡："听不懂我的话吗？"

如姬被死死钳制着，一个字也吐不出来，她颤抖着拼命摇头直至楚明允松手，低泣着慌忙退下了。

楚明允端起汤打量片刻，倾碗将汤水悉数倒入桌角盆栽中，向秦昭那边瞥去一眼："你想说什么？"

秦昭面无表情道："师哥艳福不浅。"

"你师哥脾气不好，再开我玩笑就揍你。"楚明允倚回椅中，不胜其烦地道，"我在朝中地位日益稳固，盯着我的人也越多，盯得也是越紧。这些年来送到府中的女人哪个不是挖空心思搜集情报，还得分出那么多银两给她们开支挥霍。若非不得已，对着她们还不如我照镜自赏一夜。"

"那你作何打算？"秦昭问。

"这世上最不值钱的就是细作的命，迟早要处理干净的。"楚明允抬手揉了揉眉心，"方才谈到哪儿了？"

"苏世誉。"秦昭道，"想彻查清楚他的行踪和手下脉络，恐怕是无法做到令他毫无觉察的。"

"肯定是会察觉到的。"楚明允沉吟片刻，忽然道，"若是让他知道也无可奈何呢？"

"可能吗？"秦昭狐疑道。

楚明允扫过一眼案上的空碗，忽而笑了。"正好，也不用等什么迟早了。"他坐直身子，看向秦昭，吩咐道，"去命人散布消息，怎么编派都好，就说我突然转了性子。务必在明日早朝前传遍京城，尤其，要让苏世誉听个清楚。"

若是让长安未出阁的小姐们评出个如意郎君的人选榜单，位居榜首的毫无疑问会是当朝的御史大夫苏世誉。

苏世誉出身显赫，祖上四代皆为名将，其父苏诀是先帝的托孤之臣，而他更是位列三公，深得皇帝宠信。偏偏他性情里还没有丝毫的盛气凌人，为人斯文儒雅，待人接物素来是温和有礼的。是以为自己家眷说亲的人纵然历经婉拒，却仍是不屈不挠地想要把他收作贤婿。

但楚明允却总是觉得苏世誉的有礼中恰到好处地拿捏着与人的距

离，看似温和，实则疏离。他懒得跟这种人费心思打交道，因此哪怕他们两人同朝多年，楚苏两党相争不休，他与苏世誉也始终不过是点头之交。

但此后，恐怕不得不牵扯多些了。

楚明允步出大殿，在退朝出宫的百官里一眼便寻到了那位京都最心仪夫婿的芝兰玉树般的身影。

“苏大人留步。”

苏世誉停步侧身看去，问道：“楚大人有事？”

“嗯。”楚明允走至他身旁，“有些话我想了许久，还是觉得应该告诉你。”

“请说。”

楚明允深吸了口气，一把握住了苏世誉身侧的手腕：“你真的肯听？”

“何谈肯不肯，有事直说便可。”苏世誉想不着痕迹地抽回手，却被握得更紧了些，他淡笑着瞥了眼身边行经的官员，续道，“近日里京中疯传楚大人许多流言，苏某觉得还是避下嫌为好。”

“你要避嫌？”楚明允稍偏头露出些难过的神色，转而又眉眼笑开，趁对方没反应过来之时双手握着他的手腕，提声开口，“并非流言，世誉，我敬慕你许久了。”

宫道上行走的百官脚步顿时都有些不稳。

苏世誉怔了一瞬，转而一如既往地温润笑道：“这玩笑可不有趣，楚大人……”

“你不信我？”楚明允打断他的话，又将手握紧一点，满面真诚，“天地可鉴，我自入朝之时，便深为苏大人的风姿气度所折服，只叹出身寒门，不敢高攀，但这些年来我无时无刻不想着与你倾心相交，如今终于鼓足勇气直面内心，你不会怪我醒悟得太晚吧？”

“怎么会呢？”苏世誉道。

“可叹我过去胆怯，从不敢对你表明此意。”楚明允面不改色，“但近日我终于想透，哪怕求不得，也总归是要试一试的。”

苏世誉看着被“胆怯”的楚明允紧抓不放的手，维持着笑意：“楚大人莫不是认错人了？你我一向只是同僚之谊，何时成了苦海愁绪？”

楚明允盯着他瞧：“你这话，是在怪我从前对你不够好吗？”

“未有此意，楚大人多心了。”苏世誉强行抽出了手。

“你如今不信我也不怪你，日后我定然会向你证明，世誉，我所言不假。”楚明允将手隐入袖中掐了自己一把，言辞恳切。

苏世誉的笑容忽然深了，他微眯了眸，温和地开口：“你是不是有病？”

“为你，思虑成疾。”楚明允果断答道。

“失礼了。”苏世誉颔首，继而转身就走。

“我会等你回心转意的。”楚明允专注目送，直到对方身影消失才敛了神情勾起一丝轻笑。他毫不在意地任各个官员复杂的目光扫过自己，心中将方才言谈回想一番，觉得虽然自己演技稍显浮夸，但效果十分显著，还算满意。

楚大人今日出宫门的步伐都显出了几分轻快。

夏日安闲，苏府守门的侍卫不禁仰起头眯眼享受着明媚日光，神思正惬意之际，耳边却忽然响起了匆忙的脚步声。他横戟拦下冲向府内的人影，厉声喝问：“什么人？”

来人堪堪停步才没撞上去，气喘吁吁地撑着膝盖抬起脸来，露出一张清秀的少年面容。苏白抹了一把头上的汗：“是我！”

侍卫认出是公子的贴身侍从，忙收了兵器，道过歉又忍不住笑道：“怎么急成这样，你把那位小少爷给弄丢了？”

“胡扯。”苏白没好气，“出大事了，公子呢？”

“刚才见公子往书房的方向去了，应该还在。”

苏白立马冲书房飞奔而去，一口气没停地边推门边急道：“公子！大事不好了！”

屋内的两人停下谈话转头看了过来，一看到自家公子身旁的中年人，苏白脚一软，低下头闭上了嘴。

管家苏毅转回头对苏世誉行了一礼，道：“那属下就先告退了。”待苏世誉点头应允后，苏毅才走到了苏白面前，皱紧了眉低斥：“没一点礼数，毛毛躁躁的像什么话！”

苏白蔫蔫地垂着头：“爹……”

碍于苏世誉在场，苏毅也不好多说，瞪了他一眼算作警告就离去了。

苏世誉站在书案后轻轻笑了：“来前都不知道问清楚谁在，又挨骂了不是？”

苏白这才抬起头，摸了摸鼻子，赧然道：“还是公子好。”

他走上前去，看到苏世誉手中握着张帖子：“这是什么？”

“新科状元宋衡送来的请帖，过些日子他要设个庆宴。”苏世誉将请帖放在一旁，“殿试时见他文辞流畅、言辞刚正，倒是个可结识之人。”

“哦。”苏白点点头。

“你方才想说什么，出什么大事了？”苏世誉问。

“哦！”苏白猛然回神，急忙道，“外面都说楚太尉敬慕您！”

苏世誉喝了口茶，平淡道：“无稽之谈罢了。”

“可、可是茶楼里都传遍了啊！楚大人现在是不遗余力地在搜集您的喜好，连您曾去过哪些地方他都要知道，甚至为了让您对他能有所改观，说要修身养性，将府中美姬全遣散了个干净！”苏白一脸纠结，“属下觉得……不像是假的。”

“我和他接触甚少，现下他忽然说敬慕我，你会信吗？”苏世誉抬眼看他。

苏白点了点头，对上苏世誉的目光后又连忙摇了摇头。

“流言蜚语罢了，特意辩驳难免有遮掩的嫌疑，不如等它自行散去。”

“不行啊公子！”苏白着急道，“这样子下去您往后为官可不好办了！您跟楚太尉向来政见相对又无私交，现在出了这事儿，看楚太尉这个阵仗，其他朝臣会怎么想啊？！”

“你倒是想得长远。”苏世誉叹了一声，看他一副着了火似的模样，探手去取袖中玉佩，“那你吩……”

“不是啊！公子你不知道，不只是旁人的闲言碎语！”苏白急急打断他的话，“我听说楚太尉还在打听您偏好哪样的女子，都曾与谁有过交往！”

苏世誉收回手，轻轻一笑：“这条思路倒是对了。”

苏白满面茫然：“公子说什么？”

苏世誉提醒道：“澜依。”

苏白先是一愣，随即反应过来，忙道：“我去传信通知各地门客小心？”

“不必。”苏世誉道，“我平日行事足够小心，何况与我有过来往的人无数，他难以查出什么眉目，倘若此刻传信，才是替他指明了方向。”

苏白点点头，仍面带担忧：“那就放任楚太尉不管吗？”

“不提这个了。”苏世誉笑笑，“让你接的人呢？”

“见到了，就在后面，这会儿应该已经到了。”

酒楼里歌女的嗓音轻轻柔柔、模模糊糊地传进楼上的阁间，只可惜此间中的两人此刻都没什么雅趣，无心细听。

楚明允手里一把洒金扇开合几番，终于不耐烦地搁在桌上，开口打破了一室安静：“六年不见，见面不往我府里去反而约在酒楼，杜越这是搞什么鬼？”

他百无聊赖地拎了只白瓷杯盏在指尖把玩，问坐在身旁的秦昭：“他那缺根筋的脑袋能认准京城的路？”

秦昭罕见地没反驳他的形容，冷冷地道："他一到京城先找的不是我们，直奔他表哥去了，过会儿肯定是他那表哥陪他过来，怎么会不认路？"

楚明允忍不住扭头端详着秦昭的脸色。虽然还是素来的面无表情，但从那紧抿的唇角还是足够他读出一丝紧张来。

六年前他辞别师父离开苍梧山，万没料到他这个师弟会执意跟着他。毕竟楚明允一向觉得仇恨也好，抱负也罢，都只是他自己的事，他从不提起，更不想他人插手。

可秦昭是个面冷心热的，明明什么也不知道，却收拾好了包袱，破晓就站在他门前等着同他一起下山，一言不发，却就是怎么赶都赶不走。最后眼看着楚明允要发火，他才低低地道："师哥，师父说你这条路太苦。"

秦昭就这么跟着他。从塞外疆场到金玉朝堂，他一步步踩着尸骨亡魂而上，成了炙手可热的太尉，成了遭人非议的佞臣。

这是楚明允真没料到的，毕竟苍梧山上有秦昭惦念的人。

这些年来秦昭顶多只是凑着空闲回去看看，而前些日子杜越的师父离世，他传信说处理好了后事就来长安找他们。这几日里楚明允眼看着秦昭时不时地心不在焉，如今倒反而坐立难安了起来。

哦，也许还有些微妙的不快。

楚明允被勾起了一丝兴致，放下杯盏意味深长地"哦"了一声："就是他整天挂在嘴边的那个见人带笑、温文尔雅、容色如玉、聪颖慧绝、琴书皆通、惊为天人的表哥？"

他嗤笑出声："我一直以为那是他把会用的词都凑一块编出来的。"

秦昭瞥他一眼并不接话。

楚明允幸灾乐祸地笑到秦昭硬生生黑了脸才忍住。他用折扇敲了敲秦昭的肩，道："见一见倒也正好。这京中如今有一半都在我手中，你又是我三千影卫之首，我们还怕比不上那人不成？"

秦昭脸色稍缓，“嗯”了一声却也不再多言。

不多时杜越便到了，一声极为欢快的“就是这里”伴随着推门的声响传来，屋门大敞，劈面相逢的瞬间除杜越以外的三人都是一愣。

“好久不见啊！”弱冠青年的眉宇间还有些稚气，一身青衫又将他年龄压下几岁。杜越的招呼打得热情洋溢，却没一人回应。

秦昭在看清来人后立即起身退到楚明允的身后，垂下眼一言不发。楚明允的目光越过杜越落在他身后的人身上，唇边缓缓露出一丝意味不明的笑。

杜越困惑地顺着他的视线转身看去，只见苏世誉迎上楚明允的目光也是微微笑了：“真没想到会在这里见到楚大人。”

楚明允以手支颔，笑意渐深：“这么看来我和苏大人果真很有缘分呢。”

“缘分之说还是免了吧。”

“哎，你们俩认识啊？”杜越硬生生地插进一句话来。

“常见面罢了，”苏世誉笑道，“不过是今早下朝时楚大人像是神志不清地拉着我多说了几句话，此外谈不上熟悉。”

“神志不清？他说什么了？”杜越好奇道。

“说来也真是令人意外，你说的朋友便是他们？”苏世誉道。

“对啊，我师父和他们师父是挚友，都住在苍梧山上。山上就收了我们三个，我学医以来就跟他们认识了，可是好兄弟！”杜越又问道，“他早上说什么了啊？”

苏世誉将目光转回到楚明允身上：“既是如此，倒要多谢楚大人关照他了。”

“苏大人何必同我客气。”楚明允笑意盈盈地答。

“表哥你谢那个家伙干吗啊？”杜越上前几步扯了扯秦昭的胳膊，“他对我才好，每次楚明允要欺负我都是他帮我，谢他才对。”

秦昭低着头无奈地瞥他一眼，杜越后知后觉地环顾了一周忽又奇道：“秦昭你干吗站这儿？”

秦昭低眉敛目仍不出声，苏世誉便撩袍从容地在桌前坐下，抬了抬手笑道：“私人宴会不必拘礼，你既然是阿越的朋友，坐下又有何妨。”

秦昭不自觉皱了皱眉，迟疑地看向楚明允，楚明允一折折地将扇子开了又合，不带语气地笑了一声：“既然苏大人都发话了，你就是坐下也不至于丢了性命的。”

秦昭依言坐回了原位，苏世誉淡笑不语，反倒是杜越不满了起来：“哎姓楚的，你这话是几个意思啊？说得好像我表哥会吃人一样。”

楚明允挑眉侧目过去，杜越下意识退后一步，还没再开口就被苏世誉抢先了：“阿越。”

杜越连忙捂着嘴，默默地坐到了苏世誉旁边。

“我倒是想起了个问题，”苏世誉平淡地揭过方才的话题，“阿越自小被送去学医，家里离得远管教不到，等发现他学了些不太妥当的话时已经纠正不过来了。原先以为是医圣门下鱼龙混杂，可现在看来楚大人和这位皆非粗鲁之人，这究竟是怎么回事？”

“因为他师父为老不尊。”楚明允悠悠道。

“哎——”杜越又不乐意了，在理智提醒苏世誉还坐在旁边后他强咽下了自己的语气词，“哪有，不就是说过你几句嘛，我师父那是活泼。”

秦昭看着杜越，并没有觉得他的用词很恰当。

楚明允爱搭不理地睨了他一眼。

“表哥我跟你说这姓楚的可不是什么好人，”杜越扭头一脸认真地对苏世誉道，“我师父就说过，楚明允这人，高兴时似有精神病，不高兴时像是心理变态。”

楚明允：“……”

“医圣果然是非同一般。”苏世誉低笑道，“不过楚大人不必放在心上，你为人如何，苏某心里自然明白。”

楚明允扯了扯唇角，一时听不出来苏世誉这是安慰还是嘲讽。

只有杜越当了真，笑了笑道：“是吧，我也觉得我师父可好玩了。”

他挠挠头又道：“不过表哥，我觉得要是论说话刻薄堵人，师父还是不如你厉害。”

在场另三人看向杜越的目光都有些复杂了。

你到底是站哪边的？

楚明允和苏世誉毕竟不算是一句话都聊不下去的人，再加上有杜越在，桌上气氛还算得上和谐。宴至一半，楚明允和苏世誉有一句没一句地谈起了政事，秦昭终于寻到个借口把杜越拉了出去单独谈话。

“你知道你表哥是干什么的吗？”他问。

杜越点头：“知道啊，当官儿的。”

“那你知道师哥是干什么的吗？”他又问。

杜越点头：“知道啊，当官儿的。”

秦昭忽然看着他沉默了片刻：“没事了，我们回去吧。”

他们所不知道的是，在他俩出门的那一刻，楚明允与苏世誉不约而同地停止了商户税款、官道管理这些八辈子也轮不到他们俩操心的话题。

两只大狐狸相视一笑，还是苏世誉先开了口：“楚大人这是何意？”

“什么？”楚明允偏头问道。

“阿越在路上说此次来京都，是要在朋友那里入职，指的就是楚大人吧？”

“是。”楚明允慢悠悠地道，“若是早知道他来能让我私下见一见苏大人，我肯定就早些把他叫来了。”

苏世誉淡淡笑着，声音却稍沉了些：“他在药理上的本事我是清楚的，定然不会令人失望，只是毕竟年纪小，有些是非善恶他分辨不出，还望楚大人在旁提点着些。”

“苏大人若肯与我倾心知交，我和杜越的关系也就更近一层了，那我自然会好好关照他。”楚明允笑吟吟道。

“这些玩笑话就算了吧，”苏世誉看着他，“我瞧得出来，你也并不打算让阿越误会我们有所私交。”

楚明允对上他的目光，蹙了眉：“你这话是在怪我没告诉他？”

他又一本正经地商量道：“我不是怕你一不高兴再走了嘛。既然这样，那过会儿等杜越回来了我就告诉他，如何？”

苏世誉垂眸轻笑，语气仍是平平静静的，听不出情绪：“楚大人这是不打算直面我的问题了吗？”

楚明允轻飘飘地叹了口气，端起茶盏道：“我分明句句出自肺腑。”

苏世誉边喝茶边把目光投向了窗外的灯火长街。

很好，现在是一句话都聊不下去了。

不多时便听见了门打开的声响，苏世誉这才将目光移回，对跟在秦昭身后进来的杜越道：“天色也晚了，阿越，我们回去吧。”

秦昭下意识地抓住了杜越的手臂，警惕地盯着苏世誉。

杜越奇怪地看了秦昭一眼，才茫然地对苏世誉道：“表哥，你的意思是让我和你一起回去？”

“是。”苏世誉与秦昭对视一眼，心下几分了然，不在意地错开视线继续道，“想找点事做我替你安排也是一样的，何必再去麻烦楚大人。”

“我不觉得麻烦啊。”楚明允眉眼带笑地扫了苏世誉一眼，“苏大人这么关心我做什么？”

苏世誉置若罔闻。

杜越挠了挠头：“不用啦，我都和他们说好了，不能说话不算数吧。”

他话音刚落，像是怕苏世誉不高兴似的赶紧补充道：“虽然我也想找你玩，但是……让我娘知道了肯定要骂我了，又要说我整天给你添麻烦。”

苏世誉沉默了片刻，见他面上确实有为难之色，只得低声笑了笑："好吧。"

他瞥了眼楚明允，又对杜越叮嘱道："不过若是有什么难处，尽管来找我。"

"他若是有难处，秦昭肯定抢上去帮他了，多半是劳烦不到苏大人的。"楚明允慢悠悠地道。

苏世誉转过身看着楚明允，笑道："有楚大人在我自然是放心的。既然如此，苏某就先行告辞，失陪了。"

楚明允笑眯眯："明日见啊。"

苏世誉应得波澜不惊。

可见御史大夫的定力是绝非常人可比的。

太尉府里的药庐里里外外的布局摆设全是秦昭一手操办的，杜越兴冲冲地转了一圈自然满意得不行。楚明允抄着手在一旁看了一会儿，然后打了个招呼转身便要回主院去，杜越见状连忙追了上去，紧紧地跟到了主厅。

楚明允回头看着跟着自己的杜越，又看着跟着杜越的秦昭，不耐烦道："干吗？"

"有事要告诉你们两个。"杜越道。

秦昭意外道："什么？"

杜越踌躇许久，低声道："百里师父也过世了，就在我师父下葬的那天。"

楚明允愣了一下，看了眼秦昭怔住的模样，回身坐下："嗯，还有呢？"

"百里师父让我把他和我师父葬在一起了，他说不必通知你们回去，但有一句话，他托我带给你。"杜越看着楚明允。

楚明允单手撑着额角，垂下眼低低地应声："嗯？"

杜越犹豫了一下，看不清他掩在阴影下的眉目，只得小心地清晰吐字：“他说让你好自为之。”

楚明允闭了闭眼，轻而短促地笑了一声，再无他话。

杜越便有些不知所措起来，他只是传信，不明白话里的意思，不知道该怎么面对楚明允这样的反应。秦昭终于回过神来，他的手搭上杜越的肩头，试图让自己的声音显得温和：“苍梧山上就你一个人吗？”

闻言，杜越的心头一涩，强忍的哽咽便再也忍不住了，他用力点了点头：“百里师父不喜欢人吵，我也不想别人上山。”

秦昭拍了拍他的头，低声道：“你做得很好。”

发顶的触感温热，杜越揉了揉眼角忍下泪意，努力地扯出一个笑来：“师父喜欢梧桐，我就在墓旁种了一棵，这样就算咱们三个都不在，也能为他们遮风挡雨了。”

秦昭低头看着他，目光里是不自觉晕开的些许柔和。

杜越发现楚明允半天都没吭声，心头一慌连忙又找了个话头：“哎对了——姓楚的，喂，叫你呢，你是不是跟我表哥关系不太好啊？”他毕竟不傻，回来后的气氛不对劲也是能感觉出来的。

楚明允懒懒地半睁开眼：“有吗？我觉得挺好的。”

杜越忽然想起秦昭那意味不明的问话，试探道：“你跟我表哥，是不是身份上有点不和啊？”

楚明允低声笑笑没理他。

“真是这样的话……”杜越满面纠结，“你们俩是我最好的兄弟，我表哥从小到大都照顾着我，我做不成选择。哪怕你们俩有天打起来，我也肯定是两边都救……”

话音越来越低，杜越少有地觉得尴尬，干脆放弃了：“我还是回去再看看药庐！”说完扭头就跑。

厅内彻底安静下来，秦昭望着杜越的背影消失了，才回过头问：“师哥，那我们往后还要对付苏世誉吗？”

“为什么不？”楚明允反问道，“不过是有些亲属关系，也值得成为阻碍？”

“可是杜越……”

“大不了留着苏世誉的命，对得起杜越就行了。”楚明允看着他，眸光微冷，“难不成你要劝我放弃？”

秦昭沉默着摇了摇头。他所知道的只比杜越多了些许，师父和师哥打哑谜般的对话他也不懂。即使秦昭认识楚明允许多年，许多时候也仍然猜不透他的心思。就如此刻，自己看得出楚明允的不对劲，却就是不知道他所思为何，更无从谈起宽慰。

“师哥……”

楚明允静静地看着秦昭，忽然似笑非笑地道：“你知道我刚才在想什么吗？”

“什么？”秦昭猛然抬头。

只见楚明允十分认真地道：“你是个一根筋的，杜越是个缺根筋的，你觉得你们俩谁更无可救药？”

秦昭：“……”

他刚才为什么要担心这种人？秦昭转身就走，楚明允在他身后笑得颇为开怀。

直到秦昭的身影也消失了，周遭彻底没了一丝其他人的声息。楚明允的笑声空落落地融进夜色里，渐轻渐缓，末了散成一声叹息。

“好自为之？”楚明允摊开手，看着自己的掌纹，又抬眸望向外面无尽苍穹中的星子寒芒，“我从来都清楚得很。”

章二

波澜

夜风起，漫空银花火树，落星如雨。

身为天下繁华之最的长安城，入了夜依旧是热闹非凡。而在这夜，城西的一处宅邸尤为显得门庭若市。宝马雕车香满路，贵戚名流、朝廷要员，一时竟聚了大半。

楚明允目光扫过周遭，落在了门前笑脸迎客的宋衡身上。“六部尚书来了四位，文臣武将各半，这状元爷可真是好大的面子，”楚明允话音一顿，冷笑道，“好大的胆子。”

科举中独占鳌头之人向来是朝中急于结交拉拢的角色，历朝历代甚至出现过榜下抢人的例子，但抢先设宴大请的这恐怕还是头一个，宴请之人还楚党与苏党俱有，一时让人摸不透想法，好似就只是个简单的庆宴，不怕引得皇帝猜忌，也不怕遭人议论。

门前车马渐稀，府内的丝竹声渐响，宋衡一时竟显出些紧张，四处张望着。楚明允放下车帘，对秦昭道：“行了，架子摆够了，我过去了。”

“我跟你一起。”秦昭说着就要站起来。

楚明允回眸笑瞥了他一眼：“宴席又没你的份儿，跟去站着当根柱子有什么意思？”

“你没带兵器。”秦昭道。

“我过去打架的？”楚明允抬了抬手里的折扇，“有这个就足够。”

秦昭回不上话，但仍是要起身。

“啧。”楚明允不耐烦道，“师弟，你一张冰块脸，怎么整日操着当娘的心？”

秦昭：“……”

“我几时用得着你来护了？”楚明允撩开帘子就下了车，“待在车里好好享会儿清闲吧。”

楚明允甫一出现，宋衡就连忙迎了上去，松了口气似的道：“我还当楚大人事务繁忙，不过来了。”

楚明允笑笑：“状元爷设宴，再忙不也得抽空来一趟？”

宋衡口中谦虚着，亲自领着他入府。庭院广阔，列席入座，场中红衣轻歌曼舞，熟稔的官员笑谈不断。

宋衡脚下却拐了个方向，引着楚明允向着府中高处而去，他对上楚明允奇怪的眼神，忙解释道：“楚大人请这边走，特意为您准备了好位置。”

一路往上，繁枝掩映后显出一朱红亭阁，三面临池，曲水绕过亭前一路蜿蜒而下。此处借着地势能将庭院中全局纳入眼底，底下的人却无法窥见这里，十分雅静。

楚明允不禁开口感慨：“你这住处，布局倒还真是挺巧妙的。”

宋衡笑道：“我一介贫儒，哪里住得起这里？是认识的富贵同乡买下的，落榜后说闲着可惜，便作道贺之礼赠予我了。”

楚明允不在意地点点头，隔了几步看见那亭中早他一步端坐了人，心中顿时有些复杂，连带着多看了身旁的宋衡一眼。

楚明允与苏世誉地位相当，大小宴会上从来分位两侧对坐，谁也碍不着谁。如今也不知这新科状元是不是听了他敬慕苏世誉的流言存心讨好他，特地选了这么个亭子同坐，果然是个好位置。

楚明允有没有被讨好到还无定论，但这状元郎十成是要把苏世誉得罪了。

苏世誉换下了官袍，一身白衣儒雅，他正微侧着头询问侍女什么，隐约听得见“燃香”之类的词语。他听见脚步声回过头来，见到是楚明允时几不可察地皱了眉，面上却仍淡淡笑着打了招呼。楚明允随意应了声就在他身旁落座，宋衡客套几句后便同侍女一并退了个干净，一时间亭中只剩了他们两人安静坐着。

楚明允在心底默默地叹了口气，为宋衡，为苏世誉，也为自己。这该是个多么难熬的夜晚啊。

庭院里的温软歌声一下子显得格外清晰，他们俩无话可说，楚明允更是展开扇把偶尔的目光相错也隔了个干净。席上一派寂静，诡异的气氛把上菜送酒的小厮也惊得脚步匆忙。

楚明允端起酒杯，望了一眼残月高悬，心中又一口气，还没叹完，凭空却忽然伸出一只手按住了他举杯的手。那只手白皙细长、指骨分明，楚明允顺着看上去，苏世誉对他微微摇了摇头。

苏世誉拿过他手中的酒，另一只手揭开桌角瑞兽香炉的盖子，将满杯酒都浇了下去。香炉顿时熄了透彻，一股浓烈异香随之透了出来，顷刻即散。

楚明允已合了扇，一手撑着下颌看他动作，香气才出便明白了过来，立即屏息留意起了四周。

苏世誉静坐着，饮尽杯中茶水，目光自楚明允身上一扫而过后才终于出了声："楚大人今次怎么不是佩剑前来？"

"宋衡特意叮嘱说府里戒备森严，无须带兵刃伤了喜气。"楚明允似笑非笑道，"再者我上次宫宴佩剑一事不是惹了许多人不快？"

"难得你肯守规矩一回，却只怕是错付了好意。"苏世誉轻笑道。

楚明允捻着白玉酒盏："上好的香，上好的酒，一同入了体内就成了上好的迷药。苏大人不如猜一猜，这状元郎是跟从了你我之外的第三方势力，还是他不自量力地想自己成为第三方呢？"言罢未待回答便将手中杯盏掷下，白玉携了劲力狠狠砸在地上摔出一声脆响。

脚下石板一声机括闷响，应声裂开，他们随之直坠下去。

两人都在脚下踏空的前一瞬站起了身，石板在头顶合拢封死，眨眼间脚已踩在了地上。空气中尽是腐潮气味，入目皆是浓稠黑暗，楚明允冲着响起细微窸窣处偏了偏头：“苏大人……还活着吗？”

回答他的是火光曳曳一摇，转而平稳下来洒开一片亮光，苏世誉一边打量四周一边听不出情绪地笑了声：“倒还不至于柔弱成那样，劳你挂心了。”

楚明允上前握住他的手腕将火光抬高一些，苏世誉皱眉看去一眼，终究没挣开。他们所处之地三面是光滑石壁，正对着的方向是铸成的根根铁栏，连门都没有，透过围栏空隙依稀分辨得出外面是条深长的通道。

“怪不得会把池塘修在高处，原来下面藏的是地牢。”苏世誉顿了顿，“楚大人能否放开手了？”

楚明允松了手：“你赴宴怎么还带了火折子？”

“昨天外出剩下后忘记取出来了，不过也只剩了这一个，撑不了太久。”苏世誉看向他，“只是楚大人觉察到了机关就罢了，又何必要刻意触动它？”

“鸿门宴都这么明目张胆地摆下了，你以为还能若无其事地走了？”楚明允悠然道，“倒不如看看为我们准备了什么。”

苏世誉不置可否，目光落在面前的铁栏上：“早听闻你那把佩剑削铁如泥，今日无缘得见还真是可惜。”

楚明允伸手握了握那铁栏，后退一步从袖中将折扇摸出展开，不以为意地笑道：“嘲讽先收一收，用这个一样可以。”话音方落，他握扇的手一紧，劈手在栏上划出数道火星，金石相接，一阵剧烈鸣响后铁栏墙上赫然破开了一人高的洞，断裂的栏杆“哐当当”砸在地上荡开回音。

“无论如何，以现在的情形来看，最好还是你我联手走出这里。”苏世誉跟在他身后出了牢房。

“哦？”楚明允闻言却停步转过身，合上折扇正指向他，话音戏谑，眼神却带了审视，“你这话，该算是邀请……还是请求呢？”

“联手”一词用得实在可笑，这区区地牢哪怕他一人也不在话下，而苏世誉一副斯文模样，怎么看都像是个累赘，若是死在这里于他更是有益无害，楚明允实在不觉得有什么必要联手。

苏世誉低笑一声，抬手握上了楚明允的折扇，缓慢地抬起眼看他。

这大概是楚明允第一次这么近、这么仔细地看他的对头。指骨细长的手，皓白袖袍上绣有暗色云纹，视线沿着手臂肩头攀上，看得见一截白皙脖颈，弯出一点笑意的淡色的唇，映在暖光中的如玉如画的眉目，以及温润眼眸里的冷淡神情。

“啪”的一声，扇骨在苏世誉手中寸寸断开，他收回手，唇边笑意更深：“你明白我的话。”

楚明允眸光微动，转而轻而慢地笑出了声，抬手将扇凑上火折子点燃后又力道狠厉地甩出。纸扇化作团火直奔入漆黑的通道，翻滚中火星四溅擦着墙上油灯一路次第点燃，末了撞上拐角处的石墙，伴随着几声轻响跌作一地灰烬，通道中却已是灯火通明。

他抬手，眉眼含三分笑意：“苏大人，请吧。”

这地牢有些怪异，这是楚明允和苏世誉转出拐角后发觉的。

在拐角处几步开外，油灯皆是灼灼燃烧，一片明亮，放眼处只有他们之前所处之地处于黑暗，如同被一线隔开的阴阳之界。越往里去，出现在眼前的牢房就越多，厚实的门上紧闭着小小的铁窗，门内无一丝人息，都是空的。空气中积郁着血腥气，行走间掀动起陈腐味道，周遭静得只剩他们两人的脚步声。

地牢的结构十分复杂，岔道纵横交错，楚明允凭着感觉几经折转，在步出一条走道后猛然间停住脚步，面色微凝。跟在后面的苏世誉走到他身旁，看着不远处的一摊灰烬，道：“我们回到了原地。”

他这话并无嘲弄之意，楚明允却忍不住扯了扯唇角：“那苏大人有何高见？”

苏世誉温和地笑笑：“哪里有什么高见，这种地方你我都不熟悉，只有试着走走罢了。”

他看向楚明允：“久经战场厮杀的人直觉总是会准些，楚大人继续带路吧。”

楚明允侧头跟苏世誉对视一眼，转身再度走入道中。这次他不再随意，一路留心着石壁上的磨损痕迹。约莫走了半盏茶的时候，楚明允忽然抬手拦住苏世誉，驻足细听了片刻，唇边显出了一丝笑意，他看向左侧的岔道，对苏世誉道：“总算是来了能问路的人了。”

下一刻便有清晰的脚步声响起，走来了一队十几人的巡卫，领头见着他们俩先是一愣，随即大吼一声：“拿下他们！”脚步声伴着出鞘声，明晃晃的刀剑就砍了过来。

楚明允挡在苏世誉身前，幽幽地叹了声气：“真是麻烦，折扇让你给毁了，这会儿只好肉体凡胎地扛了。”

话说得有几分可怜，手上的动作却狠厉。他不着力一般地折过巡卫的手腕，压下长刀将对面两人捅了个对穿，一侧身闪过劈来的利刃，顺便反手碎了那人的喉骨。楚明允虽被巡卫合围缠斗，可丝毫不显狼狈，灵活游走其中，反而显露出了几分随性，腾挪间竟连半滴血珠也不曾沾上衣角。

对方攻势渐衰，楚明允才忽然想起之前似乎有人冲着苏世誉去了，忙抽空回望了一眼。

只见身后也早已躺了几具尸体，苏世誉面色淡然。他负手于后，总是闪身躲避刀剑，非要等到那利刃挨着身了才不得已似的出手，割喉断脉，干脆利索得令人咋舌。

楚明允挑眉，收回了视线，心道彻查苏世誉的决定还真是正确，起码这京中，恐怕没几人知道这斯斯文文的御史大夫居然是会武的。

他忽又听见急促的脚步声往这边赶来，一掌将挡在身前的人震开，果不其然见着又一队巡卫从岔道处拥来，继上前人攻势，队伍一时壮大起来，颇有些没完没了似的。

楚明允忽然被人拉住了手臂，苏世誉在他动手前抢先道："跟我走。"

苏世誉拉着他竟是往来路疾退，楚明允不明所以却也还是跟了过去。那些巡卫猛然急了，大步追了上来。一路上竟有无数巡卫从另外的岔道追了出来，原先安静无人的地牢转眼沸反盈天，也不知方才是怎么藏下了这么些人的。

苏世誉停在那摊灰烬处，抬手在石墙上摸索着什么。

楚明允靠着墙，头也不回地看着巡卫还未追上的来路道："你发现什么了？"

回答他的是"咔嗒"一声脆响，楚明允惊讶地转身，只见苏世誉面前的石板向上升起，在他面前显出了一条路来，也是油灯盏盏通明。

楚明允张口想说什么，啸风刀鸣骤然响在耳后，他猛然回身将偷袭者踹了出去，一抬眼见巡卫皆扑了上来。苏世誉抬手将他扯到门后，挥袖间一股蓝烟迸散开，逼得那群巡卫连忙后退，只这一刻就让苏世誉扳下了机关将门合下。

楚明允着实愣了一下，看着苏世誉将空了的白釉瓷瓶搁在地上，意味难明地道："真没想到，苏大人居然还会用毒。"

"兵书上不也说兵不厌诈？只不过是以最小损失来达成目的的手段罢了。"苏世誉看着楚明允淡淡笑了，坦然道，"再者，楚大人大概原本也就不觉得我是什么霁月光风、光明磊落之人，我又何必惺惺作态。"

楚明允几分默认地笑笑，转了话题道："你怎么知道这里有暗道的？"

"一点猜测而已，碰巧对了。"苏世誉转身看向前方深长的石路，"依照方位看，我们往里走见到的牢房是建在池塘之下的，而且有巡卫把守，显然那才是关押人的地方，那么我们落下之处的铁栏多半是为你我特意造的。抛开它不提，我们先前绕回这里，就意味着此处能与地牢多处通达，可为什么要费心与一条死路连接呢？"

楚明允已然明白了他的意思。“所以说，我们一开始就在地牢的出入口，因此往里走的路才会错综复杂，而且永远也找不到出路。”他顿了顿，微眯起眼，“这么看来，宋衡是打算借此把我们困死在这里？”

苏世誉笑了笑，忽然道：“对了。”

“嗯？”楚明允偏头看他。

“机关还能打开，楚大人要出去取折扇吗？”苏世誉道。

楚明允问：“我要那个做什么？”

“一会儿若再有变故，你便不用再肉体凡胎地扛了。”

楚明允没料到苏世誉在这种情况下也能把他随口的一句话给放在了心上：“一团纸灰，难道要我学你一样把它随手撒出去吗？”

“折扇是化成灰了，但楚大人嵌在扇骨里的精铁应该还是在的。”苏世誉道，顿了下又补充道，“我用毒也从不是随手撒的。”

“都一样。”楚明允抬步便往前走，“我这血肉之躯还扛得住，你就忘了那把扇子吧。”

苏世誉也不执着这个问题，举步跟了上去。

这条石路依然安静，但已经没了那些周折，越往前走路越坦荡，楚明允心中却隐隐觉得不对劲起来。

一丝凉风轻擦过脸侧，楚明允停住脚步，苏世誉也觉察到了那细风，问道：“应该快到出口了？”

楚明允没有出声，只是盯着石壁一侧的一盏油灯打量起来，那盏灯是熄灭着的，青铜灯盏上也不似其他灯盏油迹斑驳，大约是不常使用的。

苏世誉随着他的目光也看了过去，略一思索，抬步便走了上去。

楚明允眉心一跳，脱口道：“回来！”

晚了，苏世誉已然踩上了前方，他脚下石板陡然一沉，两侧石壁的高处随即翻开，厉风乍起，飞矢如雨纷纷而下交织出一片黑影。

楚明允清楚地瞧见苏世誉抬眸扫过一眼头顶，却仍是要往前去。

楚明允闪至苏世誉身后一把将对方扯回，这动作行云流水已然是飞快，可落箭迫至眉睫，他将苏世誉按住，电光石火间只来得及在脚步后撤时身形陡转，硬生生将冲着苏世誉眉间的一箭扛在了肩头，跨出了这片箭雨。

苏世誉被他的手臂拘得难受，才欲动作就听闻耳畔一声箭镞没入血肉的闷响，身后的人几不可察地一颤，血腥味随之漫了出来。他一滞，惊诧地回头看去。

楚明允松手放开了苏世誉，抬手便将箭拔出扔在了一旁。他面色已经微有些苍白，除了紧蹙着眉头却没再多的表情，楚明允打量了一下肩头不断浸漫开的殷红血迹："还行，箭上没毒。"

他并指封穴止血，末了又长叹了口气："看来这话还真是不能随便说的，才说扛得住，没想到这会儿还真要拿我这血肉之躯给你挡上一挡。"

"不过既然有机关，起码能说明这路是对的。"楚明允扫了一眼旁边插了满地的箭，无人应声，他忽然发觉自己说了半天苏世誉一句也没搭理他，疑惑地看了过去。

苏世誉正将目光从机关处收回，再度踏上那块已经沉下的石板，抬手就要碰上那盏油灯。楚明允一把抓住他的手把他按了回去，几分愠怒："你还碰？"

苏世誉复杂地看了他一眼，轻轻地挣开他的手，想了想将他拉到了自己身前。苏世誉小心地避开了楚明允肩头的伤，以自己的身形将他全然护住，手掌落在他没伤的肩上，温言道："放心。"

楚明允一时不知道苏世誉让自己放心指的是会替自己把箭挡下还是确实有了主意。

那边苏世誉再无阻碍地握住了青铜灯盏，微一用力，灯盏缓缓地转动，机括转动之声沉闷，应声石壁两侧的机关覆上，前路的一侧又显出了一条窄路来。

苏世誉这才退开一步，问楚明允道："你肩上的伤如何？"

楚明允冷冷笑了一声："死不了。"

苏世誉便没再问下去，转而看向前方："依楚大人看，该往哪处走？"

楚明允走到前方拔起一支箭，端详着箭镞道："不知道。"

苏世誉无奈笑道："楚大人……"

楚明允猛然回身将箭掷出，箭羽破空，尖镞携力，深扎入了转角的石壁中："问问就知道了。"他对苏世誉说，然后看向转角处森冷道："出来。"

转角处有窸窣声，忽然一抹身影冲出，来人速度极快地朝着他们而来，几乎成了一道残影。楚明允身形未动地站着，在对方逼到面前时骤然扣指抬手，一招便破开对方来势，掐着他的脖子将他死死抵在墙上。

苏世誉原先也泰然地瞧着，直到看见楚明允出手的动作，他瞳孔骤缩，偏头闭了闭眼像是忍耐着什么，才复睁开眼转回视线，脸上又带回了常有的浅浅笑意。

来人显然是先前巡卫中的一个，脸上还泛着毒气所致的青色，他被楚明允扼住喉咙呼吸不畅，脸色又添了几分紫红，乍一看去倒是有些骇人。这巡卫武功只算是中上，约莫是中毒不深想要逃出，趁着乱箭飞下的混乱潜到了他们之后，还以为不会再被察觉。

"认得路吧？"楚明允问。

巡卫红着眼瞪他。

"啧。"楚明允加重了手里力度，冷冷地笑了，"没想到还是个不惜命的，那我可就不客气了。"

"楚大人。"苏世誉按上他的手臂。

"嗯？"楚明允偏头扫了苏世誉一眼。

"能谈话达成的目的，就不必费力动手了。"

楚明允随意地笑了笑，松开手任巡卫跌坐在地上："那你来。"

巡卫捂着脖子边痛苦地咳嗽，边惊疑不定地盯着眼前的白衣男人，只听对方温温和和地开口道：“你若果真是不惜命也就不会强撑着逃过来了，既然都是想活着出去，不如来做个交易。你带我们出去，我们留你性命，如何？”

巡卫死盯着苏世誉温柔的眉眼，没忘记是这个人下的毒，嘶哑着声音道：“我凭什么信你们？”

苏世誉敛眉思索了一下，从袖中摸出一个青瓷药瓶递了过去，笑道：“路是你带的，既然你无法信任我们，就由我们信你开始好了。”

他将药瓶放在巡卫手中，指尖温热：“这个你拿好。”

巡卫紧握着手中药瓶，低头想了许久，咬了咬牙道：“行。”

楚明允抄着手没什么表情地瞧着，只见苏世誉转身走了过来：“走吧。”伸手便要扶他。

楚明允挑眉笑了：“你要扶着我出去？”

他看着苏世誉道：“那你不如干脆背着我啊。”

苏世誉看了他一眼，转过身，便真要将他背起来。楚明允忙按住他的肩，原先心头那一点火气散了干净，好笑地道：“行了，逗你的，哪里会有这么娇弱。”

“真的没事？”苏世誉仔细观察着他的脸色，却也的确看不出什么来。

楚明允随意地摆摆手，跟上了一脸纠结地看着这俩大男人对话的巡卫。苏世誉依然落后一步，看楚明允身形无碍地走了良久，也就放下心来。

巡卫领着他们走向了原先的路，楚明允问了一句那条随机关出现的窄道的作用，那巡卫只顾着在前方闷头走着，不开口。

巡卫的脚步几转，走了许久最终将他们带到了一处石室里，周遭再无出路。楚明允蹙眉道：“又是机关？”

巡卫看他一眼，匆忙地移开视线：“嗯。”他退到楚明允和苏世誉的身后，在石墙上摸索半天竟扯出一个铜环。巡卫又抬眼望向他们，正撞上苏世誉带着笑意的目光，他心头一慌，强忍着恐惧低下头，用尽力气猛地扭转铜环，转身拔腿逃向来路。

即使那个男人可信，但以他身旁的蓝衣男人的武功和戾气，自己不过一只蝼蚁，怎么保得住命？身后铜环爆响，他脚下飞快，不敢回头。

石室的门轰然封死。

楚明允在门落下的那一刻便一掌轰出，掌风携劲力击去，撞在厚重的石门上却只是令它剧烈一颤，簌簌地落下了无数粉屑。

"啧。"楚明允恼火地放下手，转头看向身旁的苏世誉，然后想起来这个男人脸上除了一贯的笑基本上不会出现其他表情，他顾自靠着墙坐下，不无嘲讽地笑了声，"没想到苏大人也会看走眼，反倒叫那人捡回条命。"

苏世誉站在正中稍仰头打量着壁顶，闻言头也没回地道："关在这里我们至少三天后才会饿死，他至多三盏茶后便会毒发身亡。"

"你给的不是解药？"楚明允问。

"我为什么要把解药带在身上？"苏世誉奇怪地看他一眼，唇边笑意渐深，"我不过是把身上剩的毒交给他，保证不会再下手罢了。只可惜，他偏要自作聪明，断了自己的生路。"

"这就是你所谓的相信？"楚明允挑眉问。

"我可未曾说过那是解药。"苏世誉轻笑，坦然道，"不过我的确不擅长信任什么，更何况相比之下，总是自己所见所闻可靠得多。"

楚明允坐在烛火投下的阴影里，微眯了眼冷冷看向不远处的身影："不愧是世人称赞的温良谦雅的苏世誉。"

"过奖了。"他反应淡淡，目光转而落在光滑的石壁上。

方才出掌时伤口被牵扯崩裂，噬咬般的剧痛再度席卷上肩头。楚明允吐出一口浊气，抬手再度封了肩上穴道，勉强止了血，又似笑非笑地道："若是真死在这地方，估计不过个几十年还真没人能寻到，有苏大人这等容色的相陪倒也不算太亏。指不定他们拾到骨骸时还能把咱们两个葬在一处呢。”

“还是免了吧。”苏世誉走近了一面石壁，伸手按在上面细细摸索叩击，“以楚大人的品行，坟前必定是热闹极了的，苏某可不想被累及，入了黄泉还不得清净。”

他手上动作一顿，忽而笑道：“果然，这石室是个掩饰，墙也是中空的，后面应该会有路。休息够了就起来吧，我们也该离开了。”

“再等一下，我这会儿动不得。”楚明允声音微哑。

苏世誉一愣，回身走至他身旁半蹲下，这才看清了楚明允的脸色已然苍白，将他本就艳丽的眉目衬得越发摄人心魄。

看着苏世誉解开自己外袍的动作，楚明允忍不住调笑道：“苏大人这就不把自己当外人了？”

苏世誉也不看他，手上动作利索地将里衣的衣袖撕下一片准备来给他包扎，想了想还是解释道：“我平日里用的熏香都是安神香，多少有镇痛之用。”

“苏大人，你想好了啊。”楚明允悠悠地笑道，“你现在将贴身衣物都给了我，便是认了你我关系匪浅，出去后可不能不负责了。”

苏世誉忍不住抬眼看他是以怎样的表情说出这种无赖话的，又低头打量着他被血晕开大片的衣襟：“楚大人再多闲话几句，我想恐怕是等不到我负责的时候了。”

苏世誉这才终于看清那处箭伤，比他预料的还要再深些，近乎入骨，也不知楚明允是哪里来的力气说笑。苏世誉沉默片刻，低声开口道：“你没必要为我挡那一箭。”

楚明允靠上身后冰凉石壁任对方动手包扎，苏世誉倾身凑过来时他闻见了淡淡的香气，跟寻常的安神香不大相同，透着股温润的暖调，随呼吸流入肺腑，熨帖得连痛都轻了许多。他瞧着苏世誉垂下的眼睫落在脸上的细碎影子，勾起唇角缓声道：“我前些时候不才跟你表过真意？现在全京城都晓得我关心你，你这么快就忘了？”

苏世誉脸上仍是浅淡笑意：“这里只有我们两个你就不必再装了。你我同朝多年，堂下向来无话，堂上常有意见相左，我挡过你几次要事我也清楚，若是这般你还能对我心生敬慕，除非……”

他试着拉开楚明允的衣襟，微皱了眉：“血肉粘着里衣已经凝固了，可能会有些痛。”

“除非什么？”楚明允饶有兴致地追问。

“除非你果真有病。”

楚明允轻而慢地笑出声，压低了声音：“思虑成疾。”

苏世誉抬眼看他，眼底浮现出一丝笑意：“牙咬紧些。”

“嗯？”

“刺啦”一声锦帛裂响，楚明允裸露的肩头上漫开一片赤红。

一室死寂，直到苏世誉包扎完善又为他理好衣衫，楚明允才缓缓捂上肩头声音喑哑地开口：“你就不能温柔些？犯得上这般记仇吗？”

苏世誉心情似乎好了不少，还帮他抹去额上渗出的冷汗，温润嗓音含笑道：“你方才说了什么？我听不大清。”

石壁上的裂纹自一点向四周蔓延开，几声闷响后石块轰然崩落，满地碎石后显出一条幽窄甬道。苏世誉收回手，指间有一点寒芒闪动，转眼又隐入袖中，却也足够楚明允将它看清，是把袖中短剑。

难怪刚才能毫不犹豫地就把扇子给折了，原来他自己身上还有武器。

苏世誉取过墙上烛盏，回头招呼楚明允起身。

楚明允边尝试着活动肩头边站起，心中不由得感叹一句苏世誉包扎技术过硬。他目光停在苏世誉的衣袖上，忽然道：“以苏大人的内力，当时不可能没发现那巡卫藏在转角后吧？”

苏世誉笑笑，坦白道：“是。”

“那你迟迟不拆穿，究竟是打的什么主意？”

苏世誉摇了摇头：“打的什么主意现在说来也都是空话了，有什么好再提的。”

他出手着实太少，楚明允看不出武功深浅，言谈中更深谙辗转应付之道，难以套出什么话来，实在是不好对付。楚明允想了想，道：“路上无聊，苏大人陪我聊几句如何？”

苏世誉借着灯火打量着甬道，并不理睬他的“路上无聊”。

楚明允捂上肩头后靠上石墙：“啊……伤口好痛。”

苏世誉扭过头不紧不慢地将他从头到脚看了个遍后才道：“楚大人这是……在暗示我过去扶你吗？”

“那倒不必，”楚明允道，“你陪我聊聊吧。”不待苏世誉开口他又补充一句：“多少分散我的注意力，大概也就不觉得太痛了。”

苏世誉瞧着他：“楚大人觉得我们能聊些什么？”

楚明允弯眸一笑，道：“不如这样，你我轮流来问对方问题。”

苏世誉道：“若是对方不说实话又有什么意思？”

“所以说解闷罢了，”楚明允走到他身旁，慢声道，“能不能辨出真假端看自己，再者，对方若是说谎不也正说明了他在回避那问题？”他眸光沉浮不定，带着似真似假的笑意盯着苏世誉。

苏世誉无奈地叹了口气，抬步走入了甬道：“你想问便问吧。”

楚明允跟上他，道：“苏大人看上去斯文，没想到居然这样深藏不露。既然你会随身带着袖剑，为何从没听人说起过你是懂武的？”

灯火如豆，只照亮了脚下一方石路，狭窄空间里只响着压低的嗓音。他们挨得过近，苏世誉耳际几乎能感觉到身后人的温热吐息，他不自在地偏开头，才开口：“倒也没你想的那样复杂，不过常年养成的习惯罢了。”

“我十五岁时曾随父亲征战。”苏世誉道。

楚明允诧异地看着他的侧脸，苏世誉脸上似乎流露出一丝怀念的神色，更多是难言的复杂，甬道里光线过暗，他的表情转瞬即逝，来不及看真切。

苏世誉轻描淡写地继续道："那之后他便严令禁止我再与人动手，想要我做个文臣。但那时长安城不比现在，时有混乱，我当时又年少气盛，动手总是难免的。父亲因此命我穿白衣以便管束，每每被发现我都要去祠堂罚跪，跪得多了，就学会了藏着袖剑掩去痕迹不让他发觉，逃了不少的罚。"

"还真令人意外。"楚明允瞥了眼苏世誉被火光映亮的脸，"你小时候真是比现在可爱得多。"

苏世誉对于这一评价不予置评地笑了笑。

"你父亲为什么禁止你动手？"他问。

苏世誉回头看他一眼，笑道："这是第二个问题。"

楚明允无所谓地抬手做了个请的姿势，苏世誉不动声色地收回视线，开口道："我倒也一直奇怪一点，以楚大人如今的身家地位，为何不把家人接来同住？"

楚明允脸色骤变，目光如刃般割过苏世誉的面容，见他依旧一脸淡然后才敛了神色，轻描淡写地道："我是师父捡来的孤儿，哪里来的家人？"

苏世誉点了点头，只道了一声"抱歉"。

他还记得第一次见到楚明允的情形。京中早已传遍了在大夏与匈奴的交战中那不知来路的青年的威名，战无不克，所向披靡，三州尽归海内，蛮夷退却百里。大殿之上这年轻将领姿态随意地步入，任由数百朝臣以惊异目光打量，面上挂着漫不经心的笑，却总在众人不经意时流露出眉宇间的阴戾冷漠。

那时苏世誉的父亲还在世，大将军苏诀看了他良久，对苏世誉道："此人绝非池中之物。"

苏世誉深以为然，下朝后便遣人查他来路，花费了足有几年才探听得知：

凉州楚家富甲一方，广结江湖豪杰，也属名门望族。匈奴南掠之时屠城无数，楚家自然无法幸免，却不知他究竟是如何活下来的。只有人说曾在一个滴水凝冰的冬夜里见过隐居的剑圣门前跪了一个浑身是血的少年，眉眼极似如今骄狂不羁的楚太尉。

看来他的确很不喜欢这个问题。

“到我了，还是刚才的问题，你父亲为什么不许你动手？”楚明允道。

苏世誉回过神来，微抬了灯盏以便彼此能将脸看清，然后他微微笑道：“大概……是不大喜欢我杀人的作风。”

楚明允微愣，还没来得及仔细体味他话中含意，便听苏世誉说了一声：“到了。”

他们停住脚步，苏世誉回头看了楚明允一眼，将灯盏递了过去，双手按上石门将其缓缓推开。沉闷的石块摩擦声响起，亮光透进一线来，然后随越来越大的缝隙流泻而入，他们不禁闭了眼来适应。

睁眼时视野已经清晰，古朴屋室，桐木案架，黄卷青灯，竟是间书房。楚明允和苏世誉走出，回首发现石门的背面正是掩饰成了一排书架，方一合拢，就再无半点痕迹。

“居然这么容易就出来了。”楚明允慢条斯理地打量了一周，回眸冲苏世誉笑道，“走吧，去找宋衡好好聊一聊。”

自书房而出，走下长廊便是中庭。月上中天，乐声已歇，他们在地牢里折腾了那么久，上面的筵席已经散了，婢女们低头收拾着碟盏，脚步匆忙地来来去去。

苏世誉拦下一个，笑问道：“姑娘，请问你家主人现在在何处？”

那婢女年纪尚小，战战兢兢地看了他一眼，忙垂首摇头：“奴婢不知。”

“那这筵席是几时散的？”

婢女抖得更加厉害。“就在一盏茶前。”她几乎哀求似的道，“奴婢只是个打杂的，求大人别再问了。”

苏世誉眸光微敛，放她走了，转头看向楚明允。楚明允冲右侧偏了偏头：“我刚才听见这边有声音。”

右侧是一片小林，花木扶疏，树影相织，月照栀花雪。果然有人在。

“这枝？还是这一枝？”谭敬点着栀子花回头问，他身后的罗裙女子笑嘻嘻地看着他不答话，他却像听到什么似的点点头，“那就听你的。”折下了一枝白雪无瑕，递到了女子的手中。

工部尚书谭敬拍了拍衣上浮尘，抬眼见着向自己走来的两人，一怔，连忙见礼道：“楚大人，苏大人。”

楚明允和苏世誉还没走近，女子就忙缩到谭敬的身后，只露出了小半张清秀的脸，怯怯地看着他们。谭敬回头握住她的手，柔声道：“阿绣，别怕。”

阿绣攥紧了谭敬的手，低着头不敢再看来人。

谭敬对他们歉然道：“内子怕人，还请两位大人不要见怪。”

“无妨。”苏世誉笑笑。

“宋衡在哪儿？”楚明允开门见山道。

“下官不知。”谭敬摇了摇头，“大约是出了急事。方才来了一个侍从向宋状元回报了什么，他样子有些慌张，跟我们赔罪后就散了筵席。内子不常出门，见这里新奇，我便问他能不能在这里逛逛，他匆匆忙忙地答过就走了。”

他想了想，抬手指向一处：“似乎是往那个方向去了，两位大人若有要事找他，可去看看。”

谭敬所指的正是书房的位置，可楚明允和苏世誉出来时那里空无一人。

楚明允勾起唇角缓缓地笑了：“不用了，想跟他打个招呼而已，算不得什么要事。”他回头看着苏世誉：“真可惜啊，看来今晚是见不着了。”

苏世誉笑而不语。

既然对方已经跑了，他们跟谭敬道个别也就离去。府外夜色沉沉，灯火依稀，只剩下了几辆车马零散等候着。

“楚明允。”苏世誉在背后忽然出声。

楚明允应声驻足，稍偏头看过去，灯火映在眉梢眼角点点光华，他低声道：“嗯？”

苏世誉少有地犹豫了一下，目光落在旁处，语调仍端得平稳：“总归算是你救我一次……往后还请别再如此，苏某不至于顾全不了自己。”

楚明允长长地“哦”了一声，听不出情绪地笑着了然道：“看来要对我这种人道谢的确是太为难苏大人这样的忠良了。”

苏世誉沉默了片刻：“苏某感激不尽，日后公事以外之处你若有需要，我倾力相助自然不在话下。”

隐在重重灯影间的眉目尽染冷意，楚明允抬手按了按肩头伤处，忽而转过身来：“光景正好，我看也别等什么日后了。”

他笑得得寸进尺：“倘若苏大人肯对我亲近一些，那我这一箭挨得也就值了。”

苏世誉微皱了眉，看着他没有动作。

楚明允抽了口冷气，捂着肩头，低眉敛目做出泫然欲泣的模样：“咝——伤口疼。”

“楚大人。”

“似乎是伤到骨头了，唉真是……”

“楚明允。”苏世誉打断了他的话。

楚明允抬眼偷着看对方，终究没绷住表情笑出了声，他强忍着肩头的颤抖，摆了摆手：“罢了，不闹了。”

顿了顿，他又缓了笑意道：“你给我笑一个就当还清了。但我要的不是你那种整天挂着的假笑，就像……”

他思索了一下如何形容："就像你之前笑杜越傻的时候那样，真正的一个笑，不难吧？"

"我从未笑过他傻。"苏世誉纠正道，他看着楚明允，意外地发现对方的神情居然颇为认真。

苏世誉隔了几步距离瞧了楚明允良久，眉目柔和得连无奈都显得温柔至极，他缓缓弯起唇角，眼瞳里化开一潭暖意。

楚明允有须臾失神，府灯的光自对方身后流泻，穿越夜色落在他掌中，似乎捎来了那丝温暖。

"你似乎同我之前以为的不大一样。"苏世誉道。

楚明允闻言淡淡挑了眉道："这话听上去不大像夸奖。"

"会吗？"苏世誉笑笑，他望了眼候在一旁的车马，"夜色已深，苏某先告辞了。"

马车旁秦昭已站着等了许久，一见楚明允走近就迎了上来："怎么回事？"

楚明允三言两语将大致说了，秦昭无言良久，一贯毫无表情的脸努力了许久也没能做出一个复杂的表情给他看，只得问道："师哥，你伤的是肩头，还是头？"

楚明允倚着软垫，回给他一个白眼。

"你真打算与他结交？"秦昭追问道。

"可能吗？"楚明允冷笑一声，调整了姿势抬眼看他，"你以为苏世誉是什么人？说是允我一件事也多半是试探，我挨了一箭才换他放下些许戒心，可不能就那么白白浪费了。"

"那你借这个要求得出什么结论了？"秦昭问。

楚明允望着车窗外夜色苍苍，半晌缓缓道："我发觉他那么笑起来还真是好看。"

秦昭："……"

次日清晨有人报案，说是在京郊外发现了一具尸体，整张面皮都被撕了去，血肉模糊，惨不忍睹。京兆府尹连忙派人赶了过去，根据体态特征几经查验，最终确认那竟是当今状元宋衡。紧接着有一男子出来自首，自称是落榜后心生妒忌，一时冲动才下此毒手。其他士子前来指认，说正是此人送了豪宅给宋衡，原本还以为是什么仗义之士，孰料心肠如此歹毒。

起因罪证一应俱全，判收押牢狱秋后问斩，案子便顺利地结了。结果呈报御前，虽说堂堂状元遭此谋害，但到底不过是同乡间的私人仇恨，无关家国社稷，换得皇帝朝臣的叹息，以及赏识他才学之人的痛惜，如此罢了。如一粒细石落入湖中，仅仅泛起微澜而已。

世事陡转，连茶楼里的闲话也是隔几日就换些新鲜的，宋衡一个儒生，人脉寥落，没来得及上任，更不用谈政绩，案子了结，就如同风间尘埃，落定便歇。

在意的，恐怕只有那两人。

金殿听奏时苏世誉与楚明允对视一眼，各怀心思，恰都没提那晚地牢的事。他们自然想得明白，那晚宴请众臣的宋衡显然是贴上他脸的人顶替的，然后对方一见不妙，便急急地抛出这个案子将其掩盖过去，反正是死无对证。

下朝时楚明允叫住了苏世誉，明知故问："苏大人怎么不向陛下禀报地牢的事？"

"陛下年纪尚轻，心性未稳，何必现在拿猜测扰他。"苏世誉淡淡道，瞥了楚明允一眼，"楚大人不也没提吗，那么你从此事中读出了什么呢？"

楚明允勾起一丝笑，直看入苏世誉眼里："难道苏大人和我想的不一样吗？"

苏世誉轻笑一声，移开视线望向远处碧瓦飞甍："一叶落而知天下秋。"

见微知著。这是野心勃勃者在棋局中落下的第一子。

长安城外几十里的西郊多山，层峦叠翠，山岭逶迤，鸟兽穿梭于古木虬枝间，鸣叫相应，是个鲜有人家的地方。

一处山崖上有两个男子勒马而停，放眼前望。为首的男子墨蓝袍袖被风鼓起，衣襟袖口处层叠莲纹隐现，暗红如血，他回头问向身后的人："确定是这里？"

秦昭道："是，但具体位置确定不下来。"

楚明允转回头，抬手压了压被吹得几分凌乱的鸦色长发，语气里是不加掩饰的嫌弃："荒郊野岭的。"

那日在地牢里楚明允就注意到，那般复杂的构造绝不是朝夕能成的，而空气里浮动的血腥味分明意味着前不久这里还关着人，显然主人是为了他和苏世誉才将笼子腾空。然而他们往里去时却见了巡卫，依之前他们在牢里乱转的情况看，巡卫是只在那处活动，所以楚明允猜是有什么人还关押在里面，没来得及转移出去。

当晚他离开时不动声色，暗中却吩咐影卫去盯着，果然有几辆运货似的马车在破晓前悄悄地出了府。虽然影卫一路尾随得悄无声息，但对方极为警觉，一进了西郊行踪越发诡谲，此处崇山峻岭地势本就复杂，暗夜里树冠遮天更是一丝光亮也无，最终影卫也只是确定了他们在山中的大致位置。

秦昭道："这种地方探察本就艰难，想不让对方有所察觉，恐怕要更小心。"

"意思是，我要多派人手来，而且还得多等上十天半个月的？"

"是。"

"太麻烦了。"楚明允摇摇头，看着对面的山上绿林莽莽，"耗费精力，还拖累得影卫不能自由调度。"

"师哥是要放任不管？"秦昭问。

楚明允轻笑了声："就这么便宜了他们，那我心里多不开心。"

"那要如何是好？"

"师弟，"楚明允微眯起眼抬头，日光微弱，苍穹上重云积叠出苍白颜色，"连日都是这么个天气，恐怕不久后要有场暴雨呢。"

"什么？"秦昭反应不及。

"山洪。"楚明允笑道，"既然找不到，不如动手炸了山头，正巧有天公作美，到时雨水裹着泥沙巨石奔流而下，哪个也逃不掉。他们爱缩在这里，那就索性埋了他们。"

"可是……"秦昭迟疑道，"他们关押的人应该也在这里。"

"跟我有什么关系？"他反问道，收回视线看向秦昭，"谁知道被关押的是什么人，再者，依宋衡之事可见，即使查到他们的窝点，人质也会被抢先杀了，照样救不出来。"

秦昭沉默不语。

楚明允转开视线，继续道："兵部虽然听从我的，不过火药量一下少了太多总会引起怀疑。我记得谭敬利用他工部尚书的职务在做些官船私贩的勾当，不如去跟他谈笔生意。"

"是。"秦昭道。

楚明允睨他一眼，笑了："冰块脸，对我有意见了？"

"不是。"秦昭摇摇头。

楚明允唇边笑意淡了下去，他自然知道自己师弟的心性，便掉转马头往回走，换了个话题："对了，我交代的苏世誉的事情查得如何了？"

秦昭连忙打马跟上，跟在楚明允身后答道："查不到。"

"嗯？"楚明允微蹙眉。

秦昭组织了下言语，说得清楚了："兵部籍册上没有苏世誉的名字，问了相关的人，也没人听说他上过战场。"

"查仔细了吗？"楚明允道，"苏世誉与我同岁，他十五岁时那就应该是十三年前匈奴攻打大夏的时候，而且他是跟着他父亲苏诀去的，不入籍册也说得通。”

“查过了，当时的将军的确是苏诀，可是大小战役都没有苏世誉的痕迹。大将军的独子，总不能是当了个杂兵走卒。”

楚明允沉吟道：“依苏世誉的口气，当时约莫是发生了什么。以苏诀的权力，篡改籍册删去了苏世誉也不是不可能的。”

“即便如此，当时跟从苏世誉的队伍也该是有记载的，可是这些都完全没有。”

“籍册没有，外人不知，那你就没去问问杜越？”

“问过。但杜越那时才八岁，而且金陵跟长安离得那么远，他怎么可能知道当年的事？而且看他的样子，家里也是从没提起过的。”秦昭道，“师哥，苏世誉所说，可能是假的。”

楚明允沉默，苏世誉当时的神情他还清楚记得，像是千般思绪落水无声，融成了一点浅淡缥缈的笑意。他缓缓摇了摇头，语气无端笃定：“那不是假话。”

“你怎么知道？”秦昭问。

楚明允想了想，缓声道：“若是假的，苏世誉这个谎撒得也实在太容易被戳穿。倒不如说是他清楚我们会一无所获，才会毫不在意地回答了我的问题，让我揣测不定。”

几句话下掩的全是弯弯绕绕的心思算计，放在旁人身上多半要琢磨个半天才能清楚。秦昭一时不知该怎么评价这两人，只得道：“哦。”

“虽然不明白这样的情况究竟是怎么回事，不过——”

长安城的高墙已经隐隐约约地显在远方，旌旗飒飒，苍黄楼墙遮不住一城喧嚣繁华。此处是读书人的寒窗深梦，是逐利人的金玉之都，更是掌权者无声厮杀的疆场。

楚明允唇角勾起，上扬的尾音里有些许期待之意：“我和他，来日方长。”

章三

愚人

长安城一夜之间又热闹了几分。

大夏的年轻帝王李延贞登基已有八年，匈奴之乱早已平息，邦国之间互不干扰，前些年的灾荒苦熬了过去，这天下仿佛也终于如“雍和”的年号一般，逐渐显出了太平无事的气象。天下的事关怀得差不多了，李延贞便想关怀关怀自己了。

先帝子嗣单薄，壮年崩逝，李延贞未及冠就登基了。当时匈奴时常犯乱，局势动荡，入宫侍奉的妃嫔是贵戚家匆忙选出的几个端正女子，安静规矩，无趣至极。而李延贞生性风雅，喜好诗词舞乐，可他闲来赋下的词句连个能陪着欣赏的人都没有，文臣里辞赋绝伦者倒是有，但他稍一提起，朝臣和后宫的回答就达到了空前的一致：“陛下，国事为重。”

多么心痛。

这日金殿上待诸事回报完毕，李延贞环顾一周，目光特意落在苏世誉的身上，然后委婉地提出了采选之事，想择些伶俐女子以伴风雅。

苏世誉垂眸淡笑，答道：“此乃皇家宫闱之事，陛下何须询问臣等。”

楚明允侧目扫去一眼，他分明记得当年是谁轻皱着眉挡回了采选，言辞温和恳切，劝得李延贞果真多年没敢再开口。

总结下来便是：年纪尚轻，修身养性；国事为重，你再等等。

当时楚明允跟秦昭随口提起，不禁感叹：“自己不成家还要旁人跟着修身养性，他哪日若是辞了御史大夫之职，估计是要去归隐修道。”

秦昭瘫着脸没理他。

无论如何，采选是定下了，择天下良家女入京，供帝王之遴选。

仅仅几日，就有许多车队入城，在京的官家小姐紧张准备，远在封地的几路诸侯也送来美人众多。酒楼茶馆里闲话也尽是对采选女子的评头论足，其关注之情热烈得远胜过自己娶亲。

这气氛着实感染人，连秦昭都冷眼旁观不下去，去书房找楚明允主动提起了这事。

楚明允慢慢地抬眼看他："你羡慕了？"

秦昭僵着脸道："那么多官吏急着送人入宫，你不知道他们打的什么主意？"

前朝后宫，自古都是相互影响的。

楚明允捻着一颗青翠欲滴的葡萄："吃不吃？"

"师哥，"秦昭忍不住道，"他登基时我们还没入朝就算了，现在这个机会你打算放掉？"

楚明允顶着秦昭的目光，慢条斯理地将果盘移到一旁，又拣出了几卷文书搁在书案上，这才抬眸看向他："什么机会？"

他冷冷地笑了："把女人作为棋子，送入宫去吹些耳旁风？没用的人才要依靠这种手段来巩固自己的地位。"

秦昭无言以对。他并不认同这类手段，可楚明允向来身处风口浪尖，这机会他们看不上，难保别人不会拿来对付楚明允。以他师哥的傲气，自然丝毫不放在眼里，可他却难免担忧。

楚明允瞧着秦昭这副样子，忽然道："你若是有兴趣倒也不是不可以……"

秦昭诧异地看着他。

楚明允慢悠悠地道："仔细想想，虽然我手下没什么女子可差遣，不过杜越倒是挺讨人喜欢的，不如把他送宫里去当差？你觉得如何？"

"师哥……"

"哎你们说我什么呢？"杜越推门而入。

秦昭：“……”

楚明允：“打算给你铺一条平步青云之路，秦昭要……”

杜越大大咧咧地找了把椅子坐下：“就你整天缺德，秦昭才不搞这些鬼主意。”

楚明允偏头嗤笑了声，戏谑地长叹了口气，拿着那摞文书就站起身顾自往书房外走去。

杜越在身后叫他：“喂，你上哪儿去？我才刚来！”

楚明允人已走出老远，声音还清晰地悠悠传来：“这屋里傻气太重，我出去透透气。”

“这浑蛋，”杜越拧着眉，“信不信给你下毒啊。”

其实他也就是仗着楚明允听不见了才敢这么说说。

“杜越。”秦昭忽然叫他。

“干吗？”杜越看向他。

秦昭一对上杜越那双澄亮的眼就踌躇起来，但好在他生了一张表露不出情绪的脸，杜越又不是个细致的人，看不出什么不对来。

秦昭词穷了半晌，干巴巴地道：“你吃葡萄吗？”

杜越随之看向书案上那碟还沾着晶莹水珠的葡萄，头一点：“吃！”

那边秦昭和杜越对坐着认真吃起了葡萄，这边楚明允则是带着文书进了宫。

太尉与御史大夫每月向皇帝回报所掌事务，这是惯例。

楚明允由宫娥引着进入御书房时苏世誉已经到了，他手里同样握着几册文书，打量着书案不知道在想些什么。主位上李延贞手握着一把刻刀，低头正打磨得专心，他身旁竟立着足有一人高的木料，淡淡地透着香气，能看得出材质上乘，大概是哪里进贡来的稀有木材。

当今陛下除了政事国事天下事，事事精通，尤擅雕刻作画。

楚明允向李延贞行礼，李延贞敷衍地应了声，连个余光也分不出来，口中道："文书就搁在桌上吧。"

书案上早已搁着好几幅展开一半的采选女子画像，卷轴上还散乱着好几把刻刀。楚明允便明白苏世誉是在打量什么了，他是在找能放下文书的地方。楚明允上前直接把文书压在了画像上，苏世誉看了他一眼，跟着放下了东西。

苏世誉理了理袍袖，看着依旧沉浸在刻刀上的李延贞，轻咳了一声。苏家自他是太子时便扶持他，苏世誉又比他年长，李延贞对苏世誉是存着敬意的，闻声连忙抬起了头，笑道："朕听着的，你们回报便是。"

楚明允和苏世誉对此实在是习以为常了，任由李延贞看着木料一心二用地听完了回报。末了李延贞收回目光，对着他们笑叹道："朕得两位爱卿相助，天下安泰，海晏河清，可谓幸矣。"

楚明允与苏世誉笑着应答，其中心思各异。

李延贞沉吟了一会儿，道："还有件事，朕想询问一下两位爱卿。"

"陛下但说无妨。"

"这块木料实属上乘，朕以为唯有雕刻成绝世美人方可不负天赐，爱卿可有能推荐的人？"

沉默了片刻，苏世誉开口道："正值采选，天下美人云集，陛下自其中挑拣便是。"

李延贞摇了摇头："朕自然是找来看过的，那么多秀女容色尚抵不过苏爱卿，朕看不上。"

"臣一男子怎能与之相提并论，"苏世誉笑道，"再者，若是真论容貌，楚大人才称得上是绝色。"

一直沉默的楚明允侧目过去，挑眉道："我也是男子。"

苏世誉迎上他的目光，微微笑道："我何时说过不是，楚大人急着强调什么？"

楚明允权当没听到，转回脸来正撞上李延贞落在他面上的审视目光，他不禁一愣，未来得及开口却见李延贞神色苦恼地摇了摇头："楚爱卿虽也漂亮，但眉眼太过妖冶艳丽，不是朕喜欢的那种。"

苏世誉陷入了沉默。

楚明允眉心跳了跳，他冷笑一声，敷衍道："臣相貌不合陛下心意，真是……羞愧难当。"

李延贞抬了抬手："无妨。"他侧头看向苏世誉："你刚才是不是笑了一声？"

苏世誉平静地抬起眼来："并未。"

"那苏爱卿会喜欢这样的吗？"话刚脱口问出，李延贞自己却摇头笑了，"朕忘了，你从来不会中意什么。"

这世上有美人无数，云集之地除了深宫豪门，自然还有花街柳巷。呢喃莺啼燕语，缭绕香风扑鼻，是人间的极乐地。

一顶软轿停在了红袖招的雕楼画阁前，门前迎客的鸨母一见着那从轿中走出的男子便快步迎了上去，殷勤笑道："您怎么亲自来了，有什么事儿叫人说一声不就得了，这匆忙的……"

男子摆摆手打断鸨母的话："她呢？"

"在房里歇息呢，我这就去叫她。"

"不用。"男子抬步走上了楼。楼下的欢声笑语低了下去，婢女为他开了门，恭敬地行了一礼退到一旁。这屋内装饰素净温和，全无浮华媚态，令人觉得仿佛走入了全然不同的地方。纱帐层叠几重，随风轻曳，婷婷身影近了，一只柔荑撩开帐幔，女子对他轻轻一笑，眉眼柔和秀丽。

静姝对男子行了一礼，这才抬眼道："您亲自前来，怎么不提早通知一声？"

男子坐下，笑道："没什么事，想来看看你。"

静姝上前亲自为他斟满了茶，浅浅笑着，开口正欲说话，远方忽然隐隐传来一声闷响，连带着地面都微微颤了一颤，极是轻微，基本被楼下调笑声响盖过，若非内力不浅之人恐怕难以觉察。男子也望向了窗外，他们惊疑不定地对视了一眼，直觉不安。

慌乱的脚步声直奔向这里，小厮顾不得礼数推门探进头来，张口就喊："少主！不好了，西郊那边出事了！"

"怎么了？"男子猛然起身。

天边忽然炸起一声惊雷，静姝快步走到窗前，只见远处铅云上电光如蛇，雷鸣声如漫天锣鼓震响，隆隆滚来，重云骤然崩塌，暴雨倾盆而下。

严烨跟着秦昭进了太尉府，一路穿过朱红曲廊向着书房而去。他一路上赞叹了府上气派，试探地问了几句，可那黑衣男子就只给了他个背影和几声淡漠的"嗯"，真是莫可奈何。他悻悻地闭上嘴，随着秦昭停步，看着缓缓打开的书房门连忙整理好了表情。

楚明允正提笔在地图上勾画着什么，听到脚步声抬起头来，一眼望见了严烨："你过来做什么？"

严烨施了一礼，笑答道："下官得知大人在打听陈老尚书的消息，碰巧了解些，这就赶忙来告诉大人了。"

楚明允搁下笔后靠上椅背："你知道陈玄文家人在哪儿？"

"只是了解一些。"严烨道，"前些日子下官出使临安，同郡守小聚，他提起陈老尚书不知为何忽然找他帮忙，在临安城外置办了所宅邸，把家小都送了过去。陈老尚书不肯多说，他也不好过问，可是没过几日，那宅子居然半夜起了火，等他派人赶过去时已经烧得差不多了。"

"半夜起火？"楚明允眉梢微挑。

"是。这案子郡守哪敢怠慢，他派人去查了好几遍，没有人为纵火的痕迹，可能是宅内烛火之物出了事。"

"呵，"楚明允冷笑，"纵火的人若是能让他给查出来，也就没脸面去杀陈玄文那一家了。”

查探中走过场的成分的确有许多，楚明允语气太过讽刺，严烨额角不禁微微渗出了冷汗，不敢看他，赔着笑道：“大人说得是。”

“你的意思是，陈玄文一家全都让烧成了灰？”

“这……恐怕不一定。”严烨犹犹豫豫地道。

“嗯？”楚明允看着他。

严烨忍不住抬袖拭去冷汗，忐忑道：“那、那郡守也是猜测，下官只是转达，也并不清楚。”

楚明允笑了，慢声道：“你这么怕我做什么？”

“怎么会。”严烨笑笑，壮了胆子继续道，“有人说半夜里有见到车马在那边停下过，似乎是救出了个人，可能是陈老尚书的独孙，但夜色太深，看不大真切。”

楚明允眸色微敛，看向秦昭。秦昭对上他的视线心领神会，点了点头，打算等严烨走了就吩咐人去临安一趟。

严烨该说的说完了，可并不打算就这么离去，反而笑着道：“大人对陈老尚书这么关心，可是有什么事？下官虽然无能，但说不定能为大人分忧一二呢。”

楚明允看了他一眼，自然明白他想趁机谄媚的心思，于是随口道：“也没什么事，只是想起来我还没见过陈玄文的家眷。”

严烨原先准备的话一下子都噎了回去，只得讪讪干笑。

楚明允漫不经心地道：“对了，你就这么来我府上，不怕被苏世誉发现？”

“大人放心，”严烨连忙道，“御史大夫这会儿并不在御史台，他前脚出去我后脚跟出来的。”

“哦？”楚明允来了些兴致，“苏世誉去哪儿了？”

“有人弹劾工部尚书谭敬官船私贩，运营火药。您应该知道，如今御史台的折子都要过苏大人的眼。这事严重，若是假的，给朝廷命官扣上这么大的污名便是我们御史台办事不当；若是真的，又怕直接递折子到圣前会打草惊蛇，苏大人就把折子先扣下来了。依他的性子来看，下官估计他是要亲自去查了。”

楚明允脸色微冷：“弹劾谭敬运营火药？”

秦昭神色也有了变化，紧盯着严烨等他说下去。

“是，”严烨对他的反应有些摸不着头脑，继续道，“说来也奇怪，这谭尚书官船私贩也不是一天两天的事儿了，原先还算收敛，咱们也都心照不宣地过去了。可他这回不知是怎么了，连运了几大船的火药进来。”

楚明允指尖轻点在书案上，眸光沉浮不定。

他跟谭敬的那笔火药生意早就结了，西郊那边炸过了，山洪也恰到好处地埋了个干净，事情本就完了，可谭敬如今又搞来这么些火药是怎么回事？难道这京中还有人要动手脚？

他声色不动地道：“亲自查，苏世誉是要怎么个查法？”

严烨想了想道：“那弹劾的折子下官送过去时也看了一眼，似乎是有谭尚书的亲信口录，说是西市的仓库里放有记载他和所有人往来的各项账目的账本，苏大人可能是想去拿到那账本。”

楚明允覆手合上地图，起身理了理衣袍，开口道：“行了，你回去吧。”

“什么？”严烨错愕地看着他。

楚明允自眼角斜去一眼：“还要等着我送你？”

“不敢不敢。”严烨迭声道，“只是……大人这是怎么了？”

“忽然有些想御史大人了，我去见见他。”楚明允道。

“啊？”

可是你们早朝时不刚见过吗？

楚明允不耐烦地瞥他一眼，严烨忙开口告辞，识趣地自己走了。楚明允与秦昭对视一眼，出了府翻身上马，径直去往西市。

与谭敬交接火药是秦昭去的，自然认得地方，那仓库在长安西市边缘，远远望去荒草杂生，零落破败，像是长久废弃无人，可他们知道，其中是如何戒备森严。

秦昭自然提出要进去，被楚明允一句“你应付得了苏世誉？”给堵了回去。楚明允问清楚了仓库内的布局和账房位置，吩咐秦昭带着影卫在四周隐匿起身形防备，以免苏世誉先一步离去，而后足尖一点，闪身便翻入了墙内。

仓库里很是安静，只有不时走过的巡卫的脚步声。楚明允身形灵巧地躲过几队巡卫，心中估量着地形，沿路潜入了账房。桐木抽屉上还完好地挂着小铜锁，楚明允打量了一番，干脆地捏断了黄铜横梁扔在了一旁，抽屉拉开，里面空空如也。

还是被苏世誉抢先了一步。

楚明允直起身子揉了揉眉心，出了账房，略一思索，转身向着库房走去。不过百步，他隐约察觉到人息，便低声笑了，跟了上去。

苏世誉推开库房门，脚步忽然顿住，旋即猛然回身。扬手间袖剑显出刃锋拉开一道寒芒，却在半途被人挡下握住了手腕，撞进视野里的脸勉强算是熟悉，在离剑锋不过半寸的距离下对着他露出笑来：“哟，苏大人。”

苏世誉微有意外：“楚大人？”

他抽回手，将剑压回掌中隐去锋芒，并没放下戒备：“方才跟在我身后的人，是你？”

“除了我，你还想见谁？”楚明允笑得眉眼弯弯。

“楚大人怎么会出现在这里？”苏世誉问道。

“还不是为了你。”楚明允瞧着他，故意叹了口气，慢悠悠道，“之前在街上不经意瞥见苏大人的身影，还未来得及打招呼你就没了踪影，便只好跟上来了。我找得这样辛苦，还想着能趁机跟你再多说几句话，没想到让你提防成这样。”

他顿了顿，笑意更深：“方才若我慢了，只怕那一剑已经穿额而过了。”

“你过谦了。楚大人是经历过战场杀伐之人，我这点自保的小伎俩你拦得波澜不惊，又何必再说什么如果。”苏世誉淡声笑道，将袖剑收回袖中，“不过，楚大人这么跟过来，只为了跟我说几句话吗？听上去可真不像是你的行事作风。”

“我敬慕你，找机会跟你亲近，不是理所当然的事吗？”

苏世誉皱了眉，不禁道：“楚大人，你这般勉强自己，不觉别扭吗？”

楚明允眉梢微挑，语意带笑：“我觉得很好啊，再者我一片赤诚之心字字出于肺腑，这怎么能说勉……”

“是我失言。”苏世誉抬手打断他的话，无可奈何地转过身走进库房，只是听见身后随着一同响起的脚步声时，苏世誉动了动唇角终是忍不住无声叹出一句，“巧言令色。”

“对了，”苏世誉忽然问道，“楚大人肩上的伤如何了？”

“早就不碍事了。”楚明允将库房门关上，回身笑吟吟地看他，“你要不要亲自查看一下？”

苏世誉转头，目光扫过他肩头，又落在他脸上，忽然莞尔一笑，道：“不必了，看来皮肉上的伤于楚大人而言，的确是不算什么的。”

毕竟脸皮都能有这么厚。

楚明允鬼使神差地听懂了苏世誉的弦外之音。

库房里阴阴冷冷的，墙上只开着扇小窗，光线有些晦暗，数十个大箱子靠着墙堆叠出了一片浓重阴影。

苏世誉走上前去认真打量了片刻，伸手将箱子慢慢打开，火硝味顿时扑鼻而来——满满一箱的黑火药。

楚明允蹙眉后撤了一步，挥了挥手将那刺鼻的味道散去：“奇怪，这究竟是什么地方，怎么会有这么多火药？哎，依你来看，这些加起来够不够把这半个长安城给炸了？”

苏世誉又打开了几个箱子，发现皆是填满了火药，闻言他笑了笑，道：“长安城怎样我不清楚，依我来看，将太尉府夷为平地倒是不成问题的。”

“哦？”楚明允笑了，“是吗？我觉得还能再捎上个御史台。”

苏世誉回过头，与楚明允相视一笑，心思各异，不言而喻。

楚明允在后面抄着手打量着苏世誉，心思几转。眼看着苏世誉已经将一切复原，就要离去，他正欲说些什么拖住对方，耳中忽然捕捉到一丝动静，眸光一亮，他回首看一眼身后紧闭的铁门，压低声音对苏世誉道：“过来。”

苏世誉本已转过了身，见状困惑地走了过来：“楚大人，怎……”

他猝不及防地被楚明允扯到了门后，肩上一紧整个人已被楚明允揽在了身前。苏世誉下意识地要挣开，楚明允另一只手抢先环过他身前锁住了他的动作，又侧头凑在了他耳畔，发出声极轻的气音：“嘘——”

温热气息扑满耳郭，让苏世誉皱紧了眉，却克制着没有躲开。在楚明允出声的瞬间，他也听见了门外渐近的脚步声。

私贩火药是件风险极大的事，比起要躲过官府的盘查，这些数目庞大的黑火药本身就是致命威胁，稍有不慎引爆了，不但血本无归，更是要搭上无数人命。因此谭敬在囤放火药的仓库里定下了严格的巡查制度，防范火种的进入，这个时候，正是一队守卫巡查来了。

宽厚的铁门缓缓敞开，将他们两人的身形完全遮蔽，脚步声清晰地响在这一方空间。

楚明允感觉到身前人的妥协配合，然后缓缓地勾起了唇角，放松了对苏世誉的压制，手掌不但没有收回反而贴上了他的身侧，一点点，缓慢地向上探索。

苏世誉怔了一下，转而闭了闭眼竭力忽视他的行为，凝神静听守卫查看货箱的响动。

忽然，楚明允的手顿住，指尖轻按，确定了自己所要找的东西。

扣住苏世誉的手臂紧了紧，楚明允的手缓缓上移，终至衣襟处，素白手指在襟口的暗色流纹上略停一下，便毫无犹豫地探了进去。

苏世誉的身体僵硬至极，只隔了一层单薄里衣的皮肤能清晰地感觉到他的动作。

守卫们检查完毕依次向外走去，楚明允的手仍在探查。铁门合上的瞬间苏世誉侧头看向他，眸光锐利，是警告之意。楚明允对上他的视线，眼角微挑弯出艳丽笑意，甚至还朝他眨了下眼，笑意更深。

他已经摸到了那东西的一角，门外的脚步声彻底消失。

苏世誉迅猛发力，抬肘直击楚明允的胸口，借势身形一动猛地挣脱开去，拉开几步距离。但这瞬息间直觉有什么东西随着楚明允抽手而一同离去，他抬眼看去，又是一怔。

“嗞——你怎么随身还带着书？”楚明允没漏过苏世誉眼底那一闪而过的怒意，他忍下胸口钝痛，扬了扬手中的书本，在如愿看到苏世誉微变的脸色后便低眼翻了翻手中东西，“原来是账本。”

“不是什么有意思的东西，还请楚大人物归原主。”苏世誉将情绪悉数敛去，理着有些松散的衣襟道。

“好啊。”楚明允道，“但你待我这态度可太冷淡了，真教人伤心，倘若肯亲近些，我就考虑还你。”

苏世誉抬眼看他，平静地笑道：“这种无趣的玩笑开过一次就够了。”

“你觉得是玩笑？”楚明允翻开账本，抬手便干脆地撕下两页，“那——现在呢？”

纸张破裂声响起的同时苏世誉的眸色一深，一言不发地笑着瞧他。

楚明允仍是笑意盈盈，稍偏头对上苏世誉的视线，信手翻过几页又撕下：“现在，还觉着我是在同你开玩笑吗？”

“太尉大人，”苏世誉微微沉声，唇边笑意更深，盯着他道，“你手中拿的是案件的重要证据，哪怕你身份尊贵，如此扰乱公务也是要定罪的。”

“是吗？”楚明允拎起账本又仔细看了看，转而将东西背在身后，微倾身看着苏世誉笑道，“是什么重要案子，居然要你亲自来取证？你说说看，我可以帮你的。”

“还请恕苏某无可奉告，”苏世誉平淡道，“这点琐事怎么敢劳烦太尉大人。你现在把东西还回来，就已经算是帮了大忙了。”

楚明允淡淡挑了眉，收回目光将手中撕下的纸页随意叠了几下夹回账本中，走过去把它递还给苏世誉：“罢了，那就不闹你了。”

他目光在苏世誉脸上转过一圈，耸耸肩折身向外走去：“看你现在的样子是不太想看见我了，那我还是先告辞吧。”

苏世誉沉默地看着楚明允就这么开门走出，身影转而消失，他捏了捏手中账本，皱紧了眉。

那边楚明允出了库房，转过拐角时还不忘回望一眼，低声笑了，然后他看向前方，索性放慢了脚步，闲庭漫步般地往外走去。

这仓库为了隐蔽稳妥，整个都是由石块砌成，过道也封闭无窗，昏暗不说，还容易生出回音，遥遥地将赶来的人的脚步声暴露无遗。

不出他所料，走过几个转折，就见有大批守卫将前路堵了个严实，最前方的人对着楚明允一拜：“下官不知大人前来，未能及时相迎，还望楚大人不要见怪。”

“嗯，”楚明允漫不经心地点头道，“现在迎过了，让开吧。”

“下官职位卑微，平日里少有机会与大人……”

“你带人来拦我就是为了说这些废话的？”楚明允道。

谭敬顿了顿，直看着楚明允，再度开了口：“既然大人明白，下官也就单刀直入了。

“我那生意也是同大人有过来往的，如今这个时局，大人您忽然出现在了这里，我便忍不住想来见见大人。”

楚明允低笑一声，道：“你觉得，我是来销毁证据的？”

“不敢，”谭敬道，“太尉大人怎么会是那种落井下石、独善其身之人。”

楚明允笑意缓缓深了，他抬手从袖中取出两张叠在一起的纸，伸到一旁墙上照明的油灯上，火舌顷刻舔上纸张烧出一缕墨香，他手一松，便跌作了漫漫灰烬。

“可我就是这种人，”他眉目间的森冷显在暖色灯火之下，“所以别妄想拿这个来威胁我，无论是谁。”

谭敬一愣，身后守卫们都自觉握紧了兵器，蓄势待发。谭敬眼中狠厉毕现，扬手正要开口却又被楚明允抢先打断。

“不过我也没那么绝情，”楚明允吹去指上沾染的灰，“苏世誉方才还在你火药仓库里，这会儿也走不远。查你的是御史大夫，你该拦也是拦他。”

“苏世誉？”谭敬怀疑地盯着他，“大人肯将他的行踪透露给我？”

“苏世誉是死是活与我何干？”楚明允抬眸看他一眼，“盼着他死的人，可多了去了。”

谭敬将这话在心头仔细体味了一番，随即了然笑道：“既然如此，还请大人放心，下官愿为大人效力。”

楚明允扯了扯唇角不以为意，抬手示意他让开。

苏世誉转出拐角，猛然止住了脚步。他扫视一周，末了视线落回谭敬身上，笑道：“谭大人这般阵仗，可不大像是来迎接我的。”

“若非迫不得已，我也不愿冒犯大人。”谭敬道。他身后守卫皆已亮出兵刃，锋芒在晦暗的走道里有些刺眼。

“冒犯吗？我以为鱼死网破大概要更适合谭大人现下的心境。”苏世誉往他的来路望去一眼，“说来，你从那边过来没碰见楚大人吗？”

谭敬看着苏世誉这副斯文模样，不自觉将这句简单问话曲解成了对自己的警告，他冷笑出声，道："楚大人是不会回来救您的，御史大人要失望了。"

顿了顿，他又道："实不相瞒，谭敬现在，可正是奉那位大人的命令行事。"

苏世誉不禁奇怪地看他一眼："我究竟该是有多想不开，才会想要等他救？"

话至此也无须再多言，谭敬挥下手，守卫们一齐扑了上去。苏世誉立在原地未动，隔着重重人影望了过来，对着他微微笑了，指尖一丝寒芒直刺入他眼底。

"您这是何意？"他问。

"你不用知道。"男人站在窗前，望着曲江天水一色。

"运入那么多火药，只存在库中，不卖出也不转移，难道是要等着人来查我不成？"他微咬牙道，"您这是要将我当作弃子了？"

男人忽然笑了，转过身来看着他："即便不这样做，你还能撑多久？你妻子又撑得了多久？"

谭敬猛然惊醒，他坐起身抬手抹去额上涔涔冷汗，只觉腕上沉重，随他的动作铁链当啷作响。身下是有些潮湿的茅草，谭敬看着自己身上的惨白囚衣，愣了愣，昏迷前的景象迟缓地浮现在脑海里。

一切都快到他不及反应，模糊中只记得苏世誉对他一笑，转而自己就失去了意识，只剩后颈至今还酸痛着。

眼下光景一眼便知，况且以御史大夫之能，用不了多久，他过往的斑斑劣迹也是要被查个彻底的。他垂下头，惨然苦笑了一声。

"你醒了？"一个温和嗓音响起。

谭敬心头悚然一跳，他抬头望去，有人长身鹤立地靠在墙上，隔着铁栏牢门看着他。

"御史大人好身手，可真是深藏不露。"谭敬冷冷地道。

“过奖了。”

“人赃俱获，御史大人不去结案，为何反而来这种晦气地方？”谭敬道。

“我来看看你。”苏世誉道。

谭敬冷笑出声：“我可不觉得自己有哪里值得您探望的。”

“我记得你当年入仕时也是满怀壮志，愿为黎民社稷死。”苏世誉看着阴暗牢房里面形容狼狈的人，“如今竟沦落成了这副模样。”

“御史大人恐怕要失望了。”谭敬随意地坐在地上，坦然道，“从前是，现在是，哪怕临死的那刻也依旧是，我不后悔我做过的一切，包括为国入仕，也包括贩卖走私、杀人害命。”

“听上去相当矛盾。”苏世誉平淡道。

“也简单得很。”谭敬垂下眼，道，“御史大人大概也知道，我妻子坠入过冰窟，救上来后高热不止，最终给烧成了痴傻。而自此她也患上一种顽疾，发病时疼得会砸东西、伤人，甚至控制不住地残伤自己。那病没得治，只有不断给她用药去镇痛缓解。”

“这就是你官船私贩、聚敛钱财的理由？”

“我在京中身居要职，看上去光鲜无比，多少人羡慕，可是要供那药却实在是杯水车薪，可我怎么能眼睁睁地看着她疼死过去呢？”谭敬苦笑道，“我若是连她都守不住，哪里还管什么黎民生死？”

“你妻子若知你为她如此，恐怕宁死也不愿让你走上歧路。”苏世誉道。

“她永远不会明白这些。”谭敬盯着手腕上的齿印伤疤，语气也不自觉温柔了些许，“我花了一年才让她重新认得我，又用两年教会她我的名字。后来一次发病时，我为了拦她被咬得手上鲜血淋漓，她清醒过后捧着我的手一直哭，又痴傻着说不出什么话，只知道一边掉眼泪一边叫着‘阿敬，阿敬’。”

谭敬忽然顿住，压下喉中哽咽，抬头直视苏世誉：“换作是你，你会忍心让她受苦？”

苏世誉沉默一瞬，道：“既然是不治之症，你强留她在这世间才是受苦。”

“苏世誉，”谭敬像是听见了什么可笑之事一般，忽然放声笑了，“你难道没有心吗？”

苏世誉静静地看着他：“同我有什么关系？”

“御史大人从来没爱上过谁吧？”谭敬摇头，嘲讽道，“先前听人私下里说你无心寡爱，我还以为是他们嫁不出女儿的抱怨，没想过果真如此。”

他看入苏世誉眼底，语气讥讽至极：“真是可悲又可怜。”

苏世誉不为所动地看着他，等到谭敬讥笑声低了下去，才淡淡开口：“我所司是监察审断之职，即便如你所说是无心无情，也只能说是恰好。”

谭敬冷笑不语。

苏世誉缓步走到他面前停下，与他只隔了一扇牢门：“你言下之意皆是为了你的妻子，可是你记不记得，依照你所犯之罪，她必定是要连坐问斩的。”

谭敬脸色陡然变了。

“你这桩案子由我全权掌管，你同我讲这些，究竟是为了激怒我，还是打算让我放过你妻子？”苏世誉静静地看着他道。

谭敬张了张口，发不出声，半晌哑然道：“御史大人来此，到底所为何事？”

苏世誉收回目光，抬手拂去袖上沾染的浮尘：“那批火药的主顾是谁？”

“你去查一查那账目不就知道了？”

苏世誉看他一眼，轻声笑道：“账目上是真是假，我自然是有分寸的。”

谭敬低下头不去看他，心念急转不定。

记忆中靠窗而立的男人对他道："你依照我说的做，我能保证你妻子无事。"

眼前的男人对他道："我向来以为，你是个懂得审时度势的人。"

将心一下沉到了底，谭敬闭上眼，一字字地道："淮南王。"

六月小暑，细柳荷风。青青树色傍锦衣，乳燕流莺相间飞。青年单手支颔漫不经心地瞅着摊开在石桌上的书，绿池中锦鲤簇跃岸沿，欲逐上他袍角红莲。

苏世誉随着婢女来时便见得这幕景色，婢女欠身退下，楚明允懒洋洋地抬起眼来，见着是他微微笑了："哟，真是稀客啊，苏大人怎么想起来我这里了？"

苏世誉抬步走到他近前，笑道："自然是有事才会来的。"

离开牢房后他就去核对了账本，与谭敬所言无差，白纸墨字明明白白地写着是淮南王。苏世誉仍是心中存疑，便往前翻阅过去，这才发觉缺失了两页的账目。那两页被撕得干净极了，只余下残纸几点，若不是他看得仔细，恐怕都没法发觉的。

"你若是说想见我了，我可是会开心许多的。"楚明允含笑瞧着他，指了指桌上一碟樱桃，"吃吗？"

"多谢，但不必了，我问过事情就走。"苏世誉看着他道，"楚大人可还记得前两日你在仓库里拿到的那账本？"

"记得呀。"

"那账本里有两页被人撕毁了，楚大人可知道些什么？"

"缺少两页？"楚明允手肘倚在石桌上，偏头笑着看向苏世誉，"那苏大人以为是我拿了，所以特地来找我索要的？"

"说笑了，楚大人怎么会是使那种伎俩的卑劣之人。"苏世誉对上他的目光，笑意温和，意有所指，"只是想来询问一下线索，也方便我寻找。”

被含蓄骂了的楚明允面色不改，坦然道：“我没什么线索。”

“楚大人翻开账本的时候，没有留意到有两页是缺失的吗？”苏世誉问。

“不知道。”楚明允干脆地答。

“既然如此，楚大人在仓库里可还见到了什么别的人？”

“没有。”

“楚大人不妨再仔细想想，不必急着回答，等候片刻的耐心我还是有的。”苏世誉笑道。

“苏大人不信的话，要不要亲自动手找？”楚明允冲他张开手臂，笑吟吟道，“只要苏大人说声想要，我脱光了让你仔细找也不在话下。”

苏世誉微敛了眸，声色未动，一时没有答话。

“不好意思开口吗？”楚明允轻眨了眨眼，抬手便握住自己衣襟，“那我自己来脱？”

话音未落他就扯下衣襟，一片锁骨随即显露而出，苏世誉猛然偏过头移开视线，抬手制止了他：“是我误会了。缺失部分我会再从别处找起，打扰楚大人了。”

他自然是清楚苏世誉无可奈何才敢这么明目张胆地无耻。且不说非礼勿视，他更明白苏世誉不愿与他牵扯过多的心思，不只是爱惜名声，更因为楚党与苏党相争多年，若是苏世誉与他走得太近，只怕皇帝也是会对苏世誉起疑的。

他现在是真觉得自己这个对头有意思极了。

楚明允唇边笑意更深，饶有兴趣地打量着苏世誉的表情：“没关系，能多见苏大人一面我可开心得很，要我送你回去吗？”

“不必劳烦了。”苏世誉仍不看他，点头告辞后转身便走。

“啊对了，苏大人，”楚明允忽然叫住了他，边理好自己的衣衫边不紧不慢地笑道，“忘记说了。苏大人模样漂亮，可惜平时冷静自持，不近人情，没想到不高兴的样子倒是很不一样，生动许多呢。”

背对着他的苏世誉眼中闪过一丝阴影，语气依旧淡然：“蒙你谬赞了，告辞。”

刚踏出太尉府苏白就迎了上来：“公子，事情怎么样了？”

“一般。”苏世誉道，“那两页账目注定拿不回来，我这一趟也不过是探探他的态度。现在，已经能肯定那两页上的人是谁了。”

“可也没证据了啊，难不成就这么放过他？”苏白忽然灵光一闪，“对了公子，以蓄意毁坏证物给他定个罪名也不行吗？好歹给个教训啊！”

苏世誉深深地看了苏白一眼，没有回答。

最终奏折呈报上去时，苏世誉既没有提及楚明允，也没有着墨淮南王。

淮南王是各路诸侯中势力极大者，江南之地富饶，他在封国内的铺张排场直欲比拟皇室，为人跋扈嚣张，手下兵甲精良。且不说谭敬所言是真是假，哪怕确实如此，单凭谭敬的一面之词也无法将他扳倒，与其现在打草惊蛇，不如徐徐图之。

李延贞却在下朝时命人把苏世誉叫去了御书房。

他到时楚明允竟然也在，刚递上一卷地图，转回眸来看见他就笑了，苏世誉波澜不惊地与对方对视一眼，颔首打了个招呼。

“奏折朕看过了，不过对于谭敬的处置是不是过重了？”李延贞道。

“依照律法除了处斩抄家外还应将亲眷连坐，九族贬谪为庶人，三代不得入朝为官。臣已经是酌情处理了。”苏世誉不徐不疾地应答。

“谭敬和他妻子的事情这几日朕也有耳闻，痴情如此，不如改为贬官流放，留下一命。”李延贞道。

“谭敬犯的是重罪，敷衍处理怎足以震慑后人？”苏世誉抬眼看向他。

“他终归也是个可怜人。”李延贞叹了口气。

“无辜死在谭敬手下的平民百姓，哪个不是可怜人？”苏世誉平静道，“再令人动容，也终究是错了。御史台审理犯人无数，各自都有苦情和理由。若都可怜了，那何来威慑？又如何安得了国？”

“苏爱卿还是这么固执啊！”李延贞无奈道。

“陛下，”苏世誉道，“您是在为朝廷重犯求情吗？”

“朕唯独受不了你这一点。”李延贞语塞地别过头不再看他，目光顺势落在了站在一旁始终一副事不关己模样的楚明允身上：“对了。楚爱卿，你有何看法？”

楚明允不紧不慢地行了一礼，不理会李延贞的眼神示意，顾自道：“臣以为苏大人所言极是。”

苏世誉意外地看向他。

楚明允轻描淡写地继续道：“法之尊严，在于执行。”

谭敬之案再无回转余地，次日他便被游街示众，西市问斩。

谭敬跪在刑场中，举目四望，光景正好，万物蓬勃。他一一扫过台下百姓愤怒的脸，心底意外地坦然平静，周遭那般嘈杂，咒骂声随风掠过他身侧，他却半丝声音也听不到。他在踏上不归路时，便已想到了这一天。

他垂下头，想起十年寒窗，想起官袍加身，想起与好友纵酒高谈阔论，想起踌躇满志的自己，想起……莲池边那女子的明眸善睐。

“阿绣，”他不自觉攥紧了拳，用早已嘶哑的嗓音低声道，“别怕。”

只留你一人独活，别怕。

你如今这般痴傻，一定不日便能忘了我。

别怕。

府邸里，婢女领着昏睡过两日的谭敬夫人落座，饭菜摆了满桌，婢女盛了碗汤放在她面前：“夫人，用饭吧。”

阿绣只盯着对面的空位，歪头看着婢女："阿敬？"

"不是已经告诉过您了吗，大人不回来了，夫人自己用饭吧。"婢女道。

"阿敬……"阿绣呆呆地盯着那个空位。

婢女将那碗汤往前推了推，看着她道："夫人若是想见到大人，就赶快把这个喝了吧。"

她没听到一般，喃喃地念着"阿敬"。

婢女向外望了眼天，心中估算了时辰，不禁有些焦灼，扭头看着那傻夫人固执地不肯动，干脆一手按住了她的肩头，单手端起了碗。

"阿敬，阿敬……"那傻夫人回过脸看着她，忽然伸手攥住她的衣袖。婢女恍惚间看见她眼中有悲恸，愣住了。阿绣松开她，紧抓着自己胸口，急喘了两口气，再抬头时那清澈的眼里泛起水光，渐渐凝出泪珠，沿着面颊滑落："阿敬……"

"阿敬，阿敬！"她话音被哽咽打碎，一遍又一遍叫着谭敬的名字，情绪越来越激动。

婢女心头微有不忍，咬了咬牙还是将声音放柔和："夫人想见大人吗？"

阿绣身子禁不住地颤抖，她盯着婢女看，婢女将碗递到她手上："喝吧，喝下去了，就能见到他了。"

阿绣迟缓地将目光移到手中捧着的碗上，"吧嗒"一声，眼泪落入汤里。

"午时已到！"监斩官厉喝一声，"行刑！"

挥手掷令，明晃晃的铡刀落了下来，尸体重重地倒在地上，赤红的血漫过褐色木板，滚落尘土。

苏世誉收回望向天际的视线，转头看着跑过来的杜越。

杜越在他跟前堪堪刹住脚步，气喘吁吁道："表哥……你找我有事啊？"

"嗯。"苏世誉道，撩开车帘上了马车，看杜越跟着钻了进来后继续道，"有个病人需要找你，今日你随我去谭敬府中先看一下状况，随后再来我府上为她问诊。"

"谭敬？"杜越艰难地想了想，"那个今日被处死的？"

"正是。"

"表哥你连抄家都亲自去啊？"杜越敬佩地瞧着苏世誉，"怪不得秦昭说你整天都忙，不让我找你玩。"

"今日恰好有些空闲罢了。"苏世誉想了想，又道，"平日里倒也不是特别繁忙，你想来随时都可以，不必听他的。"

马车不多时便行至了地方，官兵早已将这里围了起来。苏世誉甫一下车，负责抄家的刑部官员就慌忙地迎了上来。

"怎么了？"

"这……"官员抹了把头上的汗，"谭敬的夫人死了。"

房中空无一人，女子伏在桌上，唇边渗出一抹殷红血色，尸体早已凉了。

苏世誉面色微凝，一言不发地打量着房间，那官员在旁絮絮地撇清自己，道是来时就已成了这样。

杜越拧着眉转了一圈，目光最后落到了阿绣手边的空碗上，他上前用指尖沾了一点残汤闻了闻，顿时恍然，他正欲叫苏世誉，目光不经意扫过阿绣的脸，骤然顿住了。杜越俯身凑近了些，仔细观察着。

她脸色青白枯槁，隐隐泛着些灰暗，搁在桌上的手消瘦得骨节嶙峋。

"表哥。"杜越凑了过去。

"她是被毒杀的？"苏世誉问道。

杜越点了点头，又道："表哥，你能问问她平时吃的药都在哪里放着吗？我想去看看。”

府上的下人领他们找到了药柜，木柜里摆满了瓷瓶，却都是空的。杜越挨个打开看了个遍，终于从角落里的小瓶里倒出了一点黑色粉屑，他认真研究了片刻，脸上竟渐渐有了凝重之色。

“这药有问题吗？”苏世誉问道。

杜越满面纠结地瞅了他一眼，苏世誉回头命跟在身后的人悉数退下，这才继续道：“有话直说就好。”

“这东西……也算是药，但如果瓶子里装的全都是这个的话，按分量看就是毒了。”

苏世誉尝试着理解他的话。

“哎，其实就是赤芙蓉，咱们这里特别少，我也就只在师父那里见过几次，听说特别贵！”杜越道，“跟五石散有点像，服用多了会让人变得精神恍惚，而且会成瘾，不吃就会发疯失控的那种。你路上跟我提的这夫人发病的样子，估计不是有什么顽疾，而是因为这个。”

苏世誉眸色深敛，缓声道：“你的意思是，她并没有什么顽疾，而是有人借她痴傻不能表达，把毒说成是药，借此来控制谭敬？”

“啊？”杜越挠了挠头，“我没想那么多，不过表哥你这么说，那肯定就是这样了。”

“你所说的赤芙蓉，在淮南那边能成活吗？”苏世誉问。

“南方多毒物，这东西基本上就是在那边吧。”

苏世誉闻言沉默了良久，想起牢狱中谭敬提及妻子时的模样，忽然低笑了声，轻若叹息。

“愚不可及。”

章四 假戏

临安那边传来消息时楚明允正在中庭曝书卷，古卷图册摊了满地，日光倾庭，暖风里墨香浮动。他手中正握着一卷兵书遮在额上，难得愣了愣，疑心自己听错了：“你刚才说……陈玄文的孙子如今在哪儿？”

秦昭隔着两丈书卷跟楚明允对望，面无表情地重复道：“就在京中的红袖招。”

“呵，真有意思。”楚明允笑了，“他这是被人千里迢迢地带到青楼打算卖了？”

秦昭不知该如何作答。

他信手将兵书搁在地上，足尖轻风掀动书页，转眼便稳稳地落在了秦昭身旁：“也罢，我去瞧瞧看，你待在府内等我消息。”

“是。”秦昭道，看着铺了满地令人无从下脚的书，又道，“师哥，你这书……”

“交给你了。”楚明允抬了抬手，头也不回。

秦昭：“哦。”

红袖招里，花酒飘香，寻欢客推杯换盏，美艳女子巧笑连连，楼下大厅中娇滴滴的女声唱着缱绻曲子，隔着楼板清晰地传入上方厢房中，衬得这房中格外清静。

苏世誉收回打量的目光，对着奉茶的婢女笑着颔首：“劳烦了。”

“公子不必客气。”婢女红着脸退到一旁。

“让您久等了。”静姝将帐幔挂上银钩，侧头看向身后拉着她手的少年：“没事的，出来吧。”

那少年慢吞吞地走到了苏世誉的面前，他模样清清秀秀的，只是脸色带了些苍白，惴惴不安地看着苏世誉。

苏世誉仔细地看着他，放柔了声音问道：“你是叫陈思恒？”

少年点了点头。

苏世誉轻轻笑了笑，继续道：“你小时候应该是见过我的，还记得不记得？”

陈思恒犹疑地看了苏世誉一眼，埋首摇了摇头。

苏世誉沉吟片刻，目光移到了立在一旁的静姝身上：“竟忘了多谢姑娘。当时若非姑娘搭救，恐怕他也是要葬身火海的。”

“我也不过是恰巧路过，举手之劳罢了。”静姝道。

“只是我有一事不明。”苏世誉道，“姑娘一介弱质女流，是如何将他从火海中带出的？”

静姝笑着摇摇头：“我哪里有那个本事，是他自己误打误撞地跑了出来，跌在我车前昏迷了过去。这小小年纪的，我看着可怜，就把他先带了回来。如今有认得的人找了过来，我也放心了许多。”

“原来如此。”苏世誉点了点头，看着只露了个发顶给自己的陈思恒，略一思索后轻声道：“我是你祖父的同僚，他和我家交情一向很好，所以我找了你很久。”

陈思恒不吱声。

苏世誉颇有耐心地继续道：“我是来帮你的，你不用怕我。”

这男人说话的嗓音温温柔柔的，他紧绷的身体不自觉微微放松了下来。

苏世誉见状，便慢慢地问道：“那日的事情，你还记得多少？”

陈思恒迟缓地抬起头来，看了一眼静姝，又看向苏世誉，他一双眼空茫茫的，像是还沉浸在那个噩梦般的夜晚中没有醒来，他张了张口，似乎极为艰涩地道：“我……记不清，太乱了……都是火……”

苏世誉正欲开口引导，陈思恒自己却断断续续地说了下去：“我只听见……父亲在跟谁说话，他叫对方……”

“叫对方什么？”苏世誉看着他。

“叫……叫他，”陈思恒话音几顿，神色竟显出些痛苦，含含糊糊地道，“叫他太……”

“哎哎这位爷！我们这位姑娘是不见客的！”猛然响起的尖锐女声惊得陈思恒一抖，话音陡然断了。

“实在不行您、您稍等，我去问问姑娘，哎您别——”

雕花木门“吱呀”打开，一柄檀木香扇撩开纱幔，露出一副冶丽眉眼，楚明允一眼望见坐在桌旁的苏世誉，勾唇便笑了：“我说怎么这般拦着我，原来是有贵客在啊。”

鸨母为难地跟在他旁边，畏惧地看了眼立在其中的女子，静姝触及她的视线，笑了笑：“这位公子既然已经来了，那也别惹得人家不高兴，你下去吧。”

鸨母如获大赦，连忙离去。静姝顿了顿，笑容婉约地问楚明允：“这位公子可是找我有事？”

楚明允笑瞥她一眼，并不答话却径直朝着苏世誉走了过去：“我早就说跟你是有缘的，你还不信我。”

苏世誉微皱眉：“你怎么在这里？”

真是人生何处不相逢。

依律，朝廷官员不得出入声色场所。如今朝中两位要员齐聚此间，可见这青楼不是要火，就是要拆。

“既然你在这里，那我自然是——”楚明允手臂搭上苏世誉肩头，盈盈笑道，“来捉奸啊。”

苏世誉不自在地起身退开几步，淡淡笑道：“你说笑了。”

楚明允手臂落了个空，他悠然地理了理袖子，目光扫到一脸惊疑不定的少年身上："这小鬼，就是陈思恒？"

他此话一出，又与苏世誉对视一眼，都思及早前护送陈玄文的人回报的消息，笑了一笑，彼此就心照不宣了。

静姝便也笑道："看来这位公子也是来寻人的，既然是相识，那就也请坐下喝杯茶吧。"

他们俩落了座，苏世誉对陈思恒安抚道："没事的，你继续刚才想说的，你父亲称呼对方什么？"

"我……"陈思恒张口，静姝的手按在了他的肩上，他猛然一颤，惶然地看着眼前的两个男人，再也说不出话。

"怎么了，还是怕吗？"静姝俯下身轻揽住他，柔声道，"这两位公子是来帮你的，他们不会害你，你不用怕。"

陈思恒抓着她的衣袖，咬着牙再也不发一言。

静姝无奈地叹了口气，抬眼对他们道："公子有所不知，那日后他的状况就不大好，容易受惊，恐怕方才是又吓着了。"

楚明允似笑非笑地瞧着她："这么说，怪我来得不是时候了？"

"哪里话，"静姝笑笑，"我能否先带他到后面静静，等他好些了公子再来问话？"

苏世誉道："也好，那就麻烦姑娘了。"

"还请两位公子见谅。"静姝欠身一礼，拉着陈思恒往内屋走去，身影被隔在丹青屏后。

苏世誉喝了口茶，目光落在了楚明允的身上："没想到你这般关心陈玄文的事，居然亲自来了这种地方。"

"彼此彼此。"楚明允慢悠悠地道，"我也是没想到你会在这里，还能这一副公事公办的模样，真是佩服。"

"本来就是正当之事，我这模样有何不可？"

楚明允偏头看着他，笑眯眯道："这儿又不是什么正当地方，你这样子当然奇怪得很。"

“那你有何高论？愿闻其详。”苏世誉道。

楚明允勾着唇角，将声线压低，盯着他道：“你想知道？那换个地方，我详细告诉你啊。”

苏世誉愣了愣，险些没反应过来，一时被他的口无遮拦所震惊，沉默了许久道：“陈玄文如今一介布衣，又已经辞世，你为何还如此关心他的事？”

真是好久都没见过转话题转得如此生硬的了。

楚明允索然无趣地收回了目光，答道：“陈玄文毕竟于我有恩，没能护下他，自然是要看着点他的孙子。”

他的回答令苏世誉有些意外，但还不及再问些什么，静姝已经领着陈思恒又出来了。

“小鬼，你想明白了？”楚明允问。

陈思恒垂着眼：“我……想起来了。”

“父亲他、他好像……是叫那人，王爷。”字字哽涩。

苏世誉眸色微沉，没有说话。

楚明允和苏世誉又问了些问题，陈思恒答得含含糊糊前后颠倒错乱，看来当时的确是混乱，他年纪小，所知不多。再问不出什么东西，这么耗下去也不是事儿，他们俩起身就打算离去，楚明允看一眼站在那里不动的陈思恒，挑眉道：“还不跟着走，你在这儿住得挺开心的？”

陈思恒往后退了退，站到了静姝的身后。静姝也诧异地看着他，柔声劝着想把他拉出来，他却固执地不肯挪动脚步，脸色苍白如纸，神态却是这几日里少有的倔强。

苏世誉轻轻笑了，道：“他很信赖姑娘，既然不愿走，我们也不好强求。”他看向静姝：“看来是要再麻烦姑娘些时日了。”

静姝从诧异中缓过神来，忙笑了笑：“公子客气，既然如此……那就由我继续代为照看吧。”

楚明允意味深长地看了这两人一眼，冷笑一声，抬步便往外走去。

“楚大人，”出了红袖招不远，苏世誉便在身后叫住了他，“前方有座茶楼，不知楚大人可有时间与我去喝杯茶？”

楚明允不紧不慢地转过身来：“不是才喝过吗？”

苏世誉：“……”

“呵，”楚明允笑了，“走吧。”

他们俩上了茶楼，拣了个雅静位置坐下，楚明允撑着腮将茶盏推开一点，开门见山地道：“这会儿没旁人了，你有话直说，反正我是喝不下了。”

苏世誉淡淡笑了笑，也干脆了许多：“楚大人信他所言之事吗？”

“陈思恒这个人是真的，不过话就不一定了。”

“看来我们所想相同。另外那位静姝姑娘举止有些奇怪，让我忽然想到了件事，若是可能的话，还望能像当日地牢之时，与楚大人再度联手。”

“哦？”楚明允瞧着他，“你明知道那女子不对，还敢让陈思恒留在那里？”

“那般固执的样子，难道楚大人真打算将他强行带走吗？”苏世誉道，“这毕竟是在京中，那位静姝姑娘知道我们留意着，她不想暴露自身，自然是不会对他下手的，倒是不用太担心。”

楚明允不置可否地笑笑，道：“你想找我做什么？”

苏世誉指腹缓缓摩挲过茶盏：“楚大人心里自然明白，有人妄图搅动这京中风云，虽然你我关系谈不上和睦，但若是对待外敌，总还是能当个盟友的吧？”

“我待你这般诚挚，你怎么还总觉得你我不和睦呢？可真是伤了我的心。”楚明允幽幽叹道。

“楚大人。”苏世誉看着他。

“你说。”

苏世誉收回目光，不再绕圈子："京兆府尹之前就在留意着一家地下赌坊，只是藏得极深，还未能查出些什么隐秘，但这几日我在寻陈思恒时意外发现，红袖招与那家赌坊是有所来往的。"

楚明允略一思索，笑意渐深："青楼里消息来往，搜集情报；赌坊里金银交会，敛聚钱财。若果真有一人在后操纵，那这算盘打得倒真是不错。"

苏世誉颔首："楚大人可有意与我同去看看？"

楚明允低笑："自然乐意。"

夕照残光被高峻峰崖吞下，夜色覆满人间，皓月倾华，映着长安郊外的一方飒飒竹林。竹影绰绰，幽静诡异的一个地方，隐隐有人声碎在风里。

"苏大人，我忽然觉得你不是来探察赌坊的。"

"何出此言？"

"瞧这四下无人的情形，怎么看都是不可告人的勾当。你不妨坦诚一些，莫不是别有打算，要对我做些什么？"

"我能做些什么？"

楚明允已然将檀木扇握在了手中，似笑非笑地盯着苏世誉的背影道："怕就怕御史大人表面光鲜，私下里赌债缠身，见我对你敬慕亲近、毫不设防，把我诓来给你抵债。唉，可怜我一片赤诚……"

"楚大人。"苏世誉忽然转过头，楚明允走近的步子一顿。

"实不相瞒——"苏世誉看着他。

他微微一愣，应道："嗯？"

"苏某已经记不得上一次能同你正常交流是什么时候了。"

苏世誉转回头，又试探着前行几步，突然感觉到脚下踩到了什么硬物。他俯身，借着手中火折子的光仔细打量着绿竹根部，半晌，伸出手竟从没入土中的竹根中拉出了个细铁环，一阵粗糙低沉的摩擦声响起，一小片土地随之被掀了起来，尘土登时四落漫腾开来。

楚明允捂着口鼻退开一步，看到那块掀开的地皮落净了土，原来是块铁板，掩盖着下面的一条石阶小路。那条路极狭窄，漆黑无光，阴森森地往下通去，似乎要去往黄泉冥路一般。

“这就是赌坊的入口？”楚明允不掩嫌恶地道，“从这种鬼地方进去谁还能有兴致赌钱？”

“显贵些的人自然会有别的路进入，可我们只收买到了几个赌徒，只好请楚大人委屈一下了。”苏世誉道，“也正是因此京兆府尹才迟迟没有查封这所赌坊，否则恐怕这边官府还没能进去，那边就已经逃了干净。”

楚明允意味不明地哼笑了声。

苏世誉熄了火折子，正欲进入，忽然又想到了什么：“这路上应该是极黑的，楚大人可会有所不适？”

“不适能怎么，难不成你要拉着我走吗？”

楚明允本是随口一答，不料苏世誉真伸手过来，轻握住了他的手腕。月光下彻，竹影斑驳，苏世誉回眸冲他淡淡一笑：“那就走吧。”

他竟一时答不上话来。

他们跨进入口，沿着石阶慢慢走下，这路上果然一丝亮光也无，视野里尽是浓稠得化不开的黑。随着他们不断前行，周遭越发阴冷起来，寒意贴着皮肤，像是要渗入肌理，楚明允觉得全身似乎只有手腕那里还剩了一点温度，隔着袖传来的稀薄暖意，是人掌心的温热。

谁也没有开口，唯有脚步声声踩过石阶。

也不知究竟走了多久，只是感觉到石阶由下转上，前路仿佛有光，复行数十步，豁然开朗。

此处似乎在谷中，眼前的楼阁高耸，画梁雕檐，灯火重重，明如白昼。

朱门前的小厮脸上都戴着副面具[①]，一见着楚明允和苏世誉走近便有人小跑着迎了上来，殷勤地递上两副白色面具："哟，欢迎两位爷光临永乐坊，祝您两位玩得尽兴！"

楚明允低眼端详着手中做工精致的面具："戴着这个做什么？"

"来咱这儿的人可不都是想让人知道的，戴上面具，不论做什么，总归是自在得多。"小厮笑道。

面具齐额而下，遮住了大半张脸，只露出了下颌。楚明允和苏世誉对视一眼，低声笑了笑，推门而入。

浓郁酒香混合着脂粉香气浮动在整个大厅里，钱银撞击的声响清脆，歌女的嗓音混杂于一片喊杀叫骂的喧嚣中。放眼望去，张张赌桌前都挤满了人，美艳赌妓穿梭其中，气氛正热烈。

"嗯？"楚明允看见苏世誉张口说了些什么，伸手把他拉近，凑到他耳畔，"你刚才说什么？"

苏世誉犹豫了一下，没有推开他，道："在这场中是看不出什么的，我们要想办法见到赌坊主人才行。"

"苏大人看上去似乎已经有主意了？"

"此处之所以吸引人，除了百无禁忌无所不赌，还有更重要的一点，"苏世誉道，"那些赌徒说这里有个规矩，场中赢钱最多的人可去楼上与主人赌一把，胜者可以随意提一个愿望，他们必然办到。"

"随意提？"楚明允不无嘲讽地笑道。

这种狂妄之言，恐怕连当今圣上也是不会轻易开口的。

苏世誉点了点头："所以我觉得此处古怪，并不像是单纯的敛财之地。"言罢看向了楚明允。

他们俩挨得有些近，这一眼便直接看入了眼底。楚明允眸光清亮，他微愣，不自觉退开一些，拉开了点距离。

---

① 赌坊戴面具的设定借鉴自《陆小凤传奇之陆小凤前传》。

楚明允触及他的目光，似乎明白了苏世誉为何说要请自己帮忙，便问道："你不会赌钱？"

"自然不通此道。"苏世誉笑笑，"若是押大押小尚可勉强一试，可这厅中挥掷钱财最多的赌桌是牌九一类，我便无能为力了。"

楚明允笑了："巧了，我也不会赌钱。"

苏世誉转头直看着楚明允，隔着面具都能清楚地感觉到他那深深的诧异。

楚明允看着他："我就那么像是不学无术、骄奢淫逸的人？"

苏世誉默默地收回了视线，笑了笑："怎么会。"

楚明允挑着眉梢冷冷地道："我好歹也是从军之人，行伍里军纪严明，无论我为人如何，这方面总是要以身作则的。"

"失礼了。"苏世誉顿了顿，难得迟疑道，"既然如此，难道要回去再从长计议？"

"走个什么，来都来了。"楚明允看向大厅中央最大的赌桌，那处人头攒动，隐约看得见桌上堆成小山的筹码，赌桌上的人物皆是衣着华贵，身后一溜儿小厮在端茶侍奉。其中一个紫衫青年尤为显眼，满身琳琅配饰讲究至极，手中摇一把金漆玉骨的名家画扇，掷出了两张黑色骨牌，隔着几丈远都能瞧出那举手投足间的轻浮做派，无比招摇。

楚明允仔细看了片刻，忽然道："那个纨绔怎么有些眼熟？"

苏世誉顺着他的视线看了过去，回想了片刻道："这一身……应该是楚党的兵部侍郎许寅的独子许桐。"

有些纨绔子弟的穿着总是比脸还要好认，毕竟面具也挡不住那股磅礴的败家之气。

不过楚明允在意的不是这个："你为什么要特意说是楚党？"

"只不过是为了方便楚大人记起此人。"苏世誉平淡地道。

楚明允不和他斤斤计较，盯着赌桌略一思索，随即笑了："若是这赌坊真有古怪，那我倒是有个办法可以一试，只是不知道苏大人肯不肯委屈着配合一下？”

“但说无妨。”

楚明允凑到他耳边低语几句，苏世誉眸光微动，转而淡声笑了：“倒不是什么难事。”

“可别后悔啊。”

“那就劳烦楚大人费心了。”苏世誉扫了周围一眼，他们俩人站着交谈了许久，虽然位置不显眼，但也总是惹来了些探究的目光。他退开一步，微微提声道：“公子且放宽心，我自然是不会告诉旁人您来过这里的。”

楚明允带笑瞥了他一眼：“没白疼你。”抬步便往中央的赌桌走去。

这边许桐正巧胜了，身后的小厮忙将灿金筹码大把大把拢了过来，他得意扬扬，输了的那几人非但不恼，反而跟着奉承。

“许大少爷今日可真是好手气！”

“岂止是今日，这些天来哪次不是连胜？要我看，要不了多久就能被请上去跟这主人赌上一局了。”

“那还用你说？许大少爷，你想好要提什么愿望了吗？若是升官发财，可千万别忘了咱们哥几个……”

许桐摆了摆手：“玩着高兴就行，有什么愿望好想的。升官发财有什么意思，就是如今皇帝的享乐之道我也见过几次，也不过就那样，哪里比得上咱们逍遥自在。”

楚明允没忍住冷笑出声。

这时刚巧还没人接上许桐的话，稍有些静，楚明允这声冷笑便显得格外清晰。

许桐眉头一皱，当即不悦地看了过来，其他人也不约而同地将视线落在了他的身上。

眼前的男人身姿卓然，面具下的唇角微微弯起，一双眸子里含着冷淡笑意，就侧身倚着赌桌任人打量，满不在意的模样。

明眼人都能看出这是个显贵之人，许桐按捺下心头情绪，问道：“你笑什么？”

“呵，”楚明允道，“我笑有人不知天高地厚，明明是坐井观天，还自以为潇洒得很。”

“什么意思？”

“只不过隔着老远看了几眼，就敢妄论天家威仪。小小赌坊里赢了几场，还真就不晓得自己是谁了？”

许桐盯着他，冷声道：“我是谁我自然清楚，你又是哪里冒出来的？什么天家威仪，说的似乎你就有多明白似的。”

楚明允冷冷地睨他一眼：“自然要比你明白得多，我当年同陛下一道……”

“公子。”他身后的苏世誉出声道，打断得恰到好处。

楚明允回眸瞧了他一眼，笑道：“也罢，不是什么值得提的往事。”

这张赌桌上正砌牌的是掌管这楼下赌场的头领，闻言抬头看着楚明允，出声问道：“请问这位爷贵姓？”

“我姓林。”楚明允随口道。

头领心思急转，怎么也回想不起来这京中有这么号人物，正欲再问些什么试探，却被许桐抢先道：“这么说这位林公子身份不凡啊，既然看不上这小小赌坊，那你来做什么？”

先前奉承的几人总算回过神来，朝中要员中并无什么姓林的人物，再听许桐强硬了许多的口气，便明白这男人只怕是个装腔作势的，连忙跟声道：“就是，一上来就找碴，莫不是自己手气太差，来逞口舌之快的？”

楚明允嗤笑一声，抬手随意地揽过了苏世誉，不徐不疾地笑道：“我家这位哥哥嫌这京中无聊，我便带他找个有趣的地方玩玩，没想到这里也不过如此，还有一帮自吹自擂的乌合之众。”

苏世誉默然无语地看了楚明允一眼，他并不记得楚明允提过自己竟会是这么个称呼。

许桐一众惊得一愣，楚明允却已直起了身，一手仍揽着苏世誉的肩，故意叹道："你瞧也瞧过了，这里其实没意思得很，还是跟公子回去喝酒吧？"

这几次接触下来，楚明允自然发现了苏世誉是极为不愿与旁人有过多肢体接触的，可这么多双眼睛盯着，他戏总是要做足，所幸御史大夫为了这正事极有气度，身形虽然有些僵硬，但当真忍着没有丝毫躲闪。

他这话的口气听着像是从外地入京的人，赌桌后的头领琢磨着，再看他身旁的白衣青年，虽见不着脸，可那清雅出众的气质着实难以忽视。这般的人物都能收作侍从，头领心中暗忖，难不成是哪家王爷的世子跑来了？

苏世誉略一迟疑，正要开口，头领连忙抢声道："两位爷别急着走啊，楼下没什么意思，可咱们这楼上的花样可多的是呢！"

"哦？"楚明允回头扫他一眼，又看向苏世誉："哥哥，你说呢？"

他那声尾音拖得刻意，唤得苏世誉头皮一麻，差点忍不住要将他推开，定了定神才道："看看也好。"

"行。"楚明允便转身，直接在庄家的位置上坐下，斜去一眼看着许桐道："看傻了？还敢来吗？"

"有什么不敢的？"许桐怒道，冲着小厮一瞪眼，筹码便押了上去，"拿本事说话！"

另几个纨绔也纷纷跟着下了注。

赌坊小厮拿了楚明允摸出的几张银票，忙不迭地换了筹码过来，才搁在桌上就引得许桐冷笑："架子摆得挺大，就这么些钱还敢坐庄，小爷我跟你赌都嫌折了脸面！"

作为赌注最大的赌桌，这里从来是一掷千金的，可毕竟寻常人谁出门也不会揣个千金万两在身上，正好给了许桐冷嘲热讽的机会。

楚明允懒得搭理他，身后的苏世誉却忽然出了声：“那再加上这个，如何？”

楚明允诧异地回过头去，只见苏世誉从袖中取出了一枚玉佩，那白玉质地温润，雕工精美，在他掌中隐隐流光溢彩，看得出价值不菲。他伸手就要交给一旁的赌坊小厮：“拿去换筹码来吧。”

小厮瞪圆了眼盯着玉佩双手要接，楚明允一把握住苏世誉的手腕给按下了：“你较这个真做什么，就不怕我真把它给输了？”

苏世誉淡淡一笑，将玉佩放入楚明允手中，玉石触手生温，他道：“公子开心便好。”

楚明允忍不住低声笑了笑，将玉佩压回了他手中：“你这么好，公子哪里舍得用你的钱，这点筹码就够了，等会儿让你看看那边是怎么哭穷的。”

许桐也是对玉石有所研究的人，见着那玉佩眼睛差点直了，暗道难不成果真招惹上了贵人，心头乱跳之际猛听到这句话，脱口道：“你什么意思？”

楚明允笑吟吟道：“怎么，我方才听见你说没什么愿望想提，既然如此，我就当成人之美了。等会儿输了钱，你正好再潇洒一把，不过可别真哭啊，不然我可哄不了。”

“放屁！谁输谁赢还不一定呢！看清楚了！”许桐一把将筹码“呼啦啦”地全推了过去。这人再有来历他也想打死了。

这边吵闹引得不少人围了过来，旁边的纨绔忙打圆场，催着头领发牌。头领仔细观察着楚明允的举动，边摇骰掷点，边开口问道：“这位林爷，您这财势兼有，还有想提的愿望？”

“有啊。”楚明允看着其他人的动作，心中揣摩着赌局的规矩。

“那不妨说与大家听听，小的也好看看能不能办到？”

“你们这里不是号称什么都能做到吗？”

头领将牌依次分发下去，笑道：“当然，但也是要分容易和难办的。您总得让咱们心里有个准备不是？”

楚明允依样将四张骨牌两两分组摆在眼前，想了想道：“我若是想让那御史大夫苏世誉到这儿陪我玩一宿呢？”

周遭一瞬间静了，苏世誉的手无声地按在了他的肩上。

头领愣了愣，不知这人是觉察到了自己的试探之意，还是果真为人如此轻狂。

楚明允面不改色，坚决不回头看苏世誉一眼，研究起了手中的牌。

身旁的许桐忽然爆出了声笑来。“你这样子居然还来说我，御史大夫也是你能打主意的？”他摇头讥笑道，“我说，凭你这副轻浮浪荡的样子，就算他们能把苏世誉找来，你觉得你这号人能入他的眼？”

楚明允扫他一眼，诚心求教：“那你有何高见？”

许桐脱口道：“不是都说太尉楚明允不可一世吗？看他平日那嚣张气焰，被押来作乐岂不有趣得多？”

苏世誉按在楚明允肩上的手微用了力，大概是怕他动手。却不想楚明允反倒笑了，语气意外地还有些温和：“你竟还有这种想法？”

许桐有些纳闷他的反应，随即哼笑道：“等赢了你，这个倒也是能作为考虑的。”

楚明允笑着看他，道：“你可得记好这话。”随即收回了视线。

他眼底是冷的，许桐一愣，几乎以为自己看错了，无端地一股寒意渗入心头，回过神时发现赌桌上已经开始亮牌了。

楚明允不动声色地瞧着，觉着跟比大小也差不到哪儿去，两组牌比上两局，全胜全败为胜负，一胜一负为和局。另三人依次亮出牌，看热闹的啧啧叫着什么“杂七”“板凳”，他一概听不懂，也不想什么策略，直接将手中那组点数大的牌摊开，头领当即叫道：“双梅！庄家通吃一道！”

许桐愣了愣，没料到他手气果真不错。楚明允瞥了眼过来，他猛然回神，叫道：“再来！”直接将手中骨牌翻了过来。他在这里厮混多日也不全是靠人奉承，手气多少还是有的。

楚明允默算了一下，暗笑自己手中剩的这对牌恐怕一个人也压不过了。他气定神闲地扫过赌桌上摊开的牌面，对周遭看热闹的催促置若罔闻，笑得越发高深莫测。

“怎么着？输不起了？”有人不耐烦道，“快麻利点，别磨磨蹭蹭的！”

头领也看了过来，正对上楚明允笑意深深的眼，他微怔，却见楚明允伸手将牌推到了他面前，慢声道：“你替我开，让他们仔细瞧瞧。”

头领掀牌看了一眼，表情几许复杂，看着楚明允一时主意不定。

楚明允一手闲闲地支着下巴，笑意盈盈道：“开呀。”

眸光冰冷，无形的威压随视线落在他身上，压得他心口一窒，那是常年手握生杀予夺大权的上位者才有的眼神。头领匆忙低下头，不再与他对视，指腹反复摩挲过骨牌，深吸了一口气，陡然提高了声音。

“丁三配二四，猴王对，通吃，庄家胜！”

对牌霍然翻开，纯黑骨牌上红白点数鲜明，这是牌九中的绝配，最大的对牌。人群中陡然炸开了锅，许桐拍案而起，难以置信地盯着那副牌。

默然将一切纳入眼底的苏世誉淡淡笑了，明白了为何楚明允说这赌坊若是有古怪他就定然能胜。这里又不是真要靠做生意赚钱，拉拢高官贵胄更能助他们侵蚀京城势力。即使运势再不佳，这里的人也自然会替他们出老千。

头领忙从桌后走出，弯腰恭敬道：“林爷，这边走。”

楚明允和苏世誉被请到了楼上。

屋子里装潢华贵，明珠作灯，珠帘生辉，娇艳的侍女奉上茶水点心，头领躬身道：“两位爷稍候片刻，小的这就去通知主人。”言罢便关门退下了。

楚明允顾自斟了杯茶，走到苏世誉身旁，望向窗外远山如黛的夜色："怎么了？"

苏世誉回眸看了眼垂首站在不远处的侍女，侧头凑近了楚明允，压低声音道："我认出这是哪里了。"

楚明允随手揽住他的肩，再拉近一点，鸦色长发滑下肩头，略掩住了两人神情，远看去仿佛只是在并肩赏景："嗯？"

苏世誉微皱眉，继续道："长安外荒丘乱坟而西几里。怪不得没人能发觉，这山谷中原来是乱葬岗。"

楚明允将茶盏递给他，低语道："正好这赌坊主人在，要通知刑部来人吗？"

"你自己喝就好。"苏世誉挡回他的手，道，"听你的意思，是有办法通知过去？"

楚明允抬手饮尽杯中茶水，忽而笑出了声。"给你倒茶都不肯喝，还说是不记仇？"他无奈极了地叹道，"不都告诉你了那是玩笑话，你还真生气了？"

苏世誉默然地拉开他揽着自己的手，一时不知该从何接话。

楚明允反手握住了他的手臂，笑眯眯地盯着他道："放心，哪怕有千个万个苏世誉，也绝比不上哥哥你的一分半点。"

苏世誉怀揣着复杂的心情，语气平淡地配合道："是吗？"

楚明允装模作样地又长叹了口气："你若是不信，那我现下就给你写一篇赞辞可好？"转头便对着目瞪口呆的侍女道："这里可有笔墨？"

几个侍女忙回神点头，碎步跑出去拿了笔墨纸砚回来，在桌上铺展摆开，等着楚明允吩咐。

只听楚明允吩咐道："他脸皮薄，你们都出去候着，若是头领和你家主人过来了，记得先通报一声。"

侍女们垂头应是，鱼贯而出，走在最后的年纪较轻，回身关门时不禁偷瞄了眼苏世誉，脸顷刻红了个透。

待到确认屋内再无他人，苏世誉才道："楚大人真是才智过人。"

楚明允替他裁下一截白宣：“我怎么觉着你并不是在夸我？”

“自然，若是能有不让你我如此不自在的法子就更好了。”

楚明允摊开手，偏头道：“我没有不自在，怎么，你受不了了吗？”

苏世誉转过身执笔蘸墨，撩袖写起了信。

楚明允便轻笑了声，站在一旁瞅了片刻，然后从袖中摸出一个小小的通体透碧的口哨放在唇边，吹而不响，不多时窗外乍起一声清啸鸟鸣，一团黑影飞入了屋中。黑羽鸟在他肩头稳稳落下，似是极欢喜地冲着楚明允叫了两声，又扭过圆脑袋啄了啄翅羽。

待信笺上的墨痕干透，楚明允将它卷起塞入鸟腿上的竹筒，他看着黑羽鸟翅膀轻抖，转眼就疾掠飞远，顺口叹道：“但愿陆仕那个老顽固别一见着秦昭是我的人，就将他给赶出去了。”

“陆尚书在要事上还是有分寸的。”顿了顿，苏世誉问道，“你这传信的是……”

楚明允抬手打断苏世誉的话，叩门声忽响，那头领在门外询问。

“我师父留下的秘术。”他言罢转身提声道：“进来吧。”

雕花木门由外推开，头领跟着一个年轻的男人进入。对方冲他们笑了笑，自我介绍道：“在下姓慕，是这永乐坊的老板。林公子，幸会。”

“幸会。”楚明允点了点头，似笑非笑地道，“慕老板这么年轻就掌管了这般规模的赌坊，可真是厉害。”

慕老板客气了几声，看着他们道：“此处并无旁人，可否请二位摘下面具一谈？”

楚明允尚有犹疑，苏世誉却已将面具取下，直视着他微微笑了，开口道：“慕老板，能否容我询问一句？”

慕老板一见到苏世誉的面容就愣住了，待到楚明允也跟着取下面具，他目光在两人脸上徘徊片刻，垂眼忙笑道：“未料到两位公子有如此天人之姿……失礼了。”

“无碍。”楚明允道。

“不必介怀，”苏世誉看着他，道，“敢问慕老板可是曾见过我？”

“从未见过。”

“是吗，”苏世誉温和地笑笑，“那为何我却觉得你有些眼熟？”

慕老板笑道：“天下近似者何其多，我姿容泛泛，也许是跟公子的哪位友人恰好相似吧。”

苏世誉收回目光，了然地道：“仔细想来，的确是和一个人很是相似。看来是我认错了，抱歉。”

楚明允扫过去一眼，问苏世誉道：“像谁？”

苏世誉敛眸，缓声笑道：“依年岁，那人应当叫我一声兄长，公子想必也是认得的。”

他话音落下，慕老板瞳孔猛一缩，面上表情仍维持着平淡无波，开口岔开了话题：“我看两位公子气度风雅，那咱们这楼上的赌局就不能像下面那般庸俗了，来换种赌法如何？”

“什么赌法？”楚明允问。

慕老板笑笑：“公子稍候，我去安排一下。”言罢唤侍女都进来仔细侍奉，命头领随他离去。

才出了屋子，慕老板的脸色瞬间变得难看起来，低斥道：“你怎么搞的？居然把这两个人给我请过来了？”

头领惶然道：“属下只是按着向来的规矩……”

“规矩？”慕老板冷冷地看向他，“我何时定了连人都不看清楚的规矩？”

头领回想起自己还暗中助了楚明允，心下生寒，慌忙道：“那先命人拖住他们，楼里动作快点，应该赶得及撤走……”

慕老板手攥成拳砸上了廊柱，怒极反笑：“楚明允和苏世誉两个人都在，你还以为我们能全身而退？更何况苏世誉多半是已经认出我来了！”

“怎、怎么可能……”头领偷瞥了眼慕老板脸上巧若天成的面具，

“属下倒觉得像是他故意唬您的。”

“那家伙只要那么一笑，就意味着他心里全明白了，就是不想直白告诉你，从小到大他都这么个样子，还能有假？”

“那少主您看……”

慕老板盯着虚空的眼神逐渐狠厉，咬牙道：“事已至此，只好搏一把看看。”

他猛然转身，又道：“派人通知红袖招那边，其他谁都别管，让静姝赶快离开长安。”

在楚明允和苏世誉闲闲地快喝完一盏茶时，慕老板带人回来了，顿时满屋香风缭绕。红色纱幔覆裹雪白肌肤，似隐若现，那些舞女在他身后并列一排，个个身姿妖娆，眉眼精致。

慕老板道：“请林公子将眼蒙上，让她们围绕你舞上一曲，其中有一人手里拿有东西，你若是猜出是谁，便是胜了，怎么样？”

楚明允随手搭上苏世誉的肩头，漫不经心地打量着那些女子，笑了：“慕老板，你无端让我白享这等艳福，我恐怕是消受不起啊。”

苏世誉没躲开，只是默然饮茶，无意参与谈话。

“林公子若是不方便，也可先回去，待我这边想些有趣的再赌。”

“没什么不方便的，慕老板怎么还急着撵人了呢？”楚明允笑道，“来吧。”

得了慕老板的眼神示意，有个舞女便捧着条赤红丝带走近，苏世誉抬手拦了一拦，礼貌地笑道：“劳烦姑娘了，交给我便好。”他接过丝带粗略地摸过，柔软细腻，的确是条寻常丝带，随即看向了楚明允。

楚明允正偏头含笑瞧着苏世誉，见他看过来便从容地闭上了眼。丝带在眼前缠过，系在脑后，触及的力道轻柔，隐约嗅得到一点淡淡香气，楚明允忙里偷闲地想，这被御史大夫伺候的感觉可真是不错。

苏世誉拉着楚明允在屋中站定，这才退回原位，不动声色地旁观。

慕老板不禁回头看了苏世誉一眼，却不想正与他目光相撞，仓促一笑，忙转回脸拍了拍手道：“开始吧。”

旖旎乐声随之响起，曲调辗转缠绵，舞女的身姿柔软地舒展，轻盈若凌波，夭矫若惊鸿，红纱随舞步扬起，朦朦胧胧的赤色交错，仅有一点墨蓝闲立，像是被这温柔乡远远隔在其中，似近似远地看不大真切了。

的确只是舞蹈，并无杀机，苏世誉暗中莫名，不自觉微皱起眉。

乐音渐至高潮，舞女身影交错得越发快了，不时有纤纤素手触及楚明允衣袍，一掠而过，几乎辨认不清。弥满视野的是红纱雪肤，光影交错，恍若入了妖魅的洞府，将被勾引去与她们欢梦一场。

一个舞女猛然向后跌退几步，狠狠地撞在了墙上。欢梦乍破，乐声骤哑。

方才还紧贴着楚明允的舞女们陡然弹开一丈远，皆是训练有素的身手。那靠着墙的舞女不能置信地低头，看到一柄檀香扇插入了她的腹中，才一张口就有血喷出，血色漫上赤裙，更添几分艳色，她手上的短刀“当啷”一声摔在地上。

楚明允抬手将覆眼的带子勾下一半，只露出了一眸，回头看了过来。他眼角狭长，被赤色映得如有胭脂晕染，流露出浓烈笑意。

“我猜中了，可是赢了？”

一切只不过是在瞬息间，慕老板率先回神，暴喝一声：“还不快进来！”

随着话音落下，一群黑衣人破门而入，红衣舞女也都反应过来，旋身竟从一旁的琴瑟中抽出软剑，逼近楚明允身旁。

苏世誉脚步几错拉开了距离，抬手便将手中茶盏掷出。

滚烫的茶水迎面泼来，为首的黑衣人下意识要侧身躲开，而眼前光影一晃，蓝衣男人已然闪身到了身旁。腕上一痛，长剑直接被蓝衣男子夺了去，紧接着瓷杯携劲力击上髌骨，他不受控制地跪了下去，将身后人阻得脚步顿时错乱。

楚明允覆手持剑挥出，斩碎空中水珠，直取慕老板咽喉。

慕老板反应也快，顺手一把捞起桌子甩了过去，得空疾退几步。楚明允躲也不躲，手中长剑厉风不减，直接劈开了厚重桌案，一声沉闷爆响，圆桌四分五裂炸开，木屑飞溅，迫得周遭的人连连后退。

黑衣人大多向着楚明允冲去，苏世誉在另一旁身形灵活地错开交织在周身的刀锋，信手扯过一人直接推去，白刃自那人身后透胸而出，撞得一阵混乱。他一时得空，转头看向了楚明允那边，微微一愣。

不过几招慕老板便显出了劣势，靠着围杀楚明允的手下才有喘息余地。楚明允并未对他人的袭击分神过多，不过偶有几招横扫震开阻碍，早已扯下丝带的他一双眼紧盯着慕老板，步步紧逼，气势迫人。

苏世誉忽而从未有过地清晰认识到，眼前此人本就是位将军，似乎可遥想到在那塞外疆场之上，他于千万人中策马驰骋、破阵杀敌、斩将夺旗的身姿。

楚明允眉目本就生得艳丽，平日里又常带着似有若无的笑意，总是会显出些妖冶之色，因此朝中骨气刚硬的老臣对他多有轻蔑不屑。而此刻他脸上却再无半点笑意，眼神锐利，连微抿的唇线都显得冷硬，满身戾气再不掩藏，分毫毕现。

原来这世间果真有所谓杀伐之美，举手投足间皆染上血气，却这般令人惊心动魄。

——苏家四代，不缺你一个将军。

苏世誉心头一凛，陡然回神。这一恍惚间正巧有刀从侧里偷袭过来，他忙侧头微后仰了身，那锋刃堪堪擦着他鼻尖而过，他伸手握住对方手腕，直起身反手将刀猛力还入，血光四溅。

那边慕老板终于气力不支，兵器脱手摔出几尺远，楚明允的长剑已然追至，迎面刺来，他急喘口气，情急之下硬是双臂架起，生生拿血骨扛下一击，顿时痛吟出声。

楚明允索性放开了剑，出手如电，直袭他心口，黑衣人的兵刃纷纷落下，楚明允身形一错闪开，手上也跟着偏移些许，手下的身体猛地剧颤，肋骨不知断了几根。慕老板咳出一口血，狼狈地退到窗口，他望了外面一眼，看着已然逼近的楚明允，一咬牙纵身从窗口跃下。

楚明允猛然拦上，抓住他襟口又被他猛力挣脱，错乱中似乎从慕老板怀中扯出什么，不及细看便见对方已然急坠而下，身影眨眼就隐没于楼外的莽莽林海中。

楚明允回身，眼风凌厉地扫过身后。黑衣人与舞女已伤残过半，主人又脱身而去，一时不禁退了一步，警惕地盯着他，不知如何是好。

窗外忽然远远地传来马蹄踏叶的滚滚声响，楚明允回眸一瞥，只见有一线火色河流自远而近地穿过山岭茂林，涌向了这边。他眉宇终于有些微松动，有了笑意，对苏世誉道："哎哥哥——"

身边已然收拾利落，一丝血色都未染上白衫的苏世誉扫他一眼。

"咯——苏大人，"楚明允改了口，"刑部的人赶来了，倒还挺是时候的。"

手持火把纵马而来的官兵们近了，屋中人自窗内都能清楚地看见。苏世誉收回目光，对着还立在屋中的人微微笑道："顽抗无益，你们毫无胜算。"

众人相互对视，犹豫着，终究是放下了兵器。

官兵不多时便将永乐坊围了个水泄不通，挨层搜查上去，将楼中所有人押送去刑部待审。楚明允看了一会儿，自觉无事，便对着灯光研究起握在手中的物件。

这是个铜符，轮廓深浅分明，铸成了什么瑞兽的模样。楚明允在手中把玩许久，一时猜不出是作何使用的。

身后有脚步声近了，苏世誉的声音响起："林中已经搜查过了，有几处血迹，但寻不到那位慕老板。"

楚明允将铜符收入怀中，转过身漫不经心地道：“寻不到也无碍，他被我重伤，不死也差不多了，先审问审问那些下人看看。”

苏世誉颔首：“今晚真是麻烦楚大人了，我替陆尚书向你道声谢。”

楚明允随意摆了摆手，道：“道谢就免了，让他别总是要把我生吞活剥一样地瞪着我就行了。”

苏世誉淡淡一笑，没有接话。

“对了，”楚明允忽然道，“你不是已经认出那个慕老板了？”

苏世誉轻轻摇头，笑道：“我若是真认出是谁了，也就不必再陪你做戏，更不必让人去林中搜寻了。”

“哦？”楚明允奇道，“这么说，你那话都是假的？”

“也不全是，”苏世誉道，“的确是隐约感觉有几分熟悉，但想不出究竟是谁。后来的话不过是想诈他一诈，看他会不会自乱阵脚。”

“那苏大人是怎么确信他是要叫你兄长的人？”

苏世誉奇怪地看了他一眼：“楚大人难道看不出他要比你我小上一些吗？”

“看出来了。”

显出破晓之色的夜空里忽然响起一声鸟唳，黑羽鸟自半空俯冲而下，落在楚明允抬起的手臂上，及时挽救了这走向尴尬的场面。

楚明允拆下信笺，唇边慢慢勾起了笑意，侧头对苏世誉道：“看来，这夜可还没完呢。”

“有人偷偷溜出了长安城，似乎是往这边来了。苏大人，你我现在往回走，说不定刚巧能碰见呢。”

晓色苍苍，山岚稀薄，一辆马车疾驰出了长安，拐下官道，径直入了林中。

静姝面色凝然，倚着车壁怔怔出神，不知在想些什么。陈思恒挨着她坐在车里，悄悄将车帘撩开望了一眼飞速闪过的深深林木，又收回视线，半晌终究忍不住扯了扯身旁人的衣袖，细声细气地叫道：“静姝姐姐。”

陈思恒一连唤了好几声，静姝才迟缓地回过神，冲他勉强一笑，问道：“怎么了？”

陈思恒忧心忡忡地看着她：“为什么我们要连夜出城，是出什么事了吗？”

“对，”静姝想了想，哄道，“不过不是什么大事，可能有点小变故。你记不记得之前常来找我的那个哥哥，我们去看看他。”

陈思恒却低下头去，手上不自觉地攥紧了自己的衣袖，低声道：“可是我……觉得很害怕……”

静姝讶然，只听陈思恒慢慢地说了下去：“那个晚上……好像也是这样的，大家都告诉我没事，然后、然后没了……什么都没了……”他话音微微哽咽，偏又埋着头不让人看见，只是那身躯实在消瘦单薄，似乎再也撑不住什么重压了。

这孩子是依赖信任极了她，静姝哪怕心肠再硬，此刻也不免动容。她沉吟片刻，将藏在袖中的匕首塞给了他，柔声道：“你不用怕。”

陈思恒慢慢地抬头看着她，果真红了眼眶。

静姝粲然一笑，摸了摸他的脑袋，道：“你有了刀，就有了力量。再害怕的时候，就可以保护自己了。”

陈思恒张了张口，还欲说些什么。外面猛然响起了声尖厉马嘶，车陡然刹住，静姝连忙揽住陈思恒控制着他没有摔出去，待身形稍稳放开他，边撩帘边提声问道：“发生什么了？”

车夫竟已然逃窜，浓夜渐薄，她一眼就望见了不远处下马的两个人，白衣青年一转头也看见了她，笑道：“又见面了，静姝姑娘。”

静姝心神一震，面上却带上了笑，拉着陈思恒走下车：“真是巧了，两位公子怎么会在这里？”

“刚解决完了桩案子，正要回城。”苏世誉道，“姑娘又为何这个时辰出现在了这里？”

“我……”

“你们俩这么绕圈子不觉着累吗？”楚明允冷冷地插话进来，走近了一步直接将那铜符冲静姝亮了亮，问道：“你知不知道这是什么？”

静姝脸色顿时变了：“它……怎么会在你手上？”

楚明允收回手瞥了眼东西，冲她弯眸一笑：“你觉着呢？”

“你……”

“自然是它主人死了，我从他身上拿出来的呀。”

静姝身形一晃，喃喃道：“死了？……死了？”

她脑中顿时空白一片，似乎极为茫然困惑地四下看了看，最终目光艰难地落回了楚明允身上。她眼神骤然变得怨毒，一把推开身旁的陈思恒，迅猛如电地冲向他。

“我杀了你——”声音尖锐凄厉，不复温婉。

“呵，”楚明允挑眉笑了，微侧身掠至她身前，抬手截下招式，死死扣住她的手腕，“身手倒是不错，可惜——慢了点。”他反手一把将静姝甩了出去，直跌得撞上了几丈远的古树。

静姝挣扎着撑起身子，咳了一声，只觉浑身骨头散架般地发疼，一时竟再站不起来。

“站不起来就乖乖躺着，回答我的问题，”楚明允抬了抬手中铜符，“这是做什么用的？”

静姝盯着他，轻哼了一声，猛然摸出什么塞进了口中。她抬手的瞬间苏世誉就上前去拦，一把拉下了她的手臂，但终究晚了一步。静姝极为挑衅地跟苏世誉对视着，白皙的喉微动，将东西咽了下去。

苏世誉轻叹了口气，松开她站起了身：“姑娘何必如此决绝，我们对你并没有杀意。”

静姝双手撑着地，忽然慢慢地笑出了声，那笑声渐渐大了起来，竟显得有些畅快之意。“少主……”她望着远处，“静姝无能，你……

你且等我。”

她身体忽然不可抑制地颤抖起来，一丝血色自唇边渗出，瞳孔已然有些涣散，近乎呆滞地痴痴呢喃着。

苏世誉微皱眉，俯下身去。只听她断断续续地道：“静女其姝，俟我……于城隅。爱而……爱而……不见……搔首踟蹰……”

——你叫什么名字？

——回禀少主，属下身份卑贱，不配有名，只依次序称十七。

——哪有这么叫姑娘家的？我想想……静女其姝，既然你是父亲派来辅佐我的，那听我的，改唤为静姝如何？

“静女……其……”静姝猛然咳出一口血来，失力后仰过去，再无了声息。

那殷红的血涌向空中，撞进陈思恒呆愣愣的眼里，将他拉回了那个火与血交辉的夜里，他悚然一惊，仿佛终于从一场大梦中醒来。

苏世誉直起身：“看样子，她是抱了必死之心来的。”

楚明允意味不明地轻笑了声，将铜符收回。

苏世誉转回头看向他，脸色忽然微变：“当心身后！”

一直傻站在一旁的陈思恒忽然不要命似的扑向了楚明允，手里攥着一把匕首，神情退去了一切懦弱，狠厉得像只小狼。

那气势中竟带着丝同归于尽的意味，他手中匕首折射出锐利的光，狠狠地朝着楚明允落下。

楚明允回头，压着他的手轻而易举地就将他甩开。陈思恒重重地跌在地上，匕首脱手摔出老远，他看也不看，一起身又猛地扑了上来，一双手毫无章法地胡乱挥打，竟是硬生生将楚明允的发带扯断，鸦色长发顷刻散了满肩。

“啧。”楚明允耐性告罄，一把将他掀翻在地，抬脚就踩上还要挣扎着爬起再冲的陈思恒的肩头，令他再动弹不得。

“小鬼，搞什么？”楚明允端详着他。

陈思恒通红着眼，发出的声音近似嘶吼：“你杀了她！你杀了她！”

“呵，”楚明允嗤笑，“人还没长大，就已经被漂亮女人迷了心窍了？”

“她救了我！只有她！”陈思恒已然泪流满面，“你们说自己是祖父的同僚，说为我做主，可我家破人亡的时候你们在哪里？只有她！把我从火海里救出来的只有她！”

“她若不害得你家破人亡，你哪里轮得到她去救？”楚明允冷冷道。

“你胡说！”陈思恒瞪着他，“我才不信你们的话！”

苏世誉走了过来，低头看着他道：“你方才说，是静姝姑娘把你从火海里救出来的？”

“是！”

“那你记得不记得，在红袖招里你们是如何告诉我的？”苏世誉道。

陈思恒顿时哑然。

苏世誉便慢慢地道：“她说，你是自己从宅子里逃出，然后昏倒在了她的车前。”

他垂眸看着陈思恒：“静姝姑娘有问题，你心里分明清楚，不是吗？”

陈思恒不作声。

“你刻意忽视、回避这些，是因为怕一旦点破，你就会变得无所依托了吗？”

这个男人说话的嗓音温温柔柔的，一字字，敲碎他借以喘息的自欺欺人。陈思恒闭上眼，失了满身力气般地躺在地上，清泪滑落苍白的脸颊，滚落在地上。

楚明允低眼瞧着他，忽然开口道：“还有一点，我们何时说过要替你做主了？”

陈思恒睁开眼，怔怔地看着他。

“小鬼，你多大了？”楚明允问道。

“十五。”

“十五？”楚明允微俯下身，与陈思恒对视，散开的发倾下遮住了他的表情，苏世誉只看得到他的眼，在黎明的天色中极清极亮，他声音平缓到无起伏，不带情绪地道，“十五又如何，从家破人亡的那一刻起，你就不是小孩子了。你不能再想着去依赖谁，你只有自己站起来。家族的血仇，你不去洗刷，还想等着谁来替你？”

“可是我能做什么？”陈思恒低声哽咽道，“我什么都不懂，谁都能轻而易举地杀了我，我能去怎么报仇？”

“谦虚什么，”楚明允抬手将发撩到身后，冷冷道，“你方才想杀我的傻气不还是有的吗？”

“楚大人。”苏世誉忍不住出声道。

楚明允偏头对苏世誉笑了笑，又扫了脚下的陈思恒一眼，道：“行了，这副半死不活的样子要给谁看？我替陈玄文养着你，不过别的我就不管了，要学什么，要找谁报仇，你自己看着办。”

他顿了顿，补充道：“不过，你若是再凭那一脑子热血往我身上捅，就打断你的腿，行不行？”

少年的一点反叛心理终于被楚明允给激了出来，陈思恒戒备地盯着他：“你说静姝姐姐救我是要害我，那我凭什么信你？我怎么知道你是不是也要利用我？”

楚明允不紧不慢地从头到脚打量了他一遍：“你觉得你有哪儿能让我利用的？”

陈思恒不理他的话，只咬着牙坚持地问：“我凭什么信你？”

楚明允终于不耐烦了：“爱信便信，不信你就躺在这儿等着狼来叼你。”言罢抬脚，转身就走。

陈思恒一时反应不过来。

苏世誉不禁轻轻笑了，抬手拉住楚明允的手臂拦下了他，侧头对着还躺在地上的陈思恒道：“你认不认得他是谁？”

陈思恒困惑地摇头。

“那你知不知道击退匈奴的楚将军？”

陈思恒困惑地点头，点了一半，他顿时僵住，似乎明白了什么，震惊地盯着楚明允的身影。

苏世誉道：“即便他收养你是要利用你，可你能利用他的不是更多？你如今不会武功，难道就不打算学吗？”

陈思恒爬起来，犹疑地看着他们俩：“可他明明说不管……”

苏世誉笑意渐深：“我猜你若是能把他缠烦了，多半会有转机的。”

“苏大人……”楚明允表情复杂地看着他。

“可是他……”

“他这会儿不是没有打断你的腿吗？”苏世誉笑道，“还不跟过来？”

陈思恒踌躇着不敢上前。

苏世誉望了眼天色，轻叹道：“过会儿我和他还有早朝要上，你再耽搁，可就真的没机会了。”

陈思恒忙跟了过来，不安地看着楚明允的侧脸：“楚……”

楚明允爱搭不理地瞥了他一眼，又扫过笑意深深的苏世誉，抬脚就走。

最终楚明允还是将陈思恒安置到了城外的一所幽静宅子里，他自己匆忙地束发更衣，便入了宫。

御炉浮香，莺啭未央。金阙晓钟开万户，玉阶仙仗拥千官。

永乐坊已被查封，可并未发现楚明允和苏世誉所怀疑的第三方势力的痕迹，陈思恒之事知情者也不过他们俩，因而金殿上刑部尚书陆仕将对地下赌坊的处理回报给了圣上，此案唯一的疑点就是那楼中分明富贵繁华，居然没有储钱的金库。

李延贞听罢，依惯例慰劳夸奖了一番，道是再慢慢查探便可。

如何看都不过是件普通案子，其下暗潮汹涌又有几人清楚？

下朝后楚明允方步出金殿，兵部侍郎许寅就急急地跟了上来，恭敬道："楚大人。"

"嗯。"楚明允看他一眼，"有事？"

"这……"许寅讪笑道，"也不是什么大事。犬子一向是胡闹惯了，下官也不承想他这次竟去了那种地方，还被牵扯着下了狱……"

楚明允静静地等着他说完。

"虽然要不了几日就能放出来，可下官就这么一个独子，自小没吃过什么苦头，再加之老母疼爱孙子，昨晚听闻此事一宿都没能合眼……"许寅说了半晌，看着楚明允漠然的神情，终于入了正题，"听闻永乐坊一案楚大人也出力不少，下官便想求大人帮着通融通融，看能不能提早将我那不肖子给放出来。"

楚明允忽然笑了，道："你儿子说他想打压打压我的嚣张气焰，你晓得这事吗？"

许寅脸色骤变，惶恐得不敢看他，张口结舌道："这……这实在是，改日下官定当严厉教训他，还望大人海涵。"

楚明允嗤笑出声："你不用怕成这样，我没打算为一句话就要他的命。"

他语气微顿，缓缓深了笑意道："不过书上不也说了，养不教，父之过。"

许寅忙道："是，大人说得是，下官教养无方……"

"我不是指这个，"楚明允缓声道，上前一步直盯着他，"你们私下里如何议论我，虽然我向来不在意，可到底还是规矩点为好，毕竟我这人喜怒无常得很，你说是吧？"他尾音微扬，浅浅地带着笑意。

许寅冷汗顷刻湿透了背，不敢应声。

楚明允便收回视线，抬步走了。他这谈话间苏世誉已从一旁走出了几丈远，楚明允边跟上去边道："苏大人。"

"苏大人？"他微提声，连唤了两声，苏世誉仍是顾自前行。

楚明允微挑了眉，拉长了语调道："哥哥——"

苏世誉转过身，几许无奈地看着他道：“楚大人有事？”

“我都没同你计较陈思恒的事，你怎么还对我这般不冷不热的？”楚明允跟上他并肩往外走，“按说经过了昨夜之事，你我总归算是有些交情了吧？”

一起逛过窑子砸过场子，何止是有些交情。

苏世誉淡淡笑了：“楚大人想说什么？”

“不如你我就此好好聊聊，谈谈往事，倾吐衷肠。”楚明允略一思索，“苏大人不觉得你我很是投缘吗？”

苏世誉道：“昨夜一宿都未合眼，楚大人还是回府休息为好。”

洗洗睡吧。

章五

暗涌

清月夜，苏府。

兽炉中添上了几勺香，青烟丝丝缕缕地缓慢升腾逸散。苏世誉将桐木琴的丝弦紧了紧，信手拨出几个音节，如泉流轻响。他在琴桌前静立片刻，轻声道：“夜深露重，阁下不请自来，可是有事？”

屋外忽然有了窸窣声响，雕窗便慢慢地由外拉开了，一道带笑的嗓音道：“若是说来拜会，你当如何？”

月色斜斜地擦过来人的鬓角落在屋里，他素白的手指勾着窗棂，倚着窗沿眉眼带笑地瞧过来。

苏世誉走到窗边，沉默地与他对视了良久：“怎么是你？”

“不能是我吗？”楚明允道。

“楚大人深夜来访，怎么不叫人通报？”苏世誉问道。

“打算给你个惊喜呀。”

苏世誉道：“医馆在西三里外。”

“我这病非同寻常，你不亲自来给我治吗？”楚明允抬眼看向苏世誉，他披着外袍，月色细细碎碎地勾勒出他清瘦的身形。

苏世誉淡然道：“进屋说话。”

顿了一瞬，他按住了直接就要进来的楚明允，无奈至极：“门在旁边。”

楚明允嫌麻烦似的瞥了他一眼，收回手绕到一旁，边推门进屋边叹道：“不请自来的哪里有正经走门的，苏大人可真是没趣极了。”

苏世誉已然将外袍穿好，边斟茶边道：“翻窗若算是有趣，那窃贼之流在楚大人眼里难不成都是绝世妙人了？”

“他人哪里入得了我的眼？”楚明允笑吟吟地道。

苏世誉将茶盏递到他面前，道：“玩笑之语就此为止吧，楚大人前来所为何事？”

楚明允接过茶捧在手里，漫不经心地道：“想同苏大人一见啊。”

“容我直言，楚大人还是改掉这种顾左右而言他的习惯为好。”

“我就不能来看看你吗？”楚明允反问。

“若是如此，”苏世誉顿了顿，起身便往外走，“依照先父训诫，我府中夜里不见私客。虽然失礼，但楚大人也已经是见过我了，我去遣人送你回府。”

“喂——”

苏世誉驻足，回首笑道：“楚大人想起来所为何事了？”

这种人，难怪被人说无心无情，楚明允暗叹一声，便直截了当地开口道：“你可还记得宋衡的那所宅子？”

苏世誉在他对面坐下：“自然记得，怎么了？”

“我研究那铜符好些日子也没能看出些什么，忽然想到那宅子里机关众多，说不定会有些线索。”楚明允道，“苏大人肯不肯去跟陆仕交代一声，把那宅子从刑部划到我手下？”

“那宅邸一直空置无用，此事应当不成问题。不过，”苏世誉看着他，笑道，“这也不是什么急事，楚大人为何不等明日再谈，偏要夜里来我府上？我还当是有心怀不轨之人闯了进来。”

心怀不轨的楚明允喝了口茶，面不改色道：“不都说了我是来拜会的吗？”

趁夜而来，他当然是有所图的。手下的人查了苏世誉那么久都没个进展，楚明允索性借机亲自来一趟。早在苏世誉留意到他在窗外前，他就已经避开了侍卫将苏府转了个遍，府上普通至极，毫无机关痕迹，更没有什么如他那般安置暗卫杀手的地方，意料之内的结果，又令人更为困惑。

不过以插科打诨的法子应对苏世誉还真是屡试不爽。

苏世誉盯着楚明允看了片刻，垂下眼轻描淡写地揭过了话题："宅邸划归给太尉府后，无论刑部还是御史台都不好再插手干涉。那若是有了线索，楚大人打算如何告知与我？"

楚明允指尖轻点在瓷杯上，不在意地道："你若是不信我，大可以跟我一起去看看。"

"哪里话，"苏世誉轻轻地笑了笑，抬眸看着他，"我自然是信得过楚大人的。"

"师哥？"

"嗯？"楚明允回过神来，看了眼秦昭，撩帘向外望去，才发觉已经到宋衡的宅邸前了。

苏世誉行事素来利落，不过一日便让两方交接完毕。事情虽然顺利，可楚明允一回想到苏世誉说信他的神情，心里隐隐约约地总是有些发毛。若是说他之前还做了厚颜无耻地告诉苏世誉什么都没发现的打算，那现在就多少要有所顾忌了。

楚明允和秦昭下车入宅，一路直往书房而去，影卫们无声地在后面跟着。

依当晚谭敬所言，那个假宋衡接到计谋失败的消息后不是直接离去反而去往书房，既然不是封了书房的出口将他和苏世誉堵死在地牢里，那显然意味着是有其他要紧的东西在。

书房内摆设如旧，只是许久无人积了些薄尘。

楚明允正端详着地牢出口的书架，身后四处搜寻的影卫忽然出了声："主上。"

"嗯？"楚明允转身走过去。

影卫恭敬退开，他便看到了掩在古卷后的木架上有一处凹陷，轮廓有些熟悉。楚明允将铜符嵌入，严丝合缝，只听寂静里忽然“咔嗒”一声脆响，机括运动声缓缓而起，面前的书架向两侧拉开，那里面非但不是漆黑一片，流泻而出的灿光还差点晃了人眼。

金块烁亮，条条堆砌着足占满了半个石室。

饶是楚明允也不禁微眯起眸子感叹：“原来赌坊的金库是在这里，还真是要比我有钱多了。这么比较来看，其实我这些年也并没有敛财多少，你觉着呢？”他稍偏头问秦昭。

秦昭面无表情地看了他一眼。

石室的另一边摆着一排书架，上面摞了不少册子。楚明允随手拣了本册子翻了翻，微微讶然，又拿过了其他几本翻看，随即勾起一丝意味深长的笑意。

册子上记载着京畿几郡官员的履历，每册一人，从生平经历，到家眷妻小，事无巨细一一在列，可见搜罗之用心。

从陈玄文之死，到宋衡之事，再到永乐坊一案，如今已然可以肯定这些同出一源，而且对方果真是筹谋许久，来势汹汹。

“行了，”楚明允开口，对影卫吩咐道，“这些册子运到府中，那边的金块你们各取所需，动作快些，等我告诉了苏世誉后，这可就都要拿给李延贞挥霍了。”

影卫称是，一致上前来搬册子。

楚明允收回目光，漫不经心地落在手中的册子上：“右扶风郑琬……”

深夜里忽然有叩门声响起。

“大人，”门外的人道，“属下有急事禀报。”

郑琬闻声放下公文，起身开了门：“何事要……”

庭中已尸横二三，站在门前的人黑衣蒙面，缓缓地抬起脸来。

一道白光乍现，胸口冰冷刺痛，郑琬反应不能地低下头，只见白刃没入胸腔，疾呼未及出口黑衣人便已抽刀后退，足尖轻点，转眼消失。郑琬晃了一晃，猛然喷出一口血来，仰面倒在了地上。

天际冷月无声。

白露过，鸿雁南飞，气候转凉，秋意充盈宇内，天地一片肃杀之气。连日来天色灰郁，笼在人头顶，更压在人心头。

长安城内外皆是人心惶惶。

自右扶风郑琬于家中被杀后，不过月余，京畿几郡又有四位官员横死，朝野震动。现场几经探察比较，发现这五次犯案手法类似，而地点相距较远，基本可确信是场有组织的谋杀。此结论一出，李延贞坐不住了。

杀害官吏，本就是蔑视天威之举，而这接连几次还都是在京城周遭郡县出事，根本就是堂而皇之地威胁长安，挑衅皇权。

长安城进出关卡更为严格，城内巡防营加紧巡查，茶楼里流言蜚语议论得热闹，有头有脸的人物几乎都被恶意揣测了个遍，更有好事者偷偷下注，猜测下一个丧命的会是谁。

案子经刑部移交给了御史台，皇帝李延贞下令，由御史大夫亲自查办此案，各方皆要协助配合，不得有误。

御史台一时灯火彻夜不灭，疑犯与证物不断从地方押送过来，台中大小官吏忙得不可开交，几日后终于有了眉目，连忙呈报给了御史大夫。

身负皇命的苏世誉粗略地看过后，却对他们温和地笑笑，道："这些日子诸位都辛苦了。查案不能急于一时，明日恰好休沐，还请诸位回府好好歇息吧。"

诸位御史登时傻眼了，面面相觑不知如何是好。上到朝臣贵戚，下到平民布衣，如今各方都在盯着御史台，这事明明就是十万火急刻不容缓，更别说有圣命在上，谁敢走？

然后发现他们的御史大夫真的走了。

苏世誉在书房里与自己对弈，他闲敲棋子，凝神正盯着黑白纵横的棋局。

“公子！”苏白急匆匆地推门进来。

苏世誉分神扫了他一眼，道：“你又忘了敲门。”

“嘿嘿，我这次记得问了，我爹不在。”苏白走上近前道，“公子您今日真不去御史台了？这才没一会儿，都好几位大人派人过来了。”

“派人来说了什么？”

“大概都是问您在不在，然后说那案子紧急，就算休沐日您不过去，好歹给个意思，不然诸位御史没有查的头绪。”

苏世誉的目光仍落在棋局上，指间夹着一枚莹润白子，顾自沉思着不出声。

“公子？”苏白试探地提高了声音。

“听到了。”苏世誉终于开口，落子后仍不抬眼，又取过枚黑子打量着棋局，“他们的汇报和证物我都看过了，现有的线索都指向那位太尉大人，想查的话不过是两三天的问题。他们并非毫无头绪，而是没有我的许可不敢轻举妄动，为何要着急？”

“那公子还不快下令啊！”苏白一兴奋不自觉上前了两步，“难得那个楚太尉露出了这么大的马脚！”

“不是他。”苏世誉平淡道。

“啊？”苏白愣了愣。

“你小声些，吵得我忘记方才下在哪里了。”苏世誉抬头瞥了眼苏白。

苏白立刻闭上嘴，伸手在棋盘上指了指。

苏世誉将黑子也落下，才继续道：“你也知道，我们大夏自先帝时期以来，重文轻武风气盛行。先后经历了两番匈奴作乱，兵力本就折损，陛下登基后又多有灾荒，百姓流离，武艺出众者少有，何况是楚太尉这样罕见的将才。当初那位陈玄文尚书便对他极为赏识推崇，而父亲离世后，放眼朝中再无武将能与他相提并论。这三年来他地位日益稳固，如今官居太尉，正是风云得意之时，京畿官员多欲攀附于他，情势正好，他何必要费心杀人？制造恐慌不说，还容易引火烧身，实在是动机缺乏，更无得益。”

“这样明目张胆地大开杀戒，显然是想引得朝廷重视，而指认楚太尉的证物线索又太过明显，不是他会犯的错，倒像是有人在刻意引导。”他顿了顿，“更何况，我与他相识多年，还从未见他措辞如作为证物的书信上的那般正常过。”

“公子的意思是有幕后黑手栽赃陷害？”苏白话一出口又忍不住困惑道，“不对啊，如今京中局势两分，又不是我们，难不成还能是楚党内乱？”

“京中只有两党，可长安外虎视眈眈的饿狼多的是，你怎么知道不是有人已经插手进来了？”苏世誉抬起脸，笑着看了苏白一眼，又收回视线道，“只是我还想不明白，对方怎么会突然针对上了楚太尉？”

“说不定是因为楚太尉性格实在太差了。”苏白揣测道。

苏世誉停了落棋的手，轻声道：“救人危难、知恩图报，倒也不算是太差。”

苏白没能听清：“公子您说什么？”

苏世誉却接上了前话，道：“此案疑点颇多，所以我打算亲自从头查起。毕竟楚太尉统率军队多年，不知有多少将士已经分不清自己姓李还是姓楚了，如果贸然顺势处死他，恐怕会令军心动荡。何况朝中除了他也不剩几人有行军之才，一旦边境借此……”

他话音骤顿，唇边忽然浮现一丝笑意，了然地重复体味着那个词：“边境。”

苏白还茫然着，只见苏世誉起身正对着他，吩咐道：“将现有一切证物扣押御史台，没我允许任何人不得擅动。告诉御史中丞，他们一切照旧即可，关于这桩案子暂且不必再做什么。”

“是。”苏白连连点头，“还有呢？”

“备车。”苏世誉将棋盘移到一旁，理了理袍袖往外走去，“我去太尉府一趟。虽然不怎么喜欢那个人，但比起边境的那些家伙，我还是宁愿他留下。”

苏世誉的忽然到访让楚明允微有诧异，等接过了对方递来的书信后，他的神色反而波澜不惊了。

苏世誉待他将信中内容看过，开口问道：“楚大人有什么想说的吗？”

楚明允端详道：“这字徒效形态，未得其神，远不如我本人写的好看。”

“没别的想法了吗？”

“你若不信，我写封‘赞辞’送你看看？”楚明允认真道。

“依我看来，楚大人是打算写纸状书呈与我欣赏了。”苏世誉道，“你不打算解释些什么吗？”

“何必多此一举，”楚明允笑笑，将信搁在书案上，“苏大人既然都将证物拿给我看了，还需要我再费力为自己开脱？”

苏世誉笑了笑：“楚大人果然是聪明人。这些命案既然不是你所为，御史台也自然不能令国之栋梁蒙冤……”

“苏大人，”楚明允冷冷地插话道，“把我称作国之栋梁，你不觉着有些心虚吗？”

苏世誉扫了自我认知如此清晰的楚明允一眼，神色不变地继续道：“我的打算是你同我一起去案发之地仔细调查，看看是否还有遗漏之处，也好助你洗清嫌疑。楚大人若是无异议，稍后我会入宫向陛下请示。”

“你安排就行。”楚明允笑意盈盈地瞧着苏世誉，“只是苏大人这般为我用心，可让我如何报答是好？”

“愧不敢当。”苏世誉淡然一笑，顿了一瞬又道，“不过楚大人若真感激，往后还请少些戏谑之语吧。”

“哦？”楚明允眉梢微挑，虚心求教道，“我怎么不记得有什么戏谑之语，你说给我听听？”

“楚大人。”

“我在。”

“告辞。”

“我送你啊。”楚明允笑眯眯地起身跟了上去。

两人自回廊往外走，朱廊外梧桐叶落无声，他们亦无言良久。楚明允脸上笑意渐渐淡下，眸光兀自几番浮沉，忽然侧目瞧着苏世誉道：“虽说是重大命案，但其实你不必亲自过去也可详尽掌握情况的吧？”

“的确，但终归还是想亲自确认一番。”苏世誉道。

“我听闻事必躬亲的人实则是因为无法全然信任旁人，”楚明允笑道，“苏大人防心重成这样，莫非有什么惨痛过往？”

苏世誉神情毫无波澜，平静道：“楚大人问这个做什么？”

楚明允偏头瞧他：“随口问问，若是勾出什么伤心往事，我不是正好能体贴安慰一番？”

“劳你关心，”苏世誉淡笑了声，垂眸道，“我好得很。”

送走了苏世誉，回到书房时一眼就见到秦昭正认真研究着那封证物，楚明允便抄着手倚在书架上，问：“看出什么了没？”

“有人陷害你。”秦昭抬头看过来，“又是那股势力？”

楚明允反手从书架上抽出几本册子，边一册一册地扔到桌上边念道：“右扶风郑琬、杜阳县令陈牧、河东郡守江正……”

册子杂乱地摊开在桌上，被杀害的五位官吏尽在其上。

楚明允冷笑道：“若方才苏世誉是来搜查的，恐怕我现在就已经下狱了，而这些就是证物。”

“所以这些是故意留给我们的？”秦昭问。

“铜符是我夺下来的，他哪有本事预料这个。”楚明允嗤笑，“也不知是那慕老板命大没死，还是他背后另有其人。与其说早有预料，不如说是事发后不想情报被我们利用，干脆抢先杀了个干净，顺便借此嫁祸给我，把劣势扭转反将我一军。可惜啊——”

他悠然喟叹，倾身抓过册子，一撕两半：“这次可是连苏世誉都来助我。”

不过苏世誉想必是有他的打算，伸张正义保全忠良清白之言不适合他们两人，更何况楚明允哪里算得上什么忠良之士，听了一笑而过即可。虽不知苏世誉为何没有借机除掉自己，但情况终归是利于他的，楚明允便懒得深究。

只是有人不能不深究。

宣室殿中，李延贞听罢苏世誉的回报，神色复杂地看了他许久，诚实道：“朕不明白。”

“陛下大可安心，臣虽认为此案非楚太尉所为，但他终究有嫌疑在身。臣此次请他一并前往查探，只为以防万一，并无他心。”

“爱卿多虑了，朕并非怀疑你，只是实在不解。苏爱卿分明多次提醒过朕要留心楚爱卿，说他心思不纯，可能对朕的天下有所威胁。可现在这大好机会，苏爱卿为何放过？”

“臣的确曾有此言，”苏世誉道，“然而鹬蚌相争，使渔翁得利，实在是不明智。”

李延贞更为困惑：“爱卿所言边境动荡之事朕明白，可若依此来看，楚爱卿是动不得的，那又该如何对付他？”

“如今我大夏强将甚少，楚太尉不可或缺，只能暂且打压牵制，唯有待国中培养出有能将领之日，将他速而除之。”

“话虽如此，可这些年楚爱卿的势力是有目共睹地日渐坐大……”

能等到那日吗？李延贞犹豫再三，把这个疑问咽了回去。

太尉一职掌管军务，但要调军仍需请示皇帝，自身并无兵权。可楚明允入朝六年，不但兵部已经对他唯命是从，将士们更是忠心耿耿。李延贞偶尔抛开满心的雕刻书画分神细想，发觉自己都搞不清如今的兵权究竟算是落在谁手中。

苏世誉沉吟片刻，开口道：“其实陛下不必过于担忧。”

他眸色深敛，缓声道：“依臣来看，楚太尉的傲气和不矜名节的性格才是他的要害，如今他能因此少了许多顾虑青云直上，可待他果真身处巅峰时，也定会因此跌入万丈深渊。”

既然是要查案，首要调查的自然是最先受害的右扶风郑琬。

长安城与扶风郡相距不远。楚明允和苏世誉并非喜好铺张之人，又没有繁重行李要带，因此将朝中事务简单交代给属官后，便换上常服，一人一马轻便地出了城。他们脚程极快，路过汤汤河水，行经寂寂荒山，夜幕垂下时见着了间客栈的影子，约莫明日便可进入扶风郡。

仲秋之际，正值羁旅游子归乡之时。客栈里灯火通明，客人交谈得热闹，小二穿梭于桌间忙得不亦乐乎，见到进店的两人忙迎了上来。听到是要住店后，小二拿搭在肩上的汗巾擦了擦额头，有些为难道：“两位客官，您也看到了，今天住店的人多，咱这里就剩一间上房了……”

他目光在楚明允和苏世誉之间徘徊，询问道：“那间房还挺大的，既然二位客官都是男子，不介意的话……可以挤一挤吗？”

出门在外，自当做好客栈空房不足的心理准备。既然露宿也是要整夜地对着那张脸，那他们还有的选吗？

客房中的布置一应俱全，楚明允和苏世誉盯着那张床榻半晌，最终还是楚明允出声打破了沉默：“罢了，晚上我睡在地上就行了。”

苏世誉微皱了眉：“你我身份相当，让你睡在地上成何体统？”

楚明允坐在桌旁顾自添了杯茶，似笑非笑道：“御史大夫监察百官，但也没听说过要监察到如此地步的。我不对旁人说，又有谁会知道这种琐事？”

苏世誉侧身看向他："礼法如此，即便无人知晓，也不可逾越践踏。"

"我怎么觉得你话里有话？"一向对礼法不以为意的楚明允反问道。

"是吗？"

"是。"

苏世誉扫了他一眼："楚大人多心了。"

他顿了顿又道："且不论礼数如何，楚大人如今毕竟有嫌疑在身，今晚若再不幸出了命案，少了我从旁做证，只怕你会难办。"

楚明允支着下颌笑道："哦？原来是在担心我半夜跑了吗？"

他话音微顿，盯着苏世誉的眸色渐深，压低了声音，缓缓道："那你——就不担心我半夜对你下什么手吗？"

"如果楚大人果真以为我会任人宰割的话。"苏世誉笑道。

楚明允便收回目光，摊开手语气顿转出几分无辜："我不是自觉声誉不佳，怕不该与苏大人同榻吗？难得我这般为你着想，你居然还不领情。"

苏世誉闻言居然似颇为认同地点了点头，又抬头望了一眼房梁，笑得温和："既然楚大人用心良苦，那我就却之不恭了。不过，恐怕还要麻烦楚大人睡在上面了，免得我夜里起来喝茶时会不慎踩到你。"

"苏大人有半夜起来喝茶的习惯？"

苏世誉笑看他一眼："以往没有，今晚就说不定了。"

楚明允"唰"的一声展开扇子遮住了脸，幽幽叹道："没想到苏大人这么坚持要与我同榻，那我还是从了吧。"

苏世誉道："下楼用饭吧。"

楼下的客人比他们来时稀少了些，不再那么吵闹，小二上全了饭菜打着哈欠走了，客栈里一时只剩杯箸之声。

楚明允忽然想到什么，咽了口茶，道："对了，补任右扶风的苏行，跟你是什么关系？"

"是我叔父。"苏世誉道。

“亲叔父？”

“是，”苏世誉道，“我父亲年纪最长，其次是叔父，阿越的母亲最小。”

“可当年把苏行贬谪出京似乎是你父亲苏诀的主意？”楚明允问道。

他记得当初苏行担任的正是右扶风一职，并无罪过，却突然遭受贬谪。明眼人都知陛下亲信苏家，若不是大将军苏诀的意思，苏行断不至于被不由分说地外放到了镇江，还是一去多年都未召回。此次因为命案闹得人人自危，扶风郡作为三辅重地之一，主官不可久缺，这才有人想到了苏行。

“的确如此，”苏世誉沉吟道，“但究竟为何，我至今也不大清楚，只知道父亲和叔父生出了些矛盾。那之后叔父就远在镇江，这些年鲜少来往，当初我双亲因病辞世，他也未能前来，只是托姑母捎了封祭文。”

别人家事，楚明允不好置评，便点了点头不再多言。

夜色渐深，客栈里彻底安静了，楚明允和苏世誉也安静地站在床边许久，无人动作。

同榻合睡一事虽然下了决心也做好了准备，可真到了这时候还是不免生出了不自在。默默无言良久，最终楚明允再次先开了口，他指了指床榻：“苏大人觉得……该怎么分配？”

苏世誉收回了目光，尽量平淡道：“以往怎样和旁人挤一张床，现下也那样便可，何必在意太多。”

“可我以往只跟女人睡过。”楚明允笑了声，眉梢微挑。

苏世誉深深地看他一眼，又转过视线叹了声气，抬手凭空画下一条线来：“我醒得向来早，你睡在里面吧。”

楚明允应了一声，并无异议。

想他们当了多年的对头，多年来话都不曾多说过几句，如今居然会同处一室，取冠散发，宽衣解带，可见世事果真变幻无常，妙不可言。

但脱去了外袍的手，却怎么都难以进行下一步了。楚明允和苏世誉无声地对视一眼，吹熄了灯，和衣躺下。难以言喻的尴尬笼罩着整间屋子。

楚明允是向来都难以安稳入睡的，更何况现在身旁还多了个人，也不知过去了多久，神思却仍是一派清明。躺得几欲烦躁，楚明允正想不惊动苏世誉悄悄起身，方有动作却忽然嗅见了淡淡香气。

一点点清淡温和的气息萦绕在鼻端，像夜色下无声绽放的花，他凝神辨别了片刻，是安神香。楚明允稍倾身往苏世誉的方向凑近一点，果然闻到了更清晰的味道，宁神静气，抚和心绪，在这如水凉夜里仍有温润暖意，缓缓地浸入夜里。

楚明允躺了回去，侧身枕着自己的手臂，目光自然而然地落在了苏世誉的脸上。

月上重楼，光漏入绮户，在床沿落了一层银白霜华。苏世誉合目躺在他身旁，呼吸平缓，眼睫微染月光，在脸上落下一小片阴影，眉眼是他从未见过的温柔平和。

他直直地盯着苏世誉出神，忽然悄无声息地抬起手，弯指成一个狠厉的弧度往苏世誉的脖颈处缓慢探去。

绝好的一个机会，让这个人无声无息地死去，不会被任何人发觉，只要让人以为他如同那五人一样被暗杀就好。没关系，反正他如今就躺在这里，毫无防备地……

——毫无防备？

楚明允的动作顿住，只差分寸便能扼住苏世誉的脖子。

苏世誉的呼吸依旧平稳，没有丝毫反应变化。楚明允微微眯起了眼，随即轻扯了唇角，收回手打量片刻，然后翻了身闭眼睡去。

直到他那边再无动静，苏世誉才睁开了眼，侧目困惑地看了一眼楚明允。

次日醒来时身旁果然已经空了，楚明允发了会儿呆，意外地发觉昨夜睡得还算不错，也不知是不是托了安神香的福。他慢慢悠悠地起了床，下楼同等着的苏世誉一起用过饭，便一刻不停地上了路。

这几日算得上秋高气爽，放眼望苍穹一碧，只是有些冷了。他们终于赶在晌午前到了扶风郡，右扶风苏行接到他们入城的消息后就带人在府衙前迎接了，远远地见着苏世誉便眉开眼笑地快步走了过去。

苏世誉下马，转身正对着苏行一礼，笑道："叔父。"

"哎哎，好。"苏行拍了拍他的肩，眉头忽又皱起，"誉儿，这些年不见，怎么清减了这么多？"

"大概是偶尔忙了些，我自己倒是没怎么觉得。"苏世誉侧身示意道，"那位是太尉楚明允，这次来同我一起查案，叔父应该曾见过几面的。"

苏行看过去，中规中矩地见了礼。

早有人将他们的马牵下，衙役在前引着他们去内院的住处。苏行拉着苏世誉稍落后两步，接上了之前的话题："自己不懂照顾自己就罢了，叔父在镇江可是一直都听人说，你身边都没有过能照顾你的人。"

长安亲友逢相问，都说我还没成亲。

苏世誉笑了笑："劳烦叔父为我操心了，我……"

"别来这一套，"苏行打断他，"你这条件若是想找，满长安的姑娘都能任你挑。你就跟我实话说，你到底怎么想的？"

苏世誉叹了口气，道："朝中局势未稳，侄儿无心分神于此，况且如此倒能免得有家室拖累，一人行事总归……"

"胡说八道！"

苏世誉沉默了。

"成了家才叫安稳，"苏行颇有几分恨铁不成钢，"誉儿啊，你年岁要长于那些同辈子弟，可现在别人孩子都三四个了，而你就空有个职位。"

苏世誉默然片刻，望着前方楚明允的背影，试图开解道："叔父何必太过介怀，京中何止我一人如此。楚太尉同样身居高职，至今也是未有子嗣。”

楚明允是何许人物苏行早有耳闻，闻言不免不屑地瞥去一眼，道：“就他那品性，断子绝孙都是应该的。”

走在前面的楚明允表示自己什么都听见了，便顿了步，回身似笑非笑地瞥了一眼。

苏世誉轻咳了声，道：“叔父慎言。”

“哦。”苏行一时忘记之前还想说些什么，张了几次口，才道，“算了，我也不啰嗦你了，你留心点吧。我这次来赴任，路过金陵时见着了你姑母，她说你的服丧期都快过去一年了，既然杜越也在长安，你再拖下去，她就亲自来给你操办，顺便还能看看儿子。”

苏世誉微愕：“姑母果真如此说的？”

苏行笑着看他一眼：“字字都是你姑母原话，自己好好掂量着吧。”

苏世誉点了点头，眸色深敛。

稍作歇息，楚明允和苏世誉就动身去了最先遇害的郑琬家中。

前任右扶风郑琬已死去月余，尸首早就入土为安，而他家中还是一片素缟，挽幛未去，香烛烟火缭绕宅院。婢女扶着位孝衣妇人出来迎接，白簪花斜斜地戴在微乱的鬓发上，她面色憔悴，全身上下苍白得只剩一双目哭得通红。

劝慰过几句，他们直接被领到了出事的院中。官府先前来查看过，又已经办了场丧事，这里物件大多都没了事发时的样子，唯有庭院的石板上留有洗不掉的淡淡血渍，无声记着曾发生过的一切。

苏世誉站在书案前打量了许久后，拿起几份文书凝神思索着什么，楚明允将目光收回，又实在觉得这庭院中看不出什么，转身向郑夫人走去。

郑琬死不瞑目的模样还历历在目，这处别院就成了郑夫人心上的伤，她不愿再踏足，就一直候在院外等着他们。

“郑夫人，”楚明允问，“既然说你夫君是深夜被杀害的，那他大半夜不回房睡觉待在这里做什么？”

“府衙里还有些公文，夫君就带回来在书房里批阅了。”郑夫人慢慢地答道。

“郑琬时常如此？”

“倒也不是时常，”她想了想，道，“若有些刚送至的紧要公文的话，夫君是习惯带回家里慢慢看的。”

“所以凶手若不是你府上的侍从，便是右扶风的熟识之人。”一道温和嗓音自身后响起，苏世誉稳步走来。

楚明允看向他，略笑道：“苏大人看出什么来了？”

“原本是并未发现什么有用的线索，”苏世誉道，“不过楚大人方才的问话倒是提醒了我。”

“御史大人，为何这样说？”郑夫人看着苏世誉，眸光闪动。

苏世誉淡淡一笑：“只是我的猜测，不过也应当差不了。此院中还有护卫的尸体，就意味着凶手的身手并没有好到不惊动任何人，可府内其他院落都无人知晓出了事，就连夫人你也是在次日清晨才发觉郑大人遇害，因此来看，凶手是直接进了这里的。”

郑夫人紧蹙了眉，不解地看着他：“大人所言这些，跟方才所说凶手的身份有何关系？”

楚明允早已懂了：“他的意思是，对方肯定是知道郑琬有在这里批公文的习惯，而且了解你府中布局，直接就能找来，不会是毫不相识的人。”他顿了顿，转头对着苏世誉道：“还得是知道郑琬那夜有紧要公文的人。”

苏世誉颔首，才欲开口，便听郑夫人声线颤抖地道：“怎么可能……”

他们微诧异地看着她。

“怎么……可能……”郑夫人手指紧紧绞着袖角，难以接受，“我夫君为人和善，府上下人从来不曾被亏待过，而且他们个个都是多年侍奉着的，出事后没人离开，反倒是连账房家的小丫头都跑来想安慰我……他们怎么会是凶手！”

“郑夫人……”

“若是熟识之人……”她眼中泪光已现，身形微颤，身旁的婢女赶忙扶上，垂着头也是悲悯之态。郑夫人深吸了口气，直直地盯着他们，困惑至极，近乎诘问：“既是熟识，又为何要下此毒手？”

楚明允和苏世誉无话可答。

郑夫人便别过头去，捂着脸无声饮泣。

他们回府后不久，苏行就过来关怀探查的情况，苏世誉笑着只道还没什么结果，见苏行的神色似是还有什么话要说，便问道：“叔父还有何事？”

苏行往后看了一眼，主簿心领神会地上前道：“回禀两位大人，今日在出城的人中逮到了个行为鬼祟的人，方才拷问下来，他自认是杀害了郑大人的人……”

楚明允忍不住嗤笑道：“那么久都没查出个头绪，这会儿居然能一下子就让你们给抓了？”

“兴许是知道两位大人来了，做贼心虚撑不住了。”主簿面上讪讪，道，“总之，两位大人要不要去看看？”

苏世誉看了他片刻，轻声笑笑：“也好。”

牢里烧着油灯，狱卒们向他们几个行了礼，站到了一旁去。牢房里的中年男人正在打瞌睡，散乱头发下隐约可见微微鼓起的太阳穴，搁在身侧的手掌粗大，看得出身手不凡，也不知是怎么被抓住的。

男人被声音惊动，迷迷糊糊地睁开了眼，见着来人顿时惊醒，脸上竟显出惊恐之色。还不待人反应，只见男人猛然跪下，扯动着铁链发出一阵乱响，他恐惧万分地对着楚明允道："大人……大人饶命啊！"

楚明允莫名其妙地瞧着他："你是在同我说话？"

"属……属下办事不力……可……"男人抬头飞快地看了楚明允一眼，抖如筛糠，"求大人高抬贵手！"

狱卒们顿时都抽了口冷气，不约而同地盯着楚明允。

苏世誉若有所思地旁观着，也不开口。

楚明允歪头打量了他片刻，忽然摇头笑了："想拖我下水也不弄个清楚，我手下可没你这么难看的人。"

男人顿时噎住。

苏行表情微妙地看了眼楚明允，转头对苏世誉道："誉儿，你不问些什么？"

苏世誉淡声笑道："既然他是跟楚大人求情的，那便由楚大人做主审问吧。"

男人闻言忙看向苏世誉，连声哀求："御史大人！草民犯下重罪，自知当死……可、可我那妻小毕竟无辜，还求大人能救出他们。"

这话含意颇深，苏世誉敛眸看他，但笑不语。

楚明允扫了眼苏世誉，又对那男人道："行了，别喊了。我问你，郑琬被杀都过去了那么久，你不早些逃出扶风郡，怎么反而今天出现了？"

男人直直地看着楚明允，面容有些扭曲，道："我不过按命令行事，大人这话既然是要撇清自己，我怎么能解释得了。"

"呵，"楚明允冷冷道，"你说你是我属下，按我命令行事，那你现在一口咬定我究竟算是怎么回事儿？"

男人避开他的目光，低下了头："就像大人所说的，我不过是随手都能丢弃的棋子，哪里算得上您的下属。事到如此，不过是搏一把，看看能不能让我那妻小侥幸活下来。"

"你妻小怎么了？"他好笑道。

"这一点，恐怕大人心里要比我清楚……"

楚明允微眯起眼眸，正欲上前却忽然被人拉住了手臂，他转头看去，苏世誉对他微微笑道：“看他情绪不稳，大概问不出什么来。审问不必急于一时，楚大人今日也劳累了，不如先回去休息？”

楚明允蹙眉端详着苏世誉的神色，然后偏过头去敷衍地应了一声。

这事态发展委实精彩，待他们一行出了牢房，狱卒们终于可以毫无顾忌地凑到一起七嘴八舌，谈论得十分畅快。牢房外，随从跟来的主簿几人表情也都相当奇妙。

苏行忍不住又拉着苏世誉低语道：“誉儿，你看刚才那个情形……”

苏世誉却少有地打断了他的话，语气仍旧温和平淡：“以片面之词攀诬权贵之事并不少见，况且现下还没证据肯定就是那人行凶犯案，叔父也切勿过早下定论。”

楚明允独自走在前面听得清楚，心里更是明白，那男人的话说得即便再能迷惑人，也无法令苏世誉对他起疑，倒不是说苏世誉有多信任他，而是苏世誉从来都笃信着自己的判断，不会轻易因外界的干扰而动摇。

楚明允回眸瞥了他一眼，不带情绪地轻笑了声。

那牢狱中的男人在他们走后便又靠在墙角睡了去，不知又过了多久，昏昏沉沉之际忽听到脚步声，一抬眼竟望见了白衫青年去而复返，对狱卒们做了个手势，狱卒们忙点头全退下了，牢中只剩了他们两个。

苏世誉这才转回头来，看向他：“打扰了。”

“御史大人……”

“此处只有你我两人，不用担心会被谁听到。你若是真有心让我为你做主，就该坦白实情才是。”

男人隐在乱发里的眼神微微闪动，口中仍是道：“草民说的话，句句都是实话，不敢欺瞒大人！”

苏世誉点了点头：“看你这模样身手应当不差，怎么会轻易就被拘捕入狱了？”

男人心中一松，脱口便答：“大人明察，就像刚才所说，草民所做的一切都因为妻小拿捏在别人手中，不敢不从。”他张口就将犯案的经过到这些天在城中收到的命令，再到出城被捕时的情形一一讲明了，毫无漏洞。

苏世誉安静地听他讲完，沉吟片刻，忽然开口道：“我听你言语间多次提及自己妻儿，想必的确是十分关切他们的。”

男人不明所以地看了他一眼，顿了片刻才低声道：“是，只要他们能平平安安的，我是死是活都不重要。”

“你让我想到了一个人。”苏世誉轻声笑了笑，“你知道前任的工部尚书谭敬吗？”

男人摇头。

“他与你很像，一心只想护好妻子，为此不惜付出一切代价，而且在我询问时也对我说了假话。”苏世誉好似没看到男人陡变的脸色，继续道，“我猜想可能是别人允诺了他什么，思来想去，能用来牵制他的恐怕也就是他的妻子了。可最后谭敬被依法处斩，他府邸里无辜的妻子紧跟着也惨遭了毒手，他最终还是没能护下他妻子。”

男人身形一震，低着头避开苏世誉的视线：“御史大人您这话，我听不懂，我跟他怎么就像了呢？草民已经把案情和盘托出了，什么时候对您说过假话？您实在高估我了，我哪有这个胆子……”

“我有一点很困惑。”苏世誉静静地看着他，“既然都已经扣押了你妻儿来做威胁，你为何还会认为在自己死后，对方会替你好好安置他们呢？”

男人浑身僵住，猛地抬头看他：“御史大人……”

“但愿你的运气会比他好一些。”苏世誉对他淡淡一笑，转身往外走去。

“大人！大人！”男人骤然恐慌起来，想拦下他似的向前扑去，扯得铁链“当啷”乱响，声音几乎变了调，“大人留步！求求您，求求您别走！”

苏世誉停下脚步，侧身看了过去，男人跌跪在地上，满脸颓丧。

楚明允隐隐地有些烦躁，在牢里被那个男人一通攀扯咬定后便更明显了，毕竟他素来脾气不好，跟苏世誉耍点心机胡搅蛮缠就罢了，对别人他着实是没什么耐心。

也不知苏世誉是不是觉察到了他心情不佳，此后两日，苏世誉出乎意料地既没有去牢房审问，也没有再去郑琬家中，而是拉着楚明允将扶风郡因郑琬之死而堆积的公文给帮忙批了大半，于是楚明允就更烦躁了。

当夜里苏世誉拿着几本书叩响他房门时，楚明允一手撑在门框上，忍无可忍地道：“苏大人，你若不是来慰劳的，就请回吧。”

苏世誉将书在他眼前亮了亮，不是公文而是兵书：“不必睡了，今晚恐怕要有变故，你我且在你房里等着。”

楚明允微微挑眉，收回手放他进屋：“什么变故？”

“具体会如何我不清楚。”苏世誉将东西在桌上搁下，“不过我已经告知叔父我们要离开扶风郡去别处查看，今夜再不动手，他们就没机会了。”

“他们？”楚明允在他对面坐下，“你知道什么了？”

“只是猜测，”苏世誉笑笑，“有组织的作案总是要有人调度，这两日我对比了前后五次官吏遇害的时间地点，发觉若是主谋身处此地，时间便恰好都能对上了。”

“所以你就打算拿我们两个以身作饵了？”

苏世誉抬眸看他，烛火映得他眼瞳如墨，竟带了些戏谑道：“楚大人难不成是怕了？”温和的嗓音在末尾微微挑起，似有若无地藏着笑意。

楚明允微愣了愣，转而勾唇笑道：“难道不是你怕了才跑到我这里来的？”

苏世誉摇头轻笑：“我前来不过是为方便行事，楚大人多心了。”

“你何必非要解释，”楚明允笑意盈盈地道，“脸皮这么薄，直说想要我保护就那么难吗？”

苏世誉无言地看了他片刻，忽然道：“对了，早先我就想问你一句。”

“嗯？”

“楚大人脸皮如此厚，就不会觉得热吗？”苏世誉一本正经地问道。

楚明允一本正经地答道：“你羡慕了？”

苏世誉默然地拿起一本兵书递了过去，终止了对话。

楚明允低眼瞥了瞥书名：“看过了，换一本。”

将近三更时分，屋檐上忽然响起飞掠踏过的脚步声，在寂静秋夜里格外清晰，却是毫无停留地向着别处去了。

楚明允与苏世誉对视一眼，推开门便纵身追上。

不过几步便听见一处别院里有些响动，他们落下环顾，发觉是苏行的住处。院中的护卫不知哪儿去了，透过窗能隐约望见屋里狼藉一片，似是有打斗痕迹。

楚明允拍了拍苏世誉：“那边。”

果然有人影在转角倏然闪过，向着府衙内偏僻之处去了。他们一路追上，沉沉夜色中一处半开的铁门显在视野里，这是府衙里的水牢。前任右扶风郑琬心善，多年来弃而不用将其锁着，而今水牢的铁锁链断垂在地上，阴冷的风自漆黑门内细细吹来，迎面生寒。

他们脚步不禁一顿，这瞬息间里面模模糊糊地传来了苏行的声音。苏世誉微皱了眉，拉住了楚明允的手腕，走入门内沿石阶而下。

楚明允诧异地看着苏世誉的手，好一会儿才迟缓地想起在永乐坊的入口处自己随口说的话，只是没想到苏世誉到现在还记得，一时不知该说什么，便无声地笑了笑。

苏世誉对这水牢似乎颇为熟悉，在目不能视的情况下居然也能毫无阻碍地循声前行。

激烈的缠斗声被走道荡出回音，显出几分空灵诡异，似是近了，黑暗中不断有金石相击的火星隐现。

"叔父？"苏世誉微提声。

远处应声响起剧烈的刀锋相击声，有人嘶声怒骂了什么，来不及听真切便破碎，兵器重重坠地的声音荡了过来，旋即牢中一片死寂。

片刻后水牢里忽然亮起了火光，油灯灯焰渐稳，照亮了这方空间。苏行喘息不定地倚着墙，他脚边不远处躺着个黑衣蒙面人，已经没了气息却仍目眦欲裂地瞪着苏行。

楚明允走近蹲下，一把扯去了他的蒙面，那张脸这几日他们见过不少次，正是主簿。他大张着嘴，竭尽全力地像是要说什么，可惜喉管已被切开，发不出丝毫的声音，只是让自己的脸又徒添几分狰狞。

苏行身上负了几处伤，费力地咳了两声，骂道："这畜生，难怪忽然说捉到了凶手，原来是他自己杀的人，现在还想对我下手！"

楚明允意味不明地笑了笑，没接他的话，站起身正欲走过去却忽然被苏世誉抬手拦住。楚明允疑惑地看了过去，只见苏世誉定定地望着苏行，神情平静得有些异样。

苏行纳闷地向他招了招手："誉儿，你来，过来扶叔父一把。"

苏世誉站在原地未动。"叔父，"静默了片刻，他忽然道，"你那日问我时我没有告诉你，其实郑琬的夫人说了句话。"

"什么？"

"既是熟识，又为何要下此毒手？"

苏行笑了笑，看着躺在地上的主簿道："可不是，谁能想到他跟了郑琬那么久，居然还会狠下杀手。"

苏世誉仍是静静看着他，重复道：“既是熟识，又为何要下此毒手？”他声音温柔，字字清晰。

苏行愣了愣，面色微变：“你什么意思？”

苏世誉淡淡道：“郑琬与你相识多年，主簿在你手下听候差遣。叔父，何必下此毒手？”

楚明允意味深长的目光在他们两人身上徘徊，抄着手自觉靠在一旁墙上冷眼旁观。

苏行表情彻底难看了起来：“誉儿，你这是什么意思？你在怀疑我？！”

“之前听了供词后还只是怀疑，”他眸色深敛，“今夜已然确定了。”

“确定什么？！确定人是我杀的？”苏行不能置信，“我可是你的亲叔父，我和你是血亲！你小时候我还抱过你，带你出去踏青，你不记得了？”

苏世誉极轻极低地笑了声：“侄儿自然记得。不只如此，我还记得叔父当年担任右扶风时督建了这座水牢，那时您带我来过这里，告诉过我您藏的机关。”

他抬眸，看着苏行：“忘了的人，只怕是您吧。”

苏行瞳孔骤缩，紧接着震怒似的浑身颤抖：“有机关又怎么了？难道你觉得我会害你不成？”

苏世誉垂眸，沉默了良久又道：“叔父在我来时，曾转述的姑母的话，可还记得？”

——我这次来赴任，路过金陵时见着了你姑母，她说你的服丧期都快过去一年了，既然杜越也在长安，你再拖下去，她就亲自来给你操办，顺便还能看看儿子。

——她说你的服丧期都快过去一年了。

“我双亲是在七月辞世的，八月时郑琬遭到刺杀，然后命您补任右扶风一职。姑母性格严谨，绝不会将忌日记错，更不像一时口误。

那么您在七月前就已经往长安而来，又一直未曾露面，所为何事？”

辗转于长安周遭，最终隐于扶风郡，暗中制造这一系列命案。在他们到来后安排假的凶手咬定楚明允不放，两日之内就利用旁观的狱卒们将太尉密谋杀人的流言散布出去，然后将替自己做事的主簿杀死，便再无人能指认。同时也将他们引入水牢，只要利用机关杀死了他们，最终的结果自然就是太尉借机对御史大夫下手而不得，两相俱败。反正死无对证，与他这才上任的右扶风能有何干系？

这计划缜密，本该是分毫不差。

而苏世誉清楚地看在眼里，猜得也是分毫不差。

苏行愣怔许久，低下头去，肩头缓缓地颤动，他竟是在笑，那笑声渐渐大了起来，空落落地砸在水牢四壁，再抬头时他已然冷了脸色，直盯着苏世誉：“你居然从那时候就开始怀疑我？”

苏世誉淡声道：“我奉命前来，本就是为了查案。”

“呵，苏世誉！”苏行冷笑道，“可真是苏诀教出的好儿子，跟你爹一模一样……不，你爹可远不如你！”

“叔父当年难道也是因此被放逐出京？”

“我当年可什么都没干，苏诀居然拿一句我志虑不纯就把我给外放了！把他的亲兄弟硬生生给逐出了京城，外放了千里！”

脸皮既然已经撕破，苏行倒是无所顾忌了：“志虑不纯又怎样，李延贞那个毛头小子也算得上是君主？我可没你们那哄孩子的兴致。”

“所以叔父如今是另‘择木而栖’了吗？”

“难不成要像你们父子一样？满脑子君臣纲常，也不知道睁开眼去看这天下成什么样了！动乱几年，天灾不断，说到底不还是人祸，这一时半会儿的安宁你们还就真以为开始太平了？清醒点吧，李延贞那昏庸无能的人注定是扶不起来的！”

“叔父慎言。”苏世誉微皱了眉。

“别叫什么叔父了，”苏行冷笑，“我算是明白了，是，怪我忘了你是什么样的人了，当初你爹要一剑杀你时我就不该拦着，也能免了现在后悔！我早听人说御史大夫如何如何，现在想来说得可真对。”

他抬手直指苏世誉：“无心无欲，无血无泪！你便这样下去吧，就该是一辈子孤身寡绝！”

本是血亲，要如何才能怨毒至此。

这一通骂得实在淋漓尽致，楚明允不禁向苏世誉那里看去一眼。苏世誉面容淡淡，一贯地毫无波澜，只是不知斯人是否果真表里如一，心冷硬若此，竟毫无动容。

直到苏行气喘吁吁地止了话，苏世誉才平静地开口道：“侄儿闻教。只是叔父声称心怀天下，另择明主，可犯下的却是残害朝廷忠良的命案。”

他看着苏行：“郑扶风勤廉爱民，于天下何罪之有，何以落得如此下场？”

苏行顿时哑然，没有答话。

苏世誉长叹了声气：“还请叔父服罪。”

“服罪？”苏行笑了，“待在牢里等着你拷问再处死刑？”

他脚步不稳地往前走了一步：“用不着你动手！”他猛然拍上身侧的墙，机关“咔”的一声凹陷，一壁覆顶石墙轰然坠下，如惊雷般砸落在苏世誉面前几尺，震耳惊心。

苏世誉身形丝毫未动，一时寂静。

“苏大人？”楚明允试探地唤了声。

苏世誉沉默地低着眼，看到血水从石墙缝下缓缓漫出，蜿蜒流淌，洇上了他的靴沿。

“苏大人？”楚明允直起身子，走近了几步。

苏世誉微微一顿，转过了身：“走吧，去命人来收殓了，然后尽快将他的同犯也搜捕归案。”

楚明允跟上他，想了想道：“苏大人和令尊……听起来似乎关系紧张？”他难得措辞委婉了些。

“不必多想，父亲只是性格有些严厉。”

“喂——我说，”楚明允瞧着他的背影，“这边有的酒楼夜里是不打烊的，你若是心里不痛快，我可以去陪你喝两杯。”

苏世誉似乎是轻笑了声：“命案得破，你我总算不负圣命，我心里为何会不痛快？”

“行啊，那咱们去喝两杯来庆祝我洗脱嫌疑？”脱口而出后话音不禁一顿，楚明允十分少有地自己都觉得有点欠抽了。

不料苏世誉却顿了步，回眸看他，莞尔道：“楚大人有意庆祝？”

“还行。”

“那走吧。”

话虽答应得随意了些，但楚明允眼看着苏世誉将搜捕事宜迅速吩咐了下去，然后就真和他一起出来了。

扶风郡毕竟是繁华之地，虽是深夜，酒楼里依旧灯火盏盏，有闲客二三。

他们在楼上寻了个僻静位置相对坐下，杯中酒温，香气醇厚。楚明允不急着喝，捧着瓷杯慢慢暖着手，端详着苏世誉的神情。

苏世誉浅浅抿了一口酒，不抬眼地问：“我脸上有什么东西吗？”

楚明允认真地道：“有朵花啊。”

苏世誉抬眼看了看他，笑道：“没想到楚大人这么快就醉了。”

楚明允低声笑了笑，顿了顿，忽然想到什么：“对了，既然苏行是主谋，之前永乐坊里的慕老板你说应唤你兄长，那他应该就是苏行的儿子了？”

苏世誉轻轻摇头：“叔父没有儿子，膝下仅有两女，我在姑母那里也曾见过她们几次，长女已经嫁与商贾，幼女尚小，跟那位慕老板无关。而且依叔父的性子来看，他所做之事，家中应当毫不知情。”

“那该唤你这声兄长的到底是谁？”

“坦白而言，我也没什么头绪。”苏世誉道，“苏家几代仕宦，朝野中人大多都与我家有些交往，而同辈子弟里数我年长，该称我为兄长的人数不胜数。”

楚明允不在意地点了点头：“我记得我是不是比你大几个月？”

苏世誉不动声色地瞥他一眼，没有接话。

果然楚明允接着道：“那该你叫我一声哥哥啊！”

苏世誉垂眸打量着手中瓷杯，恍若未闻。

楚明允伸手过来按住他的酒杯，眉眼带笑地道：“你叫我声哥哥，我再请你几壶好酒，如何？”

苏世誉：“……”

“啧，”楚明允微蹙了眉，“你怎么不理我？”

原来你也是能看出别人不想理你的啊。

苏世誉不禁轻声笑了笑，将他的手拉下：“依律，两千石以上官员不得私下擅自攀亲结拜。”

身为御史大夫就是倍具优势，处处都能寻到这么些个好理由。

楚明允索然无趣地喝了口酒，随口道：“你说苏行家里人不知道发生了什么，如今他这么死了，那他妻儿岂不是要恨死你了？”

苏世誉的指尖一顿，缓缓捏紧了杯子，又放松：“或许吧。”

他又道：“不过叔父所犯乃重罪，依律当株连九族，她们有没有机会来恨还尚未可知。”

楚明允微愣：“你打算如实报上去？”

苏世誉奇怪地看了他一眼：“有何不可？”

“你知不知道你也在九族之内？”

“我自然清楚。”苏世誉淡淡道。

楚明允表情复杂地瞧着他：“那苏大人这算是……亲手把自己给抄斩了？”

“律法如此，自当遵循。”苏世誉将两人酒杯添满，道，“不过现下一切还未了结，要待搜查过叔父的住处，才好下定论。”

“搜查过后，苏行的罪名恐怕是只增不减吧。”

苏世誉轻轻一笑，没有答话。

楚明允饮尽杯中酒，单手托腮瞧着苏世誉——持杯的手细长，那银绣绲边的袖口微微滑下，显出一截清瘦的腕，眼帘微垂遮去了眸中墨瞳，风雅至极。他忽然忍不住脱口道：“你若就这么死了，说不定我还真会挺伤心的。”

苏世誉认真思索了一下，还是没听出这话里究竟色彩如何，但看楚明允的神色全无玩笑之意，又不似嘲讽，便只好理解作了安慰。他淡声笑了：“多谢你关怀了。”

他又顺着转了话题：“不过楚大人这般的人果然是世间少有。”

“怎么说？”

“说话作风如你这般的，十个中有九个怕是要被人打，便只剩下个身手不凡的，自然是世间少有。”苏世誉笑道。

“身手不凡”的楚明允面不改色地笑：“彼此彼此。”

苏世誉没再接话，又为自己斟满一杯，入口后忽觉酒已微冷，沿喉而下转瞬就成浸了肺腑的凉。

良久无声，一声极轻的叹息，一只手忽然持酒凑过来，硬是与他已空的酒杯碰了一下，“当啷”一声脆响。苏世誉诧异地抬头看去，只见楚明允含笑看着他，神情似是微醺，双眸却是清亮，仿佛映入了天光云影。

“都说了请你喝酒来庆祝，你怎么还是一直皱着眉？”

苏世誉难得愣怔地看着他，忘了开口。

楚明允就这样认真地打量着苏世誉，忽然偏头笑了。“苏大人……”他肩头忍不住微颤，“你这个表情好呆啊。”

苏世誉顿了一瞬，看着笑得眉眼弯弯的楚明允，忍不住也笑出了声。

脸侧忽然落了一丝凉意，转而雨声潺潺响起，苏世誉顺着楚明允的目光望向窗外。

窗外有一帘秋雨，惊醒了万家灯火。

而在那边官府里，狱卒接到命令后将牢房里那男人放了出来，男人立即带着官兵趁夜找到了城中一处隐蔽宅邸，救下被扣押的妻儿的同时还揪出了其他几个不及逃脱的涉案者。官兵将那几人押回牢里分别审问，一直耗到了次日，才终于撬开了他们的口。

随即从苏行的住处里也搜出了一摞书信和几枚作用不详的铁符印章，将他与各方联络的书信一一核对下来，与那几个同犯交代的案情全然吻合。信笺中剩下一封时日最久的，其中字里行间明明白白地表明了苏行已向他方称臣，那信的落款是淮南王的印章——如何都做不得假的印信。

苏世誉将信细读了几遍发觉也是毫无破绽，反倒是更添困惑。

这次的命案与之前几件事会有牵扯是在预料之中的，如今甚至人证、物证俱在，可以说是确凿无疑，能肯定就是淮南王在背后主导一切了。可结论若真是如此，难不成他之前的怀疑都只是多心了？谭敬所言并不假，一切的事实其实早已堂而皇之地摆在了他面前？

“誉儿。”一道熟悉的嗓音突然响起。

苏世誉回过神，一瞬犹豫，还是慢慢地转过了身。

一位端庄妇人站在几步开外，手边牵着个六七岁的小姑娘。她直直地看着苏世誉，而后拉着小姑娘，一步步地穿过满庭来往搜查的官兵，径直向他走来。

苏世誉微敛眸，面上带了淡淡笑意，恭敬道：“婶婶。”

妇人停在他面前，没有作声，而后猛然扬起手狠狠地就要将巴掌落下，苏世誉垂着眼未动。

却在触到苏世誉前硬生生被人握住了手腕，她恼怒地瞪着忽然出现的蓝衣男人：“放手！”

楚明允冷冷地笑道：“苏夫人，你可得想清楚侮辱朝廷命官的下场。”

妇人的眼一下红了，气得浑身发抖：“你给我放手！放开！”

跟在身旁的小姑娘不知道发生了什么，只是被这场面吓到了，小小的个子手忙脚乱地想拉住妇人未果，转头边要护住苏世誉般地往他身上扑去，边糯糯地叫着：“娘，别打！不要打哥哥！”

苏世誉忙矮下身要接住她，妇人却猛然抓挠般地强挣开楚明允的手，一把将她扯了回来，苏世誉伸出的手便落了个空。

“哥哥好，别打哥哥啊娘！”她慌张地抓住妇人的袖口。

妇人眼底泛起了泪意，蹲下身抱紧了她，转过头恶狠狠地盯着苏世誉，话是对着怀里女儿说的：“颖儿，你看清楚他了吗？你看看他还有哪点像是你哥哥！”

颖儿茫然地看了过去：“是啊，世誉哥哥……”

“他不是，”妇人咬牙切齿地道，“他是杀了你爹的仇人，狼心狗肺！”

她陡然提声，凄厉得让满院的人听了清楚：“苏世誉！六亲不认，你的心难道是石头做的吗？！你连自己的亲叔父都能杀，那你干脆把我们俩也杀了啊！反正我们一家都是罪犯，你怕什么，你动手啊！”

苏世誉一言不发，良久良久，极轻地叹了口气，转过身往屋内走去。

妇人跟着起身便要追上，被官兵眼疾手快地拦住，她挣脱不开，叫骂了几句后滑跪在地，抱着女儿哀哀痛哭。

楚明允跟了进来，看着苏世誉的背影慢慢踱步到他近前，笑道：“需要我安慰你吗？”

苏世誉侧头看了他一眼：“楚大人午睡还未醒吗？”

楚明允笑了笑，又低眼看了看手背上被抓出的几道血痕，悠悠地叹道：“苏大人这又是何苦呢？你要是不过来查，直接把罪名归到我头上不就简单多了，既能除了对手，还能保全血亲，也不至于被骂成这样。”

“楚大人此言差矣，”苏世誉停下整理书信的手，语气平淡却掷地有声，“血亲又如何，错了就是错了。”

楚明允饶有趣味地瞧着他，半晌摇头笑笑：“你还真是块石头。”

案子了结，楚明允和苏世誉回京复命。

此事皆大欢喜，官员们不用再整日担惊受怕，满朝文武纷纷道贺，只是看向苏世誉的目光不由得变得复杂了。连茶楼闲话间也啧啧感叹，说这御史大夫可真是秉公到冷血无情了。

而苏世誉不为所动，按部就班地处理了案子，带着拟好的罪名判状入宫，呈与李延贞过目。

李延贞将奏折读罢，无奈地看着他：“苏爱卿果真一如既往地公事公办，竟真打算把自己也株连了。”

“理当如此。”苏世誉道。

“那朕可是痛失臂膀了，”李延贞搁下奏折，“苏行既畏罪自杀，何必连坐亲属，况且不知者无罪，他家中寡妻孤女，好好安置便罢了。”

“陛下……”

“你就别再像上次那样跟朕争执了。”李延贞摆了摆手，“爱卿之忠心日月可鉴，苏行之罪是他一人之事，朕绝不会怀疑你。”

苏世誉垂眸不答。

李延贞便长叹了口气：“就当是回报你苏家几代尽忠了。命案已经死了多少人，这秋天血气已经够重了，何必再添杀戮。”

苏世誉露出了个淡而无味的笑，也就不再多言，俯身跪谢。他正欲再说些什么，心中却无端想起了苏行的话，沉默了一会儿，忽然问道：“陛下对这份奏折可有疑问？”

“苏爱卿行事朕一向放心，没什么疑问的。”

苏世誉抬首望着李延贞清秀的脸：“那陛下对淮南王可有什么看

法吗？”

李延贞为难地思索了片刻，还是摇了摇头：“朝政上的事，还是要多辛苦爱卿你了，这些朕实在是难以决断。”

他又翻了翻奏折，不由纳闷：“你上面怎么对淮南王只字未提？”

苏世誉眸色深敛，站起了身，一如往常地从袖中摸出另一份奏折递上：“臣正要说到此事。

“太祖建夏时分封诸侯，为的是拱卫王室，稳固四方，保新朝安定。可如今百年已过，时过境迁，以淮南王为首的诸侯王势力日益膨胀，据千里之地，骄奢淫逸，阻众抗命，已然构成威胁，是以削藩之事势在必行。”

李延贞看着手中奏折：“推恩令[①]？”

“正是，准令诸侯推私恩分封子弟，嫡长子承袭王位，其余子弟分割部分土地为列侯，侯国同县，归与各郡管辖。名义上称作施恩惠，实为削弱其势力。”

“可是祖训中有规定，后世子孙不得对祖制有任何更改……”李延贞迟疑着。

“臣自然明白，所以只是将他们的势力分化，尽可能地减少威胁。”

“可这也毕竟是改制……”

“藩王仍在，分封未改，祖制规明在此，如今并未将其废除，怎么算是改制？”苏世誉道。

这话有玩弄文字之嫌，却也并非毫无道理。

“但是要折损他们的利益，真的不会激起反抗吗？”

苏世誉颔首道：“因此臣现下才不将此命案与淮南王的关系公布。”

“爱卿所言，朕听不懂。”

“这一系列的命案虽于朝廷而言损失惨重，但也未尝不是个机会，

---

① 推恩令参照了汉武帝时颁布的法令。

只是要看如何利用。若此时直接将牵扯淮南王的罪证公之于众，对于一方独霸的诸侯而言，恐怕作用微薄，只能是打草惊蛇。而时节又已入冬，出行车马不便，朝中事务繁重，于我们不利，况且苏行案才结，对方恐怕正有戒备。不如待年后，那时淮南王戒心应消，而臣身为御史大夫可代天子巡狩诸侯。出使封国，诸侯理当至边境相迎。那时趁机将淮南王捉拿，押回长安再将他罪行公布，陛下也就能借此为由，施行削藩了。”

李延贞犹豫半晌，又看了看苏世誉：“那便依爱卿所言吧。”

诸事已毕，苏世誉行礼告退。他步出御书房，抬眼正望见有人迎面而来，粉黛略施，步摇轻响，依稀记得是前阵子选秀入了宫、如今正受宠的姜昭仪。相逢一礼，随即离去。

而在苏世誉身后，姜媛却驻了足，回眸望着他的背影，神情晦暗不明，直到宫娥轻声提醒，她才低声一笑，转身进入了御书房。

那边苏世誉刚踏入府里，一道青色人影便扑了上来。

“表哥你可算是回来了！我跟你说你别伤心啊，你……哎你干吗这样看着我？”

苏世誉回头确认了一下没进错地方，又看向杜越：“你怎么突然来了？”

“苏行舅舅的事……我也听说了。”杜越坚定地道，“但是你放心，我绝对不怪你，是舅舅自己的错，表哥你也是不得已的。”

苏世誉轻声笑了笑，和他一起往府内走去：“几年过去，阿越懂事了不少。”

“我明明一直都很懂事。”杜越被夸得心花怒放，顿了顿，想起自己是干吗来的，忙正色道，“表哥，你怎么看起来都没有不开心啊？”

“没什么开心不开心的，事情过去了便罢了。”苏世誉笑看他一眼，“难不成你来时是想看我哭的？”

杜越想了想苏世誉哭的样子，发觉想不出来：“表哥你这么一说是有点想看……”

苏世誉看了他一眼，杜越迅速改口：“啊不是，我这不是担心你嘛，就跟秦昭和姓楚的说了声，过来陪你住些日子。”

苏世誉微诧异：“秦昭答应了？”

杜越的脸瞬间没了刚才的神采：“没啊，不知道怎么搞的，死活都不同意。”

“然后呢？”

“然后……然后我就和他吵起来了呗，”杜越挠了挠头，“其实也不算是吵，他都不吭声的，就是固执得要命。我就直接跑出来了，我收拾的衣服都没拿。表哥你这边有闲的吗，苏白的也行。”

苏世誉看着他飘忽的目光，无奈地笑了笑，不再追问了。

杜越也沉默地不说话了，垂着头半晌，重重地叹了口气。

他就是不明白，理所应当的一件事秦昭怎么会有那么大的反应，不过这会儿冷静下来发觉自己也有些过分，可现在跑回去也不是事儿啊，那、那等几天回去后找机会道歉吧，毕竟最后的话实在说得重了。

——秦昭你怎么回事儿啊？我亲娘都没这么管着我，我爱去哪儿就去哪儿，你管得着吗？

楚明允随手招来一个婢女，边瞧着站在庭中一动不动的秦昭，边问：“他在这儿站多久了？”

婢女恭敬道：“杜药师走了后就一直没动过，大概有两个时辰了。”

楚明允点了点头，走了过去，瞧着垂目不语的秦昭许久，想了想道：“师弟，晚饭你若是不吃我可就不等你了。”

秦昭面无表情地看了他一眼，没有说话。

楚明允意味不明地笑了声，歪头打量着他：“冰块脸，你站这儿是怎么，要等着杜越跑回来？”

秦昭唇线紧绷，攥成拳的手又紧了紧。

“呵，”楚明允低声嗤笑，脸上笑意隐去，冷声道，“人家两个表兄弟，是斩不断的关系，你既不想跟他坦白情势，又不想他掺和，这般拦着，还指望他感激你的好意吗？”

秦昭眸色暗沉，声音涩哑：“师……”

楚明允转身就走：“我饿了。”

秦昭：“……”

秦昭又望了一眼空无一人的府门外，终于抬步跟上了楚明允。

章六——除夕

木叶凋零，朔风北来。

足有月余过后，青衣婢女才来厅中通报说杜药师回来了。秦昭闻言猛然起身，神色一黯，又硬是把自己压回了座位。楚明允瞥了他一眼，意味不明地笑笑，继续剥着手里的金橘。

不多时，杜越果然磨磨蹭蹭地走到了门口。他心中忐忑，看到秦昭避开了目光后便越发不安了，嗫嚅半晌，干巴巴道："我回来了。"

秦昭稍偏着头看不清脸色，一言不发。

楚明允大发善心地搭理了他："哟，居然还记着回来呢？不在你表哥那里多住几天？"

"我也想啊，"杜越厚着脸皮走进来坐下，"不过我在那边儿好像有点碍事，苏白连跑腿都要比我快。"

有的人，如杜越，你是真不知道他是脑子不好使还是心眼太实在。

楚明允吃着橘子，欣赏着秦昭阴郁了一个多月后变得更难看的脸色。

杜越跟着看了秦昭好几眼，总算鼓起勇气道："秦昭，我……我回来了。"

秦昭本就不善表达，如今更是如鲠在喉，许久才干涩地开了口："嗯。"

想了想，他又补充道："回来就好。"

杜越讪讪，也不知再说什么好，转头看见楚明允擦净了手，起身就要出去，一身菱纹紫袍便显了出来。他忽然奇道："哎，我出来时见我表哥也是这身。"

"嗯。"楚明允理了理衣襟，"今日是冬至，文武之首礼服相同。"

“啊？”杜越愣了愣，“长安吃个饺子都这么隆重？”

楚明允手上一顿，强忍着嫌弃看了杜越一眼：“祭天大典。”

冬至祭天，祈风调雨顺，愿山河锦绣。

卫央宫中礼乐悠扬，旌旗当空猎猎作响，百官分列而立，以楚明允与苏世誉为首，俯身叩拜。

大夏尚水德，崇黑。李延贞着纯黑帝服，登坛升陛，奠玉帛，唱一曲“有来雍雍，至止肃肃”，坛下八佾献舞祈福。

楚明允微狭眼眸望去，看这一派肃穆庄严，蓦然想起苏行所言，不知这太平繁华，是否果真如水月镜花，不堪一击。

祭典毕，大宴群臣。殿宇恢宏，乐姬舞姬踩过绣毯鱼贯而入，笙歌起，曼舞翩翩，李延贞于上位挥手道“今日尽欢”，殿中群臣觥筹交错，气氛顿时就热烈了。

楚明允单手撑腮，漫不经心地品着酒，他独坐左首，因那一贯的戾气，都没几人敢上前劝酒，比起对面连连被人缠上的苏世誉，倒是乐得清净不少。

只是宴至一半有人便来扰他清净了。宫娥躬身一礼，低声道：“我家娘娘邀约，还望大人赏面一去。”

楚明允微挑眉梢：“我若说不去呢？”

“这……”对方没料到这样的回答，只得道，“大人若是不去，奴婢便没法回话了，还望大人赏面。”

楚明允无所谓地笑了笑，就起身不惊动任何人地跟她出了殿。

一路走转，横枝掩映后是太夜池，漫漫池水旁立着绯衣女子，见他走来，倩然一笑：“妾身还以为大人不来了。”

引路宫娥早自觉退下，此时人大多聚在宫宴处，太夜池周遭便只剩了他们两人。楚明允行了一礼：“昭仪娘娘有请，臣怎敢不来，只是不知娘娘有何事？”

姜媛看着他，道：“算不得有事，不过是今日难得有机会能一见大人，有些情不自禁罢了。”

“娘娘有话直说。”

姜媛转过脸去，望着太夜池里隐约浮面的几尾锦鲤，慢慢道：“大人是朝中大将，威名远播，是多少女子闺中肖想的良人，妾身自然不例外……只可惜如今入宫，今生恐怕与大人无缘了。”

楚明允低笑：“你这招旧了些。”

“什么？”姜媛错愕回头，未听清楚。

“没什么，”楚明允道，“既然无缘，娘娘何必要找臣前来？”

她上前几步到楚明允的面前：“所以说是……情不自禁。”

楚明允低眼瞧着她，四下无人索性舍了敬称：“你难道没听说我如今修身养性了？”

姜媛微低下头：“自然是听说了的，只是仰慕之情怎是轻易可消的？”

楚明允笑了声，捏起姜媛的下巴将她的脸抬起，压低了声音问：“那你是想同我欢好不成？”

他没漏过姜媛眼中那一闪而过的慌乱。她指甲陷入掌中，强迫自己镇定地对上那双眼：“大人……”

“我之前府里的确有些美姬，不过她们跟你不一样。”楚明允打断了她的话，松开了手。

姜媛忙低下头，定了定神才问道：“哪里不同？”

“她们——”楚明允扫了她一眼，“都有胸。”

姜媛愣住了，然后不动声色地深吸了口气，好歹冷静下来。

楚明允一脸坦然地行了个礼：“微臣告辞。”

姜媛闻言一惊，再顾不得许多，忙拉住了他：“大人留步！”

楚明允侧转过身来看着她，姜媛松开了手，从袖中摸出一个绣工精巧的香囊，塞入了他手中：“今日来此，实则只为将这香囊赠予大人。”

“能不要吗？”楚明允问。

楚明允身后的远处，枯枝交错中有道紫色身影，对方停步片刻，显然是望见了这里，转而无声离去。姜媛心下松了口气：“妾身一片心意，还望大人收好。”至此不再多言，对着楚明允行了一礼，转身便走。

楚明允捏了捏那香囊，竟有几分重量，便直接拆开，香料掩盖中果然看到一角铜色。他伸手抽出，是一把不知何用的钥匙，略一思量，又将钥匙塞了回去，信手将香囊扔到了池里。

只听“咚”的一声，那香囊便沉了底。

楚明允回到殿中时，一众臣子已经酒酣耳热、醉意醺醺了，姜媛也陪侍在了李延贞身旁。他随意扫过一眼，见到苏世誉身旁的人已散去，脚下一转，走过去坐下了：“苏大人，可还能再陪我喝几杯？”

苏世誉转过脸看着他，半点醉意都没有，只是那神色有些欲言又止。

“怎么了？”

苏世誉压低了声音：“你……”

侍卫长忽然进了大殿，疾步穿过众臣在殿中跪下：“陛下，天禄阁失窃了！”

臣子们顿时清醒了许多，而李延贞撑着额头，尚有些反应不能地问：“怎么了？”

“天禄阁失窃了！看守的侍卫被发现时已经昏迷了，开启此阁的两把钥匙不知所终，所封存籍册都被人打开了！”

臣子们一时面面相觑，都有些摸不着头脑。天禄阁就在卫央宫中，是历来封存重要文书籍册的地方，皇帝的诏书也多会在那里备存，虽称得上是重要，可到底是个谁也不上心的地方，如今无端失窃了都猜不出偷它何用。

李延贞显然也明白这些，问道：“都丢失了什么？”

“这……”侍卫长为难道，“阁中卷帙浩繁，还未能查出。”

李延贞醉意未消地揉着额角，一时未言。姜媛看了他一眼，深吸了口气方开口道：“陛下，请容臣妾多言一问。”

她从袖中摸出一把黄铜钥匙，望向殿中的侍卫长：“丢失的钥匙，可是这样的？”

侍卫长一惊，忙应道：“正是这个！只是娘娘为何会有？”

姜媛对上李延贞疑惑的眼神，慢慢地道：“方才臣妾出去透气，碰巧看见了位大人，在地上捡到了这钥匙，本打算等筵席散了托人还给他的。”她边说着，视线边落到了右席上。

右席是御史大夫苏世誉的位置，不过此时楚明允也正坐在此处。他对上了姜媛的视线，忽而勾起唇角，笑容隐隐有几分危险意味。

众人的目光也跟着落了过去，李延贞问道：“爱妃所见的是谁？”

“陛下还用得着再问吗，”刑部尚书陆仕直接开了口，“这筵席上不就只有一位大人出去了那么久？”

楚明允不耐烦地瞥去一眼，虽然知道这个老顽固向来看不惯他，但没想到会看不惯到宴会上还要多看他几眼的程度。

姜媛正欲开口，却被苏世誉抢了先：“陆大人，我方才也是出了殿的。”

“我绝不是指的您！”陆仕连忙解释。

苏世誉淡淡一笑，目光转到姜媛身上，语调温和：“说来也巧，臣就在殿外见到了楚大人，聊了些之前的案情，一直都未走远，不知您所见的是谁？”

姜媛表情陡然一僵，颇有些不能置信地看着苏世誉。

楚明允自叹不如地瞧着苏世誉睁眼说瞎话。

姜媛垂下睫羽：“御史大人既然如此说了，那便是我看错了吧。”

殿中不禁有些哗然，楚党自然不满，而苏党大多如陆仕，乐意见楚明允有事，可偏又有苏世誉发话，纷纷纠结不已。

"怎么会，"苏世誉轻声笑道，"娘娘若是看错了，那是如何来的钥匙？"

姜媛语塞不答，楚明允便冷冷地接过话："也不必这么为难，不是说有两把钥匙吗，是真是假，搜身一看便知。"

他顿了顿，笑意加深："不过若是没有找到剩下的那把，臣可实在是冤枉了。"

一只手忽然覆上紧攥着衣袖的手，姜媛惊诧地看去，李延贞对她笑了笑，而后终于开了口："罢了，今日设宴本是乐事，何必闹得不欢而散。"

"陛下……"

"几本籍册罢了，不是什么重要东西，你退下吧。"李延贞抬手，侍卫长应声离去："继续奏乐！"

舞乐再起，添酒满杯，不快之事如烟云过眼，一杯倾尽便抛到脑后。

苏世誉面不改色地浅饮一口，问盯着自己的楚明允道："看出什么来了？"

"苏大人，我觉得其实你脸皮也并不比我的薄到哪里去。"

苏世誉敛眸轻笑，扫过他一眼，低声道："我方才的确是见到你了。"

"嗯？"

"有宫人说有人要见我，结果引着我去了太夜池边后就没了踪影，然后我就看见了你和那位姜昭仪。"

"她说喜欢我，你意下如何？"楚明允笑吟吟地瞧着他。

苏世誉道："这位娘娘恐怕有些问题，不过陛下正宠爱她，你我身为外臣也不好过问后宫，只能留意着些。"

楚明允倒是不在意这个："那你为什么要帮我？"

苏世誉想了想："就当是还你一个人情。"

顿了顿，他解释道："宋衡的地牢里你替我挡的那一箭。"

楚明允看了他片刻，忍不住低笑出声：“你还真是……”

真是如何，他却忽然想不出怎么形容了。

直到筵席散去，回了寝宫，姜媛仍是有些回不过神来。

她受命掩护天禄阁那边，本就抱了必死之心，只求借苏世誉将楚明允的力量折损，可那苏世誉也不知是怎么回事，这已经是第二次将送上门的大好机会给拒绝了。他开口维护楚明允的那一刻，姜媛已经握住了袖中的毒药，可偏偏，偏偏被李延贞碰巧拉住了手，这个不通权术的年轻皇帝三言两语打发了人，居然真的毫不追究了。

“你脸色怎么这么苍白？”李延贞任宫娥脱下外袍，回头看着她。

姜媛忙定了心神，摇了摇头。

李延贞走了过来，笑道：“还想着天禄阁失窃的事？”

见姜媛不语，他便握住了她的手：“虽然朕也不太明白是怎么个情况，不过你不用再想了，朕信你便可。”

姜媛愣住了，百感交集到反而不知是何心情，她低头看着李延贞的手，那只手颇显秀气，拿过奏折，握过画笔刻刀，却从不曾染过一丝血气，跟这个男人的心性一样，太过柔和，不像是帝王该有的。

她心中暗叹，可真是个傻小子。

北国多雪，随着时岁一日日近了除夕，下得便越发肆意起来，纷纷扬扬地撒满天地，再被大风吹卷而起，漫漫飞扬。长安城里早高挂起了灯笼，白雪映衬着火红，落在眼里一派喜气，仿佛将人身上寒意也驱散了不少。

朝中事务渐稀，大小官员也都盼着年假到来，好在家享个安闲。

卫央宫里银装素裹，殿外风雪摧刮，殿内暖意熏染。

李延贞听罢汇报，忽然道：“说起来，苏爱卿和楚爱卿最近似乎走得近了不少？”

楚明允挑了眉梢，低笑一声刚要答话，就被苏世誉给抢了先：“臣与楚大人连日里有不少的政务往来，接触难免也就多了些。再者，我们两人同朝多年，关系向来和睦，怎么谈得上是最近走得近了。”

楚明允完全不记得自己和苏世誉是“向来和睦”的。

“也是。”李延贞点了点头，对着苏世誉笑道，“年尾将至，御史台诸事妥当，元月复朝前你可有得清闲了？”

“是，”苏世誉道，“虽偶有作乱枉法之辈，但吏治总体还是规整，也是陛下的清闲。”

“朕不是听你说这个的，”李延贞摆摆手，看着他道，“既然无事，除夕那日休朝后你就别回府了，留在宫里陪朕守岁如何？”

被忽视一旁的楚明允目光扫过两人，意味不明地扯了扯唇角，也不出声打搅。

苏世誉明显一愣，确认了自己并未听错后才答道：“蒙陛下抬爱，但恕臣难以从命。”

“为何不可？”李延贞问。

“年尾陛下应与嫔妃聚宴共度，外臣混杂其中，实在闻所未闻。”

“那不召她们，只有朕与你不就行了？”

苏世誉看他一眼，无奈道：“那就更违背宗法礼制了，恐怕要遭人诟病。”

“朕乃九五之尊，谁敢妄议？你只管说答不答应。”

“臣职责正是监察官吏，又怎能以身乱法？”苏世誉单膝跪下，“陛下好意，臣心领了。”

“苏爱卿，”李延贞不满道，“当年朕为东宫之时你也不是没有陪在宫中过，如今为何这般不情愿？何况如今你父母皆已亡故，叔父出了案子，亲人也不能见了，没了阖家团圆，你独自回府又有什么意思？”

苏世誉垂首，无人可见之处眸光陡然一暗，一时没有出声。

片刻的安静让李延贞迟缓地意识到说错话了，可自己本就是一片好意，也不便收回前话，只能微有不安地盯着那个身影。

只是须臾苏世誉便站起身来，轻叹了口气，抬眼时毫无波澜：“彼时臣是陛下伴读，陪侍在旁并无不妥，可今时不同往日。”

“另外，既然陛下还记得，也就应当记得那年除夕为何臣不得回府，与您一同被禁足东宫。”他的语气微沉下几分，“陛下，谨言慎行。”

李延贞怔住，张了张口却说不出话来，目光落到一旁楚明允身上又收回，闭口不言了。

楚明允饶有兴致地打量着他们的神情，忽然轻咳了声，带着笑开口：“其实陛下也不必担忧苏大人。他表弟如今正在臣府上住着，苏大人若是嫌独自在府中寂寞，想必也是会过来的，臣一定替陛下用心招待。”

这话里挑拨的意味实在太明显，苏世誉微皱了眉看他，竟没反驳。李延贞直直地盯了楚明允一会儿，末了一言不发地别开了头。

他们两人走出殿时正落着雪，远目而去尽是皑皑雪色。苏世誉忽然驻步，望着头顶铅灰重云，沉默许久，冷风割过喉咙，他看着已经走出了好几步远的楚明允忽然开口：“楚大人。”

声音被吹得零落破碎，楚明允停了步，侧身看他：“嗯？”

苏世誉抬步走近，积雪在脚下踩出细小的咯吱声响，他站在楚明允面前，缓缓地露出一个笑来：“除夕封篆后，待我回府换上常服便会前往，劳烦你了。”

“前往？”楚明允诧异道，“苏大人要来我府上？”

“是，”苏世誉道，呼出的白气弥散，他望向远处惨淡日头，语气温和，“这个冬日的确是太冷了些。”

楚明允没能读懂他的意思：“苏大人府上……炭火不够？”

“倒不至于那般贫寒。”苏世誉淡笑了声，“怎么了，方才不是说要用心招待，现下就不欢迎我了？”

“怎么会，”楚明允笑了笑，“随时恭候。”

雪地上两对脚印很快就被覆盖无痕，他们并肩渐行渐远，融入茫茫雪景。

其实李延贞所言不错，回到府里也是伶仃一人，总对着牌位空坐一宿终归寂寥。何况这个冬日……太冷了些。

除夕那天尚算得上晴朗，只是近暮时忽然又下起了雪。苍穹积云，庭院堆雪，寒风吹得窗棂震响。

秦昭将窗子关紧，转过脸来看向倚在软榻上的人。楚明允早换下了官袍，捧着只手炉，半张脸都埋在白狐裘中，他闭着眼似是睡熟，眼睫鬈长，眉目安静。

秦昭的脚步声才响，楚明允便出了声，也不睁眼：“他过来了？”

“时间还早。不过既然苏世誉要来，府上不布置一下吗？”秦昭目光扫过一如往昔的陈设，“全长安，怕是咱们这里最没年味了。”

“你嫌不够喜庆？”楚明允慢慢抬起眼帘，似笑非笑道，“那我请个戏班子来吹吹打打，让杜越给你唱一出《负荆请罪》？”

“师哥。”秦昭瘫着脸看他。

那日后秦昭和杜越虽说和解，面上看起来无事，可相对而处时却变得沉闷起来。秦昭心里藏着事自然无言，而杜越瞧他沉默的时候愈来愈多，难得识相地跟着闭嘴，这日渐地连对话都少了起来。

楚明允笑了声，坐起身来，随手把散开的长发拨到身后：“没什么好布置的。若是苏世誉来了不满意，转头便走了才是真合我意。”

“他怎么会想来这里？”秦昭问，“因为杜越在这儿？”

“杜越于他可没那么大吸引力。”楚明允瞥了他一眼，又低眼打量着描金手炉。

“不知道他是在筹谋什么，我方才想了许久也没能琢磨清楚。而且，”楚明允顿了顿，微蹙眉道，“也不知是不是我的错觉，苏世誉对我的态度似乎比之前好了不少。”

秦昭想了想：“也许是你们接触多了，他将你视为友了。”

“呵，”楚明允冷笑了声，不无嘲讽地道，“你没留意过吗？苏世誉身边较亲近的都是杜越那种不带脑子就出门的，显然他不喜与心机过重的人交往过深。而我为人如何，我还是有点自知之明的。”

“那你的意思是？”

“让府中严戒，盯紧苏世誉带来的人。”

在内室里闲待了片刻，他们估摸着时辰将近，便起身去了正厅。

厅中轩敞，两两相对地摆开了四张小几，旁边各放有小炉，炭火烧得通红，整厅暖意融融，冷风卷着雪沫吹入，在红廊下化开点点水渍。

杜越蹲在角落里，背对着他们不知在鼓捣什么。

“干吗呢？”楚明允道。

杜越回头，轻哼了声，满眼得意：“不告诉你。”

楚明允瞄着他挡在身前的一堆烟火：“你个子太矮了，遮不全。”

杜越猛地起身：“你……”

秦昭站在楚明允身后看着他，黑眸沉静。他心头一跳，匆忙地避开视线，想起秦昭恐怕还生着气，这时再招惹楚明允指不定对方会不会再护着自己，只好颇识时务地嘀咕：“老子还小着呢，再过几年肯定就比你高。”

楚明允听得真切，懒得理他。

身后脚步声忽起，青衣婢女匆忙赶来通报，楚明允漫不经心地应声，转过身去，一抬眼，微愣。

庭中红梅怒放，满眼风雪中显出一人身影。黑发如墨，雪衣如华，苏世誉独自踩过积雪稳步而来，撑一把紫竹骨伞，风盈满袖，仿佛一瞬间寒梅冷香于他行走间无声绽放，随飞雪染上他肩头，如一卷风骨清韵的写意画作。

“哎呀，我表哥可真是美若天仙啊！”杜越凑上前来感叹。

楚明允被他一嗓子喊回了神，嫌弃地瞥了他一眼，忍住了当着苏世誉和秦昭的面挤兑他的冲动。

苏世誉已走入廊下，收伞的动作一顿，看向杜越：“阿越，好好说话。”

“表哥，你真好看！”杜越眉开眼笑地凑上去。

苏世誉轻笑了声，又转而对着楚明允微颔首：“楚大人，久等了。”

“还好。”楚明允看向外面，“苏大人，居然是独自前来吗？”

“原本便是我自己要来，带些旁人做什么？”苏世誉看着他笑道。

楚明允微挑了眉，笑道：“随口问问。”

他们随苏世誉一齐在席上落了座，茶水菜品依次上来，热气蒸腾诱人。楚明允悄无声息地离了席，转到廊外阴影里，问道：“怎么样？”

影卫道：“主上，府内与周围都已清查完毕，没有任何可疑人物。”

楚明允困惑地望向厅中正与杜越交谈的苏世誉，缓缓地蹙了眉：“居然真是一个人。”

苏世誉忽然似有所感般地偏头看了过来，正撞上了楚明允的目光。四目相对，他不及反应，苏世誉却淡淡一笑，转而收回了视线。

清冽的冷风夹着梅香悠转入廊下，他静默片刻，继而低声吩咐道：“知道了，你们都退下吧。”

用罢晚饭，婢女们收拾了碗筷，上了温酒金橘，便悉数退下，留他们四人继续守岁。

偌大的正厅顿时有些空阔，杜越抱着杯盏蹭到苏世誉身旁坐下，嘿嘿一笑：“表哥我陪着你啊！”

楚明允往一旁瞥了一眼秦昭，低声一笑，也挪席过去挨着苏世誉：“苏大人自然是由我来陪席，轮得到你？”

在场三人都微诧地看着他，而楚明允不紧不慢地给苏世誉倒了盏酒，斜眸看向秦昭：“你还坐那么远干吗？”

秦昭心领神会，犹豫了一瞬，跟着坐了过来。四人这么围炉而坐，厅中就空得更厉害了，苏世誉浅抿着酒，但笑不语。

杜越偷偷地将瞟着秦昭的目光收回，暗叹一声，注意力随之落在了杯盏之上，当即不满地叫出了声：“怎么只有我的是茶？”

楚明允慢悠悠地道：“酒喝多了不长个儿，你还小着呢。”

杜越颤抖地指着他：“我……”

苏世誉看了他一眼，他硬生生改口：“操劳这么久，大过年的你还压榨我。”

苏世誉收回视线，笑道：“你不是向来一杯就倒的吗？喝茶也好。”

“那多没意思啊，”杜越皱着脸，“而且表哥这都多少年了，我现在不一样了，早就不是一杯倒了，不信你让我喝一个试试？”

苏世誉笑笑：“我信就是了。”

杜越一下噎住，偏正对着楚明允笑眯眯的模样，顿觉不爽至极。他喝尽了茶水，而后猛地伸手抓过了酒壶倒了满杯，仰头灌了下去，动作迅猛一气呵成，得意扬扬地对上了秦昭担忧的视线，亮了亮杯底：“我就说没事吧。”

秦昭看着他满脸通红，但眼里的确是清明的，一时不知如何是好。杜越便乐呵呵地又满上一杯，看着楚明允和苏世誉，饮下一口：“我就说……”他话音一顿，手上不觉松了力气，一歪头倒在了身旁的秦昭身上。

秦昭眼疾手快地一手揽住杜越，一手捞住杯子放还桌上。

楚明允随手搭在苏世誉肩上，啧啧感叹：“苏大人，你这表弟还真是没说假话，也不知这些年来是怎么只长了一口酒量的。”

苏世誉没有接话，默然地拉下了他的手。

秦昭低头看着昏昏沉沉的杜越，犹疑片刻，小心翼翼地扶起了他：“我送他回屋。”也不待那两人回答，直接起身带杜越离开了。

药庐里有淡淡草药苦香，灯影寂寂。秦昭躬身将杜越放躺在榻上，杜越忽然反手拽住了他的衣襟，边睁眼边迷迷糊糊地念叨："还……还能喝……"

"嗯。"秦昭将衣襟解救下来，"睡吧。"

"咦？"杜越猛地睁开眼，呆愣愣地瞧了他一会儿，"秦昭？你终于理我了。"

"没有，"秦昭道，想了想又补充道，"我怎么会不理你。"

他记得那年依稀也是这样的冬季。

连年大旱后举家逃荒，途经苍梧山时只是睡了一夜，醒来便发现被独自抛下了。他明白，兄长能作劳力，小弟尚在襁褓，只有他应该被抛弃，他都明白。

那时雪压重山，霜冻林寒，他一张脸冷僵到连医圣都束手无策，自此再也牵动不起任何细微表情。

又冷又饿，却无端地拼命想活下去，所以在山间遇见师哥时会发了狠地扑上去，结果自然是被一把掀翻踩在了地上。楚明允少年时眉眼还总是阴郁，直直地细看了他半晌才松了脚："原来是个人。"

他挣扎着想爬起身却没力气，抬眼望见楚明允身后有小孩急急地追上："姓楚的，你再不等我，我就跟你师父告状！"

楚明允漠然："随你。"

然后那小孩就看到了他，眼眸亮了一亮，笨手笨脚地把他拉了起来："你也是上山拜师的吗？我是不是马上要有师弟了啊？"后半句是问楚明允的，对方冷眼不语。

而他在长久的冷冬之际，终于触及了温度。

从未料到会有人一袭青衫也能暖如阳。

思绪回落，秦昭低声重复道："我怎么会不理你。"

可他忘了杜越是醉着的，全然不听他说什么，顾自扯着他的衣袖颠三倒四地念叨。秦昭凑近细听，微微愣住。

杜越声音极轻极小，却是极认真地道："对不起，秦昭，对不起，我……我不应该那么骂你，可是之前你都不理我。我知道我错了，秦昭，我不敢跟你道歉，秦昭，别生气了……你别生我气了……"

他声音渐渐低了下去，睁开一线的眼又闭上，彻底睡了过去。

喉间哽涩，秦昭静静地看着他，良久良久，犹豫地轻轻拍了拍他。

那边的厅中一下就只剩了楚明允和苏世誉两人，炭火烧出"毕剥"轻响，厅外朔风低吼，大雪纷纷扬扬地落下，满庭积雪在沉沉深夜里映着皎白月光，整个太尉府中竟静得连一丝人声也无。

"我原以为我府上已经足够冷清了，没想到你这里也这般寥落。"苏世誉忽然出声。

"我是向来不过什么佳节的。"楚明允低笑了声，随意道，"用不上人伺候，就让下人都散了。我自己无家，又何必拆散那些有家的团聚。"

苏世誉点了点头，未出声，将手中剥净了的金橘随手递给了他。

楚明允见状便挑眉笑了，不伸手去接，瞧着苏世誉道："苏大人是拿我当三岁小孩了吗，一只橘子就能哄开心了？"

苏世誉低眼看向另一只手里的橘子，一并递了过去。

楚明允笑意更深，蹙眉道："难道两只就行了？"

"你不想吃便罢了。"苏世誉收回手。

"哪个说不吃了？"楚明允一把抓住他的手腕。苏世誉轻笑一声，难得没有挣开。

厅外风声渐渐低了下去，落雪无声，听得见檐角护花铃泠泠轻响，间杂着檐下冰凌倏然坠落的脆响。

楚明允撕下一瓣橘肉，忽然想到："对了，那天你和陛下提到的除夕禁足东宫是怎么回事？"

"也不是什么值得提的事。"苏世誉轻叹道。

“苏大人这么一说，我就觉得更值得一听了。”

苏世誉看了他一眼，道：“陛下一向容易轻信他人，做储君时更是不小心在近侍面前说错了话，被人抓了把柄。先帝罚他除夕之夜禁足东宫不得入席，我身为侍读替他抄了一夜的书，如此而已。”

楚明允忍不住把金橘又递还给他一个，聊表同情。

苏世誉笑看他一眼，顿了顿，忽而道：“说来，有件事此前一直没能找到合适时机告知你。”

“嗯？”

“叔父那件案子的判书你应当看过了？”

“你是指对淮南王秘而不宣的事情？”楚明允道，“我差不多能猜到你想做什么。”

苏世誉意外地侧头看他：“你猜得到？”

“苏大人，”楚明允慢悠悠地叹道，“算下来我好歹也是同你携手办了几桩案子的人啊，还不许我多少了解些你吗？”

“多少了解些？”

“是啊，你的行事手段我大概猜得到，不过——”楚明允单手撑住身子，倾身凑近些许，素白的指尖落在皓白衣襟上，他点上苏世誉心口，低低地道，“你这里想的什么我就猜不到了。”

苏世誉身形微滞，却没躲闪，垂眸看着他：“楚大人想要猜什么？”

楚明允极轻地笑了，慢声道：“想猜的多了去，比如你如何看待我。”

他一点点抬起眼帘，正对上苏世誉的目光：“又比如，你今夜为何会过来？”

他手指随着话音在衣襟上轻点两下，苏世誉挡住他的手，低声笑道：“原因如何很重要吗？”

“自然重要。”楚明允弯眉一笑，“秦昭觉得你是为了杜越，可我偏就觉得不是，可若不是那样，难不成会是为了我吗？”

“我还以为依楚大人的作风会直接视为后者。”

楚明允反握住他的手腕，逼视进他眼底："回答我。"

可他不知该如何作答，毕竟连自己也不明晰当时为何会忽然做出独自前来的决定。其实这世上本就不是事事皆有缘由的，多的是心潮忽起一念之间，但如此说了楚明允只怕是不会信。

苏世誉略一思索，抽回了手，淡淡一笑："正是因为你。"

始料未及的回答，楚明允微怔。

炭火的暖光映着他眼中笑意，苏世誉反问："楚大人难道忘了，不是你在陛下面前邀请我来的吗？"

楚明允回过神，微挑了眉梢："我自然记得，所以说——苏大人真是觉得除夕夜府中寂寞了才来的？"

苏世誉收回目光，及时扭转了话题走向："总之，我同陛下商议过了，决定复朝后巡狩诸侯国时拘捕淮南王，待那时会将之前的案子重新提起。"

"和我猜的差不多，可这跟我有什么关系？"

"叔父的案子了结只为了打消淮南王的戒心，难免有些草率，旁人看来疑点重重。先前那些诬陷你的证物误导了许多人，而且扶风郡的流言这些日子也传了过来，恐怕现在坊间私下里都认定了你是真凶。"

楚明允无所谓地道："那又怎样？"

"因此这段时日要委屈楚大人遭受非议了，不过你大可放心，淮南王服罪后我定然会将诬陷之事昭告天下，还你清白。"

"你也不必如此，我并不在意旁人如何看我。"楚明允漫不经心地笑道，"况且天下最愚昧无知的就是这些百姓，何必费力气向他们解释。"

苏世誉道："即便楚大人不在意，为你洗清嫌疑也属我分内之事，我定然是要做到的。"

楚明允歪头盯着他看了片刻，忽而低头轻笑了一声，不再答话。

厅外风雪不知何时停了，忽然有浑厚钟声潮涌般地荡了过来，一声挨着一声，子夜已到。爆竹声顿时响成一片，满空赤红碎屑翻飞，无数烟火簇拥上浓墨夜空，绽开千般光华星芒，喧闹声将深夜吵醒。

“喂，”楚明允眼睛直望向外面，忽然开口，“要不要跟我出去放烟火玩？”

“楚大人还备了烟火？”苏世誉问。

“我没有，不过杜越买了，我知道他藏在了哪儿。”

“你就不怕明日阿越醒来后找你？”

“好办，”楚明允看向他，眨了眨眼，“就说不知道、没见过，杜越不信我，但一定信你。”

“那我为何要帮楚大人隐瞒呢？”苏世誉笑道。

楚明允直接拉过苏世誉就往厅外走去：“因为你现在是共犯了。”

那堆烟火就藏在角落里，他们拿到庭中依次摆好，这才发觉杜越买的真是式样繁多，什么都有。

楚明允点起两个火折子，侧头看见苏世誉正研究着个莲花灯似的烟火：“那个燃得快，你放在最后点。”

“嗯，还有别的要注意的吗？”

楚明允想了想：“点完后记得跑过来躲在我身后。”

苏世誉想了想：“为什么？”

“我担心等会儿声音太响你害怕啊。”

“楚大人果然贴心。”

赤红沿着引信一闪而上，伴着闷雷般的巨响，束束火光飞蹿上苍穹，旋即大朵大朵烟花绽开，点点光华如星似雨落下，美不胜收。他们这处稍一暗淡，又有别处的夜空绚烂，烟火声远近相接，连绵不绝。

有孩童嬉笑着沿着巷子跑过，细弱的歌声透过朱红府墙，穿过硝火味的薄烟，唱着“月儿弯弯照九州，几家欢乐几家愁”。

几家欢乐几家愁，苏世誉在心头默念几番，不禁敛眉轻笑，这佳节之中，自然是只有伶仃孤影才会倍添愁。他侧头看去，发觉另一个伶仃人不知何时半蹲在了庭中红梅下，正专注地团着雪。

苏世誉走过去跟着蹲下，静静地看他指骨分明的一双手团出了两个雪球，忽然笑道："我给你捏个别的看看。"

言罢果真跟着下手拢了一捧雪，捏出了个扁圆身子，按上个圆脑袋，又用指尖仔细地雕琢出两个尖耳朵来。苏世誉正在地上寻着合适的落瓣作眼，一直偏头瞧着的楚明允忽然伸手过来，苏世誉不明所以地看着他的手停在那颗脑袋旁，微一屈指，顿时弹飞了一边耳朵。

苏世誉深深地看着楚明允，只见他笑得眉眼弯弯，唇角上翘，兴致勃勃地又将另一只耳朵无情摧毁，对称至极到连苏世誉都不知说什么好。

于是苏世誉一言不发地在身侧虚握了一掌松软剔透的雪，略一端详，塞进了毫无防备的楚明允的衣领。

楚明允反应已是极快，才一触及就弹开几尺，却仍是被冰得一颤。他微眯起眼，顾不上拍雪就眼疾手快地拽住了起身就要走的苏世誉。那边苏世誉未及站稳，猝不及防地被他扯住，顿时脚下一滑，这瞬息间心念陡转，苏世誉忽然不再稳住身形，而是反握住了楚明允的手臂，一把将其拖下了水。

两人就这么不顾形象地平地摔在了厚厚的积雪上，倒下的混乱中楚明允只来得及以手撑地才免于压在苏世誉的身上。他才松了口气，心情几许复杂地正欲说些什么，一低眼正对上苏世誉笑意深深的眼眸，直觉不妙。

下一刻苏世誉伸手拍在了身侧梅树上，梅树随之一颤，堆了满枝的雪带着殷红花瓣铺天盖地落下，红梅落雪纷纷然，砸了楚明允满发满背，顿时遍体生寒。

楚明允单手撑住自己，拂去了脑后的雪，然后看着化开的满手冰凉雪水。"苏世誉，"他道，"这若是换了旁人，就已经被我活埋在雪里了。"

落雪拂下时有瓣红梅飘转而下，落在了苏世誉的眼眸上。他嗅见红梅冷香中一点檀香，视野里有一角赤红，而楚明允的眉目清晰，染了霜白的鸦色长发被风吹起，朦胧了靡靡夜空里的烟火。

苏世誉拿下落梅，躺在雪中好整以暇地笑道："若是随便哪个旁人都能让你这么狼狈，楚大人恐怕是要无颜见人了吧。"

不待回答，苏世誉又道："好了，起来吧。"

"你想起来就起来？"楚明允笑了声，微眯了眸，"说句好听的来呀。"

苏世誉沉吟片刻，道："多谢楚大人替我将雪全挡下了。"

楚明允手臂一伸，拦在苏世誉身前，与他四目相对："很好，你别想起来了。"

苏世誉无奈地笑了，思索着该如何解决眼下情况，一时没有答话。

红廊下华灯摇曳，一晃一晃地映得庭中光影明灭，照在苏世誉的脸上。他面上时常带着点淡淡笑意，却并不多显亲切，此刻不知是因为冷了，还是身下的白雪映衬，竟浮现出了点鲜活颜色。

楚明允一时意外，不由得有些出神。

"楚大人？"温润声线突兀响起，略带疑惑。

楚明允陡然一顿，才惊醒般地起身，退开一步抬手按了按眉心，这才将苏世誉也拉了起来。

苏世誉不解地看了他一眼，转而不以为意地笑了笑。

这一遭折腾下来两人衣袍都被雪给浸湿了大半，回了厅中对坐着慢慢烤干。楚明允瞧着苏世誉云淡风轻地脱下外袍，懒散地支着身子，忽然道："对了。"

"怎么？"苏世誉打量着湿透的袍背应道。

"其实你方才捏的老鼠还挺可爱的。"楚明允道。

"蒙你谬赞了，"苏世誉看他一眼，"方才我捏的是兔子。"

"行。"

章七

雾散

转眼间年节已过，喜气渐淡，早春将至，积雪消融。

长安城中的商铺陆续开了张，客人尚且稀少，伙计们便倚着门框闲散地叙着话。不知谁忽然惊呼一声，随即听见有清脆铃音自城门那边悠悠传来，沿街的人忙探头去看。

官兵于前开道，长长的车队穿街而过，向宫城驶去。驼铃轻颤，马车辚辚，轻纱覆面的异域女子身姿婀娜，分两列随行在一顶软轿后。绣纹锦帘被人偷偷掀开一角，露出一只墨绿眼眸，趴在楼上的幼童一眼看见，惊喜地指着叫喊，立即被身旁大人给按了下去，道了一声："楼兰。"

楼兰地处西域大漠，扼商道要冲，是以虽为小国，却城池繁华，地位重要。楼兰国向来在大夏与匈奴间摇摆不定，直到近些年才与大夏走得近了些，不过往来纵然多了，却也从未见过一开春就前来的。

这日正是复朝之时，才出了金殿便远远望见迎接仪仗的楚明允也在纳闷，侧头问苏世誉："楼兰这次派来的使臣是谁，居然用上了诸侯礼遇？"

"今日楼兰王女亲自携礼来访。"苏世誉解释道。

楚明允点点头，略一回想，连带着今日总觉得苏世誉看他的眼神颇有深意的原因也明白了过来。

据说楼兰王女骄纵任性到了登峰造极的地步，三次出嫁都不足月，不是命人将夫君直接打得横尸院中，就是掌掴高堂斥辱夫婿，硬是逼得对方以死请求国主解除婚约。折腾下来举国再无人敢娶，楼兰国主偏又拿王女当心头肉宠着，当年不惜以三座城池陪嫁，只求能在大夏寻到一合意夫婿。

那时楚明允在朝堂上一声轻笑，果断把对头苏世誉给推了出去。说是上无高堂少了麻烦，为人端正温和，恰好还妻妾全无，最后又不紧不慢地补上一句道：“先前见楼兰王女下轿时还对着苏世誉春风一笑。”

一直淡然无波的苏世誉在听到最后一句时，终于侧头深深地看了楚明允一眼。

之后苏世誉是如何摆平这事的他未曾留意，只清楚记得那日下朝时苏世誉在同朝五年后头一次对他说了除开日常问候的话。

苏世誉对着他春风一笑，说了两个简洁异常而又意味无穷的字。

“呵呵。”

思及此，楚明允轻咳一声，笑道：“苏大人，我那时可是……”

苏世誉瞥他一眼。

楚明允道：“没什么。”

苏世誉便轻笑出声，温和道：“楚大人倒是不必介怀，王女并不如传言所说的那般任性。”

楚明允微挑眉梢，不再继续这个话题。

复朝初日并无事务，楚明允和苏世誉并肩往外走去。言谈间身后宫廊忽而传来了奔跑声，伴着清脆铃音由远及近，他们止了话侧头看去，窈窕少女便张开双臂扑了上来，一把抱住苏世誉的胳膊，仰头笑意明艳：“安伊诺①！”

楚明允怔了一下，他依稀知道这句楼兰语的意思，是敬称的哥哥。

苏世誉淡笑着看她：“已经拜见过陛下了？”

“见过了！他还说今日都没事，你可以陪我出去玩了！”她汉话发音稍显奇怪，却也足够清楚。穆拉和放开苏世誉，原地转了一圈，

① 文中楼兰语“安伊诺”为作者虚构，请勿当真。

烟紫裙裾起伏绽开，腕上银铃声声清脆："好看吗？"

苏世誉颔首肯定了，穆拉和歪头一笑，注意到楚明允后翠玉般的眼睛一亮："漂亮哥哥，你是谁啊？"

"楚明允。"

穆拉和认真地点了点头，顿了顿："漂亮哥哥也一起去玩吧？"

楚明允一时反应不能，苏世誉解释道："她记不住汉人的名字。"

楚明允不在意地点头，道："你们一起就行了，我不……"

"人多才好玩啊，不准不去！"穆拉和打断他，一手拉住一个。

薄日高悬，长安东市里熙攘热闹，沿街摊贩叫卖声此起彼伏。

行人络绎来往，都不禁往一处面摊上多看了几眼。那里两位俊秀的公子沉默饮着茶，他们对面坐着个碧眸的异域少女，正以与她娇俏模样截然不同的姿态大口吃面，桌上已然摞起了几个空碗。

一碗将近见底，楚明允见她风卷残云般的势头不减，忍不住道："你究竟是有多久没吃过东西了？"

"准备来长安后我就没好好吃过饭，都快饿死了！"穆拉和抽空回道。

"为什么不吃？"

"因为要见安伊诺啊，瘦点才好看。"

"那你现在怎么还吃这么多？"

"他刚才不是已经见过了吗？"穆拉和满脸理所当然，转头招手道："我还要！"

楚明允无言以对，看着喜笑颜开连声答应的摊主，又将目光转向身旁的苏世誉。

苏世誉回看过来："楚大人也想吃吗？"

"算了吧。"楚明允幽幽叹道，"我看着都饱了。"

苏世誉低笑一声，收回目光，想起了与穆拉和初见时的情形。

当年朝堂上楚明允话已至此，苏世誉是如何都推托不了与楼兰王女会面了。他思忖良久后抱琴赴约，本打算言语不通奏乐几曲敷衍了事，却不想对方是懂些汉话的，更没料到推门时一条软鞭迎面甩来。

苏世誉侧身一避，信手截过软鞭，对方非但不恼反而欢喜起来，边嚷着本以为是没用的文臣，没想到是会武的，边招呼他来桌边坐下。

接触后苏世誉才发觉，这位楼兰王女并非传言般任性妄为，而是自小被悉心呵护生出了过于率真的性子。

他指下一曲《春江花月夜》方歇，穆拉和就已经把自己心事噼里啪啦倒了个干净。她出嫁三次，前两次是权臣为谋国而强逼国主下嫁爱女，这边她才入门没两日，那边对方就与其他女子厮混了起来，她一怒之下直接冲入房中，鞭下不留寸力，便有了传言中的夫婿横尸院中。不过穆拉和意外发觉自己是替父王除了心头大患，大受鼓舞，认准了处处要挟父王的臣子要嫁，直逼得对方降职求饶。

苏世誉闻言沉默了许久，对着一副要人表扬模样的穆拉和，沉吟道："你嫁人的心愿只是这个？"

"对啊，因为他们对父王不好。"穆拉和道。

苏世誉无奈地笑笑："自古以来，女子出嫁都是为能与心上人厮守。"

穆拉和歪头想了想："可是我没有心上人，不过我想过，以后真正要嫁的一定要是个武功盖世的大英雄。"

苏世誉了然："难怪你得知我是文臣后要挥鞭过来。"

穆拉和趴在桌上瞧着他搁在琴上的手，细长好看："你武功一定很厉害，我很喜欢你。"

她顿了顿，道："不过我一点也不想嫁给你。"

苏世誉不禁轻笑："为什么？"

"我觉得你一定不会喜欢我，"她补充道，"你看起来好像什么都不会喜欢的样子。"

"怎么说？"

“你很好，可是感觉却很远，”穆拉和伸出手，指尖与苏世誉隔了些许距离，仿佛被什么阻碍住了，“你看，就像是有一层雾似的，你坐在我面前，温温柔柔地说话，可是我感觉不到你的心，你的一切都是淡淡的，被雾隔住了，好像我眨眼后你就会消失一样。”

苏世誉莞尔，没有答话。

穆拉和问道：“你知道喜欢、在意是什么样的感觉吗？”

苏世誉思索良久，坦然道：“未曾领略过。”

“我也不知道，但是我们楼兰有一种形容，翻译成汉话就是说有蝎子和蜘蛛从你的心上爬过去，你的心紧缩着，跳得很快很痛，好像是害怕，但是又觉得很开心。”

饶是苏世誉也被这蝎子蜘蛛的形容一震，见穆拉和的样子又不忍扫了兴，凝思片刻后道：“我们汉人也有相似的形容，不过讲的是有万蝶于心飞舞，蝶翼扑动扰人心乱。”

穆拉和半懂不懂地点头，枕着臂听他按遍丝弦，《广陵散》音惊落灯花。

那日临别时穆拉和拽着他的袖子不撒手，一遍又一遍地吵着：“我特别喜欢你，但不是心上人的喜欢，所以我不能嫁给你，那你当我哥哥好不好？”

末了苏世誉无可奈何地看着自己欲裂的衣袖，轻叹了口气便应下了。

“安伊诺。”穆拉和不知何时凑到了他身旁，苏世誉回神，才发觉她终于吃完了，原先坐在身旁的楚明允在不远处正结账。

“怎么了？”

穆拉和用楼兰语压低了声音，盯着楚明允道：“我才想起来，他不是你的敌人吗，为什么你还要笑着和他说话？是不是他强迫你？要不要我嫁给他帮你打死他？”

苏世誉呛了口茶，咳了两声后才笑了出声，他看一眼楚明允，同样用楼兰语答道：“不是敌人，至多只算是对手，而且他是我们国家很重要的人，不能死的。”

“可是他对国家重要，那为什么你私下里对他的态度要那么好？”穆拉和困惑不解。

他答不上来。

这时楚明允转身走了过来，正对上两人看着自己的目光，莫名其妙：“都看我做什么？”

苏世誉敛下心绪，淡淡一笑：“没什么。”

吃饱喝足，穆拉和兴冲冲地拉着他们走街串巷，大有要逛遍长安的架势。

这一处沿街有不少杂耍艺人，吆喝招呼行人围圈观看，叫喊喝彩声连连响起。穆拉和脚步一转便挤了进去，只见场中空地上摆着一厚重石板，有彪形大汉摩拳擦掌一番后扎开马步，低喝一声劈手落下，石板顿时闷响一声，四分五裂。

周遭的人高声叫好，穆拉和跟着喊了一声，扒开挡在身前的人正欲上前，就被苏世誉一把拉回：“你进去做什么？”

穆拉和兴奋地道：“他看上去武功也好厉害啊！我去跟他比一比！”

“人家卖艺是为了讨生活，你若上去比试会给他添麻烦的。”

穆拉和兴致顿时低了下来：“这样啊，可是真的很想试一试看啊。”

苏世誉目光落在一旁的楚明允身上，他正低眉拆着穆拉和才买下的一袋糖糕，边拈了一块入口边抬眼看过来：“嗯？”

苏世誉轻声笑了，指了指楚明允，对穆拉和道：“不必为难，方才的功夫他也会。”

楚明允扫了眼那碎裂满地的石板，发觉自己还真会，而且做得还要比刚才的大汉漂亮得多。

街边杂耍众多，每当穆拉和想要冲进去探个明白时都会被苏世誉告知一句：“他也会。”

托了御史大夫的福，楚太尉今天才意识到原来自己竟是这么多才多艺的。

一直无言地吃完了糖糕的楚明允在望见前方后，终于忍无可忍地将穆拉和拉到了个首饰摊子前：“你随便看，我送你。”他说完转头对上苏世誉的目光，幽幽地叹了口气：“那个……我可是真不会了。”

苏世誉回头，隔着攒动的人头隐隐约约看见卖艺人在表演吞剑吐火，他又看向楚明允无奈至极的神色，忽而忍不住笑了。

楚明允仔细瞧着他，从摊上拣了支玉簪，便学着纨绔的语气笑道：“来，公子也送你一个如何？”

苏世誉挡下他伸来的手，淡笑道：“公子姿容过人，这玉簪还是衬你一些。”

“好呀，”楚明允应得干脆，“那你给我戴上。”

摊主姑娘红着脸犹豫再三，开口道：“两位公子……我这边，卖的都是姑娘家的饰物。”

楚明允耸肩放下了东西，苏世誉摇头笑笑，不经意间对上了穆拉和探究的目光：“怎么了？”

穆拉和移开视线，神秘一笑：“以后再告诉安伊诺。”

时至晌午，他们三人寻了间客栈歇息用饭。穆拉和兴致勃勃地拆看着买来的东西，楚明允漫不经心地帮她拆着吃食包裹，苏世誉则安静地瞧着他们。

后面几桌人不知聊起什么，声音忽然大了起来。

“老兄，那可是朝廷命官，说话可得小心点，没凭没据的你唬我们吗？”

“嘿，真是，我骗你们有什么好处？我刚过扶风郡回来，府衙里我亲戚亲口告诉我的！”

另桌又有人插话：“怎么回事？右扶风那个案子大家不都心知肚明是谁了吗，怎么又扯上苏世誉的事儿了？”

楚明允与苏世誉对视一眼，不动声色。

“你想想看，苏世誉是何等人物，我们都能猜出来是谁，难道他看不出来？那肯定另有隐情，”男人话音一顿，吊人胃口地稍压低了声音，“他这是借机为自己除去苏行！”

“你真当我们傻的啊？苏行可是苏世誉的亲叔父。”

“所以我说你们不懂了吧，世家大族的亲属关系跟咱们平头百姓哪儿能一样，你以为那些内斗是怎么回事？苏行一个刚回长安的人，哪来的本事犯这么大命案，更别说他跟那些被害的官吏还有交情。”

“你这么清楚，那你说是怎么回事？”

男人拿腔作调地咳嗽一声，道：“你们仔细想想，既然那命案是苏世誉负责的，犯案的摆明了是楚明允，楚党和苏党又作对那么多年，这么好的一个机会，苏世誉不逮着楚明允反而和他一起跑去查什么案子，这是什么意思？”

不待回答，他顾自说了下去：“显然是他们达成了什么约定！苏世誉帮楚明允把案子遮过去，楚明允帮苏世誉把苏行杀了，然后把案子干脆地一推，这不就两厢得利了？这越是富贵的人哪，就对血亲下手越狠！”

旁人都不接话了，觉得男人所言有几分道理，摇摆不定了起来。

楚明允支着下巴，低声笑了：“讲得可真好，连我都几乎要信了呢。”

苏世誉摇头轻笑，饮茶不语。

穆拉和目光困惑地在他们两人身上徘徊一番，又扭头看了看后面窃窃私语的人，不悦地问苏世誉：“他们是不是在说你？”

“你听错了。”苏世誉平淡道。

“没有，我听见你们名字了！”穆拉和霍然站起。

“你又记不清汉人的名字，怎么就确定是我们？”

“我……”穆拉和语塞，看向楚明允，“漂亮哥哥，你说，是不是说的你们？！”

楚明允瞧着苏世誉，慢悠悠地笑道：“他说不是那自然就不是了。”

这话有些弯绕，穆拉和理解不了。

一边的小二眼尖，见势不妙忙赶过来劝和：“各位客官，吃饭莫谈政事，莫谈政事！”

苏世誉侧头看她：“坐下吧。”

穆拉和瞪了眼身后尚不知发生了什么的人们，这才不情不愿地坐下了。

楚明允指尖描过瓷杯花纹，语意带笑：“我之前就同你说了，这些人从不在意真相如何，只是想找些谈资罢了，不必跟他们解释些什么。”

“事实如何便是如何，纵然有人恶意揣度，也不必夺去所有人明白真相的机会。”苏世誉道，“若一味不屑解释，那剩下的就只有流言了。”

楚明允不以为然地笑了声，没有接话。

楼兰此次来访并无事务，使团在长安待了几日后便启程返回，由太尉与御史大夫相送至长安霸陵。

适逢早春，古道青草离离，桥下灞水浩浩，河岸杨柳新绿，垂绦如碧。

他们在离亭止步作别，穆拉和挥手把仆从都赶到一旁，这才从怀里摸出一封信塞到了苏世誉的手里：“给安伊诺的！”

苏世誉打量着封得严实的信，问道：“你写的吗？”

“那当然，我学了好久汉字呢！但是你不能现在拆开看！”穆拉和想了想又叮嘱道，“回去也不能拆，嗯——等我回楼兰后才许看！”

苏世誉笑道：“难道你这里面是写了什么怕我要找你算账？”

“才不是，反正就是要等我回去才能看！”

苏世誉笑着应下。穆拉和又摸出个油纸包，递给了楚明允：“给漂亮哥哥的！”

楚明允微有意外，边接过来边问：“什么东西？”

“漂亮哥哥不是很喜欢吃甜的吗？松子糖啊！”她补充道，“可好吃了！”

楚明允瞥了眼旁边笑意更深的苏世誉，又蹙眉瞧着献宝似的穆拉和，不禁也低笑了声：“行，多谢你了。”

赠礼送毕，她却仍不急着离开，反而有些踌躇起来，看了眼楚明允，鼓足勇气把苏世誉拉到了一旁：“还有件事要告诉安伊诺。”

“怎么了？”

“我找到心上人了，”穆拉和微低着头，面上绯红，难得显出些小女儿情态，“他是在楼兰做生意的汉人，在一次动乱里救了我，人很好武功也厉害，汉字就是他教我写的，中原人里除了你我最喜欢他。父王已经答应让我们成婚了，这次也是他说让我来告诉你一声。”

“嗯，”苏世誉眸中含笑，“那真是要恭喜你了。”

“我成婚的时候安伊诺会不会来？”她抬头看着苏世誉，满眼期待。

“当然是会去祝贺你的。”

“就算你有别的事也会来吗？”

苏世誉想了想：“当然。”

穆拉和笑了：“那你要和漂亮哥哥一起来！”

“你很希望他也过去？”

“因为漂亮哥哥很好看啊，而且——”她眨了眨眼，“漂亮哥哥在的时候雾就不见了！”

苏世誉不解道：“什么雾就不见了？”

穆拉和却不再回答，笑靥如花地跟两人道了声别，便跑向了等候多时的马车。她在车前猛然回身，裙摆飞扬中挥手作别，腕上银铃脆响。

相别转眼几日，天地渐春。

书房中，苏世誉搁下笔，将文书放在一旁整理好，目光不经意扫过了放在一旁的信。他心中估算，这些日子已是足够车马抵达楼兰了，便伸手取过了信。

穆拉和将信封得严密，显然还担心他会偷看，捏在手中能感知到其中信纸颇厚，也不知究竟写了些什么。

苏世誉方将信封拆开一角，外面忽然传来奔走声，书房门被人猛地推开，苏白满脸焦急地冲进屋里，张口便喊。

“公子，出事了！楼兰王女在我们边城遭遇伏击，一行人被全数屠杀。楼兰国主震怒，已经派了使者过来要大夏给个交代，皇帝陛下急召您进宫商议！”

宣室前殿中的宫娥、侍卫悉数退下，偌大殿宇内连空气都显出了几分凝重，李延贞独坐上位，楚明允、苏世誉与楼兰国的来使分立在两侧。

传话的侍卫在路上便将情况详细告知了苏世誉：当日楼兰依照约定前来边城迎接王女，却发觉留宿客栈内一片死寂，楼上客房间间，满墙满地尽是淋漓鲜血，扑鼻的浓郁血腥气直令人反胃，而楼兰最受宠爱的尊贵王女乱发覆面倒在地上，染着斑斑血迹的白皙手臂向前伸出，像是曾竭尽全力地想要抓到什么。

楼兰国主得到消息后几乎昏厥过去，怒吼着要即刻发兵，被臣子连番强行劝下，这才答应派遣使者。

侍卫言罢急切问道：“御史大人，天下难得才太平，会因此而再度开战吗？”

苏世誉紧皱着眉，没有答话。车帘在疾行中随风起落，窗外满路花开，春光如画。

殿中，楼兰使者面色阴沉，却仍旧规规矩矩地行了一礼，开门见山地道：“我们王女殿下遇害之事，还请大夏负起责任！”

李延贞一时未答，楚明允便开了口：“这是自然，使者大人少安毋躁，我们已经封锁边关出入搜查嫌犯了，若有消息定会及时告知你们的。”

使者看向楚明允：“太尉大人讲话这么避重就轻，可不太好吧？”

“哦？”楚明允侧身迎上他的视线，“什么避重就轻，我不太懂你的意思。”

“大夏泱泱大国，可如今我们王女在你们境内遇害，难道只是简单查明就能够轻易了事的？”

“不然呢？”楚明允道，“破案捉凶天经地义，若这个也算是避重就轻，那使者大人还意欲如何呢？”

“国境之内无法保证来使安全，出事后推脱责任，这就是大夏的处事风范吗？”使者道，“王女的留宿地点不是寻常人能够得知的，如今她惨遭毒手，就果真与你们朝廷毫无干系吗？”

“话可不能这么说啊，”楚明允道，“王女殿下的行踪除了我们，楼兰王室不也是一清二楚？既然是在边关遭遇的伏击，那泄露消息的是谁可就不好说了。”

旁边的苏世誉闻言一怔。

使者冷声质问：“太尉大人话已至此，还敢说不是在推卸责任？！”

楚明允不带语气地道：“我不过是将有可能的情况提了出来，你这么激动做什么？”

“你——”

“还请使者大人冷静些许，”苏世誉忽然开口，“此事是大夏与楼兰共同之痛，争执终归无用，只会徒添芥蒂，如今唯有两国坦诚合作，才可尽早找出凶手。”

对方态度温和有礼，使者纵然心中有火也不好再发作了。

楚明允侧头看向苏世誉：“苏大人是想到什么了？”

他的确想到了。在楚明允那句话话音落下的一刻，纷杂急转的思绪陡然凝滞沉寂，有什么挣扎而出，清晰浮现。

遣使来访本是不应过早的，身为王女的穆拉和本是不应亲自来访的。

只是……

——我找到心上人了。

——父王已经答应让我们成婚了，这次也是他说让我来告诉你一声。

“使者大人，请问王女殿下是不是即将要与一个汉商成亲？”苏世誉问道。

“御史大人指的是季衡公子？”

“你可知事发后他人所在何处？”

“这倒是没有在意，他……”使者的话骤然顿住，变了脸色。

见使者如此反应，在场几人便都明白了过来。李延贞终于开口道：“既然有了头绪，那就赶快传令下去拘捕此人吧。”

使者应了一声，神色几变，最终看向苏世誉道：“不过御史大人是怎么怀疑到他的？大夏境内有人设下伏击，季衡又是汉商，不知道这些是不是有什么联系？”

楚明允微眯了眸，暗自冷笑，一开始就反复强调大夏有责，而今这位楼兰使者终于忍不住表露出来意了。

死者不可复生，与其执着，不如谋取其中利益，趁着尸首还温热就榨取最后一丝价值，筹谋算计本应如此，无可厚非。

苏世誉淡淡道：“使者大人认为有联系吗？”

使者还未出声，李延贞就抬手止住了他们的对话，叹了口气：“使者之意朕明白，朕定然会命人彻查清楚，而此事发生于境内，大夏的确难辞其咎。”

使者转回身，对着李延贞垂首一礼：“皇帝陛下既然这么说了，臣就放心了。不过，楼兰虽为小国，国力不敌大夏，也还望皇帝陛下能够公道些。”

李延贞看了眼立在下首的楚明允和苏世誉，思索道：“当年楼兰国主以三座城池陪嫁，那就赔以三座城池，请国主当作是将王女嫁与大夏了吧。”

大漠的三座城池与中原的三座城池可是无法相提并论的，这开出的赔偿远超预料，使者既惊又诧，喜色未及浮到面上，便听楚明允冷声道："陛下慎言。"

苏世誉也道："陛下，依照惯例，具体赔偿一事还需在朝会商议才可定下。"

李延贞便噤声了。

使者表情微有扭曲，大夏朝中是个什么情况他明白，朝会上做主的也不过就是楚明允和苏世誉两人，眼下他们都发话了，所谓朝会商议不过是拖延之词。

楚明允这人侵略感过强，使者目光便落在了苏世誉身上："御史大人，我们王女视你如兄长，如今她在你们境内遇害尸骨未寒，你还要在赔偿上争执吗？"

苏世誉眸色深敛，一时未语。

楚明允"啧"的一声笑了："看使者大人的样子难道不是更在意赔偿吗？"

眼看着又有争吵起来的趋势，苏世誉轻叹了口气，道："使者大人所言不假，王女殿下诚心待我，我感激不尽。"

他顿了顿，道："也正因此，我希望能与使者大人您单独谈谈。"

使者不明所以，苏世誉向李延贞行礼询问，得到应允后便抬手做了个请的姿势："劳烦使者大人同我去偏殿一谈。"

使者几分犹疑，踟蹰着还是跟了过去。

没了李延贞的旁观，苏世誉再与使者谈判便少了约束，只是纵然他娴于辞令、有许多手段，对于穆拉和的惨死，大夏终究是难逃其责。

这场谈判极为艰难，直到千家落照时才勉强达成一致，将割地改作赔款。使者离去时脸色难看至极，而苏世誉向李延贞回报后得了许可，只待早朝时再细议一番。

苏世誉踩着满地斜阳独自回府，他低眼瞧着脚下青石板上余晖流淌，仿若鲜血蜿蜒远去。

不知那碧眸少女合眼的那刻是否也曾见得如此光景，不知她被心上人杀死之时是如何的心情，不知她在那瞬可曾回想起苏世誉应允下当然要去的那场婚礼，那场注定破灭的婚礼。

那样的傻姑娘，或许正是她亲自将路线告诉了对方。

其实苏世誉清楚，以穆拉和在楼兰国主心中的地位，恐怕三座城池也无法消弭丝毫伤痛，但即便如此，他也不能应下楼兰使臣的要求。

家国在上，私情为小，不足为道。

只是若九泉下穆拉和有感，知道他如此模样是不是也会后悔称他为哥哥，就像是……那日水牢里怨毒的苏行。

思及此，苏世誉轻声笑了笑，眉目间显出一点疲惫之色，转瞬即逝。

不日传来消息，季衡落网，招认了一切罪行，正从镇江押往长安来。

苏世誉闻言只是颔首命人退下，没有过多表示，继续将公文一折折地批过，拿起其中一册时忽然有什么物事顺着滑落在案上。

黄底红封的信，封口处被拆开了一角。

苏世誉一怔，静静地看了它良久，然后慢慢地伸出了手，他少见地犹豫着，一点点将信拆开。

信纸虽厚，却是因了穆拉和歪歪扭扭的大字，内容并不算太多。苏世誉一字字地辨认着读过去，不禁带了些淡淡笑意。

信上半点没有汉人常有的规范文式，全是由着穆拉和随性而写，从长安城内这几天她觉得好吃的好玩的地方写起，又忽然扯到楼兰前几日开了几束新奇的花。

苏世誉翻过一页，唇角笑意淡了下去。

安伊诺说谎都不脸红的！后来我记着音调去问了好几个汉人，他们都说那就是你们两个的名字，那天那群人就是在说你们的坏话你还说不是！

我才发觉汉人也不是都那么好的，不知道为什么这几天我总是听到有人在说你坏话，可是我想到你好像不高兴让我知道，就都忍住了没去跟他们打起来。

你有没有听说过我们楼兰女子是会读心的？汉人都傻，所以看不出来，可我就知道你特别特别好。

安伊诺有全天下最好的温柔。

安伊诺有全天下最好的温柔。

语意不通的一句话，恐怕只有穆拉和才写得出。

苏世誉握信的手陡然收紧，微微一颤，他闭了闭眼，极缓慢地深吸了口气，又放松下来。苏世誉低眉盯着那行字，许久许久，终于极轻地苦笑了一声。

苏世誉翻至最后一页，墨迹跃入眼帘的瞬间，他彻底愣住了。

安伊诺那天没有回答上来的问题，我好像已经知道答案了。

所以……

幽夜月明，中庭如积水空明，竹柏影铺成了满地的藻荇交横。有少年独自在庭中练剑，寂静中唯有剑刃破风声声作响。

陈思恒气力发虚，挥出的剑势随之一晃，长剑随即脱手坠落在地。他反应迅速地一退，好歹没让砸了脚，只是苦闷地盯着剑许久，重重地叹了口气。陈思恒摸了摸怀里的匕首，蹲下了身子，忍不住小声嘀咕道："静姝姐姐……我还是没办法恨你啊……"

忽然"吱呀"一声响，沉重的府门被人推开，长风穿庭而过。陈思恒一把抓起长剑，猛然转身警惕地盯着来人：“谁？！”

只见两个黑衣人将门推开便立在了两侧，其后两队黑衣人跟入，神色冷漠，左右排开。

这阵仗瞬间令陈思恒的冷汗浸透了背，他一动也不敢动地紧盯着最后步入的人。

夜色里来人身姿颀长，衣上莲纹如血，眸中似有若无地带了笑意：“怎么是这个表情，不认识我了？”

陈思恒转惊为喜：“楚将军？！你来看我了？！”

“嗯，”楚明允道，“来看看你死了没。”

满腔激动顿时被浇熄了，陈思恒嘴角抽了抽，答不上话来。

楚明允打量着周遭，随意地问了几句他平日的情况，话锋忽然一转，道：“我这次来是有事要问，哪怕你不想回忆也得老实回答，行不行？”

陈思恒笑了笑，几分释然：“这么久我早就想开了，没有什么不愿意回忆的，您尽管问吧。”

“你家中出事时你究竟听到了什么？”

“我什么都不知道，”陈思恒摇了摇头，“祖父送我们走的时候，无论我问什么，他们都只告诉我没事，而那晚起火实在是太突然了，一切都乱糟糟的，我根本没法去看到听到什么。”

他顿了顿，又道：“我只看到了静姝姐姐冲进来把我带了出去。”

楚明允微蹙了眉，又问：“那日在红袖招里，我去之前你原本是要告诉苏世誉什么？”

“静姝姐姐让我说对方被称呼为太尉，”陈思恒看着他，忽然急道，“对啊，楚将军，谁是太尉？会不会真的就是他害了我家的？”

楚明允不带表情地瞧着他：“是我。”

“啊？”陈思恒反应不了，“可……可你不是将军吗？”

“朝中理政时的职位是太尉，在战场上自然就是将军了。”楚明允解释道，他眸光微冷，“让我想想，若不是那天我凑巧跟苏世誉碰在了一起，她是不是打算再告诉我对方是御史大夫？”

从而离间他们二人，让楚党与苏党内斗相损，好取渔翁之利。

“算盘倒真是打得不错。”他嗤笑一声，从袖中拿出铜符，“小鬼，那这个你知不知道是做什么用的？”

陈思恒接过来，摇了摇头，仔细想想，然后又点了点头。

“嗯？”

“有个哥哥经常来看静姝姐姐，有一次我见那哥哥把这个东西给了她用，然后好几个人就听她差遣了。”陈思恒道，“我猜，应该是令牌之类的或者是证明身份的东西。”

“那你可曾听他们提起过淮南？”

“从来没有。”这个问题陈思恒答得斩钉截铁。

楚明允点了点头将铜符收回，若有所思。

见他话已问完，陈思恒看着那些黑衣人，忍不住问：“楚将军，那些人是你属下吗？”

楚明允回头瞥了眼：“影卫。”

陈思恒眼睛亮了一亮，小心地打量着他的脸色，鼓足勇气道：“那你看……我能不能也成为你的影卫？”

楚明允闻言忽然笑了声：“你知不知道影卫意味着什么？”

“主人的影子？”他揣测道。

“对，”楚明允慢悠悠地打量着他，“所以你觉得，我为什么会答应要这么矮的影子？”

陈思恒：“……”

楚明允笑了，转身往外走去，随意地摆了摆手：“沉气定神，把剑握紧了再说，用到你的时候我自然会叫你。”

陈思恒惊喜叫道：“真的吗？”

无人回答，眨眼间影卫已将门重新合上，庭中重归寂静，了然无痕，仿若从未有人来过。

回城古道上骏马闲步缓行，马蹄踏过新草无声，随行在后的影卫亦是安静无言。楚明允顾自沉思着什么，眸光浮沉不定，忽然间他勒马停下，抬手制止了影卫的询问，微微偏头，仔细辨听。

有极为细弱的琴声传来，缥缈空寂的调子，隐约似有哀意，又淡如石上泉流，低缓处几不可闻。

楚明允凝思听了片刻，翻身下马，把缰绳抛给了身后影卫："你们先回去。"言罢径自离去。

他循着琴声分花拂柳而行，拨开一枝繁盛桃花后视线豁然开朗，不觉微怔，压在指下的绯色花瓣洇出一点香气染上指尖。

灞水汤汤伴离亭，月华如霜，落了亭中白衣青年满身清冷。青年席地坐在亭中，背靠朱红亭柱，膝上搁了一把桐木琴，他微低着头按响丝弦，长发随动作倾至身前，在云纹银绣的衣袍上如白宣上墨色蜿蜒，低垂的眉眼清俊好看。

世人眼光果然不差，这天下除他再无几人配得上"温良如玉"一词。

苏世誉听见脚步声抬头看去，琴声落下袅袅余音，他看着行至眼前的人："你怎么会在这里？"

"这话我还想问你。"楚明允环顾一周，发觉只有他独自一人，"路上听见琴声，我还以为是哪个歌女伶人，寻过来看没想到是苏大人在此，还真是有闲情雅致。"

苏世誉淡淡道："不是什么歌女伶人，让楚大人失望了，你现在离去倒也不晚。"

"苏大人怎么还赶我走呢？"楚明允微挑眉梢，"你不想看见我是怎么？"

"怎么会。"苏世誉轻笑。

“你方才弹的是曲丧乐？”楚明允在他面前蹲下，微微歪头盯着他，“居然是在凭吊故人吗？”

“怎么，”苏世誉道，“楚大人是打算安慰我吗？”

楚明允笑了一声：“亲叔父死在眼前都能面不改色，你哪里用得着我安慰。”

苏世誉垂下眼不答话，手指再度搭上琴弦。

楚明允也不在意，撩袍便挨着苏世誉并肩坐下，抬手碰了碰他：“换首曲子。”

苏世誉侧目看他：“你还真是把我当成伶人乐伎了？”

“若是想找乐伎伶人我就不会听你弹了。”楚明允回得理所当然。

“也对，”苏世誉便笑了声，“江南第一的琴伎都被人花重金买下送你府上，的确是不缺人抚琴。”

楚明允侧头瞧着他，意味不明地道：“我的事你了解得倒是不少。”

苏世誉指下动作微顿，旋即平淡道：“只不过是那位如姬姑娘名声过盛，连我也有耳闻。曾想跟她讨教，可惜已经没了机会，却没想到你后来遣散得倒也干净，至今也没丝毫踪迹。”

楚明允低笑道：“我这不是为了让你对我印象改观吗？”

苏世誉并不接话，转而问道：“如此看来也只能问你了，如姬姑娘的琴艺果真如传闻般了得？”

楚明允略一回想，给出了三字评价：“听着困。”

苏世誉不禁深深地看了他一眼：“以楚大人这般的欣赏能力，恕我实在想不出要费力给你演奏的理由。”

“三更半夜荒郊野岭，我不回府特地来听苏大人弹琴，你居然还要嫌弃我，可真是令人伤心啊。”楚明允幽幽地叹了口气。

“想听什么？”

楚明允想了想：“《兰陵王入阵曲》。”

苏世誉闻言忽然抬眼，目光落在他脸上仔细打量了片刻：“提起这个，我倒是想到个早就想问你的问题。”

“兰陵王因为容貌秀美在沙场上常受轻辱，这才打制了一副狰狞的黄金面具[①]来震慑敌人。那你这张脸，是如何纵横了沙场的？”

“这也容易得很，”楚明允笑了声，“但凡有不敬的，敌者虐杀，兵者重罚，不出两月，军中便再无敢直视我面容之人。”

“果真是治军严格。”苏世誉难辨褒贬地道，沉吟了良久他忽又轻声问道，“坦白而言，我认为你并非贪慕荣华之人，甚至对许多尘俗之物毫无兴趣，那你究竟是为何想要入沙场、登朝堂？”

“你想听真话还是假话？”楚明允看着他。

“要听假话我何必问你？”苏世誉回看过去。

楚明允移开了视线，望着远处的千叠山影，淡青朦胧的山峦与银白粼闪的川流便落入他深色的眼眸，他沉吟片刻才开口，语调一贯漫不经心，却落地有声：“非要说的话，我想要的就是拓万里疆土，召八方拜服。”

苏世誉一怔，转而收回目光，抬手搭上琴弦，皎皎月光在他指上晕开。

一曲起弦风雅，音似珠落玉盘泠泠，声转战鼓擂响震震，渐入金戈击鸣铮铮，铁马冰河之声至此滚滚而来。

声潮盈满朱红亭台，楚明允手肘抵在膝上，侧过头托着腮盯着苏世誉。

哪怕是再嫌恶楚明允的人也不得不承认一件事——他生了一副极美的皮囊。闲言碎语向来难少，有人说是那薄唇勾起的弧度摄人心魂，有人说是那染了血腥气的素白手指握扇时的姿态最是动人。

而苏世誉现下却忽然觉得，他那双眼眸才真是让人难以招架。含

① 按《北齐书》所载，兰陵王所戴的“胄”是种半遮面头盔，文中所提的“黄金面具”为后人编造，为小说情节而采用，并非实情。

笑时有春水潋滟盈盈生光，沉静下来便是秋水清明、澄亮凝寒。

陡然翻指收弦，一曲终了，乐潮退散，留天地一时万籁俱寂。

楚明允动作未变，盯着他静默片刻后忽然开口道："你的脸是不是有点僵？"

苏世誉无声叹了口气："任谁被你直勾勾地盯了这么久都会不自在的。"

楚明允缓缓笑了一声："你更好。"

"什么？"苏世誉微诧，正对上他那双笑意渐深的眼，竟一时难以回神。

楚明允指了指他膝上的琴："江南第一，远不如你。"

"多谢你夸赞了。"苏世誉收回目光笑道。只是在这只言片语间，虽松了口气，但又有种无法言明的压抑情绪悄无声息地攀爬上来，琢磨不透。

楚明允转回头，放松了身体靠上亭栏："你继续弹你的，不用在意我。"

苏世誉淡淡应了声，他却忽然又开了口："对了。"

"怎么？"

"你吃甜的吗？松子糖我可以分给你一些。"

苏世誉便轻笑出声，不置可否，信手又起一曲清丽小调。

楚明允也不再出声，闭上了眼似是有些倦意。乐声温和入耳，他像是觉得姿势难受，身形忽而微动，侧身倚上亭柱，肩抵上苏世誉，松散的鸦色长发随他稍侧的头滑坠而落，落在苏世誉的肩头，又被夜风撩起。

无端的心悸突生，耳边清晰响起穆拉和的声音。

——所以……

——所以安伊诺是被他改变了吗？

苏世誉指上一错，琴声不稳。

——苏家四代，不缺你一个将军。

——我不会再带你上战场，往后你只需学着去做一个文臣。

变了吗？

——你难道没有心吗？

——无心无欲，无血无泪！你便这样下去吧，就该是一辈子孤身寡绝！

变了吗？

——朕忘了，你从来不会中意什么。

——我想要的就是拓万里疆土，召八方拜服。

从未变过吗？

那为何心跳声会震得我疼痛如摧折？

苏世誉停下手，琴弦还颤着，而曲早已失了调，杂乱无序一如心绪纷扰。有一点紧张、一点茫然，还有不可忽视的心头上的一点微痛。

苏世誉微抬头长长地叹出口气，良久良久，缓缓侧头看向身旁的楚明允。他像是对一切都毫无觉察，仍闭着眼休息，眉目静好。

苏世誉盯着他看了许久，天地万籁俱寂，流水声与风声飘过耳际，最终，也只是苦笑着一声叹息。

“叹什么气啊？”楚明允仍闭着眼，随口问道。

苏世誉眼中瞬间重归平静，神思也清明回来，思索再三，只道：“大丈夫当如是也。”

楚明允睁开了眼，侧头看他，嘴角勾起了不带一丝情绪的笑容。

章八

棋子

身负枷锁的男人被带入了一所小院，叫人强压着按跪在屋中后才扯下了罩头黑布，他挣扎着抬起头来，一眼望见眼前人：“苏世誉？”

灯火煌煌中青年淡淡一笑：“你认得我？”

季衡四下打量，这里一窗未开，分明是白昼却透不进半丝天光来，而屋内布置极为简单，除去前方的一副桌椅，竟是空荡无物的，此刻屋两侧都静静立着侍卫模样的人，无端地生出了冷厉之意。他盯着苏世誉：“这里不是御史台，你想干什么？”

“打扰了，我有几句话要问你。”苏世誉道，“不过你大可放心，只是借你一些时间，过后会将你送回御史台的。”

“我所知道的都已经招供了。”季衡道，“你不信也罢，我没什么好说的了。”

苏世誉笑道：“我并没有说要询问案情，你不必如此。”

“那你想问什么？”

苏世誉轻叹了口气：“穆拉和是你亲手杀死的吗？”

“是。”

“供词上你说自己受人指使，所以当初你和她相遇的那场动乱也是精心设计好的？”

季衡不明所以，坦言道：“是。我家中早就有妻子了，如果不是遭受胁迫不得已，谁会跑去楼兰那种鬼地方做生意。”

苏世誉眸光微动，沉吟了片刻后才问道：“你下手时可曾有过不忍？”

季衡眼中的困惑退去，直直地看着苏世誉，忽而笑了，似是觉得他问得荒唐至极。“原来御史大人还会这么天真，”他好笑道，“既然本来就是怀有目的接近的，又有谁会真的爱上棋子呢？”

向来如此，哪怕相对而处再久，也终究不过逢场作戏罢了，执棋者眼里只有谋略断杀，哪里分得出半分真心给棋子呢？

唯有假戏真做者，愚不可及。

苏世誉对上季衡的目光，他眸色深深，然后点了点头，轻笑道：“你说得对。”

言罢苏世誉从袖中取出一个青瓷瓶子，一旁的侍卫躬身接过，旁边立刻有人上来掐住了季衡的两颊，迫使他张开口，季衡慌忙咬紧了牙，拼力挣扎，然而背上猛地被利器重击，什么东西直陷入肉里，他失口痛呼，这空隙间一粒药丸塞入嘴里，沿着喉管滚了下去。季衡剧烈地咳嗽了两声，惊疑不定地叫道：“你做什么？！”

“不必担心，喂给你的是护心丹。”苏世誉收回瓷瓶，“你最终是要被交给楼兰的，眼下我绝不会要你性命。”

季衡顿时明了：“苏世誉，你身为御史大夫，难道还要凌虐囚犯不成？！”

“御史大夫当然不会。”苏世誉看着他，微微笑道，“不过这些人是我私聘的侍卫，这里是我的私宅，我与你又是私仇，同公务无关。”

“私仇？”季衡不能置信道，“我同你有什么私仇？”

苏世誉的笑意深了，垂眸道：“妹妹识人的眼光不行，做哥哥的……总要替她照顾着些。”随即不待满脸惊愕的季衡反应，他端起杯盏浅饮一口春茶。

“动手吧。”

楚明允随手搁下了笔，抬眼看向秦昭：“打探不到，这算是什么意思？”

“严烨说御史台内的消息也封锁得很紧，只听说季衡被押送过来时已经奄奄一息了，不过除了苏世誉和御史中丞外也没几个人能见到他，不知是真是假，而供词全在苏世誉手中，连押送的人都不知道里面写了什么。”

“这倒是少见，看来不是情杀了。”楚明允微蹙了眉，“仔细想想，这些日子来可真是麻烦不断呢。”

稍一思索，他开口吩咐道：“你去查一个人。”

“什么人？”

楚明允勾起唇角：“宫里的那位昭仪娘娘，姜媛。”

秦昭点头应下。他忽然又叹了口气：“不过这件事也不能放着不理，难不成要我再亲自去找苏世誉问一问？”

“苏世誉未必会说真话。”秦昭道。

楚明允屈指抵着下颌：“有道理，那你觉得我是白天去还是晚上去比较好？”

“师哥，”秦昭忽然叫他，低声道，“杀了他。”

楚明允眸光微凝，侧目瞧着他：“你方才说什么？”

“杀了他，”秦昭重复道，“已经这么久了，我们仍然查不透苏世誉，既然他无法被动摇，不如干脆杀了他。就算他身手再好也敌不过人海战术，一百个人杀不死他就两百个人，只要他死了我们就再没有阻碍了。”

“苏世誉死了我们就再没有阻碍，你说得很对，”楚明允盯着秦昭，忽而弯眉一笑，“可我偏不。”

“为什么？”秦昭脱口而出。

楚明允收回目光，慢悠悠地道：“我觉得苏世誉倒是挺好的，若是死了那多无趣。”

“哪里好？”秦昭追问道。

“他除夕夜给我剥橘子吃了啊。”楚明允随口道。

有一瞬间他几乎以为秦昭要克服面瘫做出个痛心疾首的表情来给他看，只可惜秦昭最终也只是僵硬地扯了扯嘴角：“师哥……”

“你为什么对苏世誉敌意这么强？”楚明允打断他。

秦昭闭口不言，唇线紧绷。

楚明允便慢条斯理地将他打量一番，忽然笑出了声：“让我猜猜看，你不是因为杜越那小子整日‘表哥’‘表哥’的——看苏世誉不顺眼了吧？”

秦昭垂着眼不作声，只当是默认了。

他不过凡人一个，心中狭隘，眼里只容得下两人。既然苏世誉的存在对楚明允和杜越都有影响，那为什么不能杀了？

楚明允顾自肆意地笑了许久，转眸间见他如此，笑意随之尽数敛去。“秦昭，”他声音微微冷下，“彻底忘了这个念头。”

“为什么？”秦昭猛然抬眼直视着他，“师哥，你难道真的打算同他交心？”

楚明允一愣：“你为什么会这么问？”

“那你为什么不肯杀他？”

楚明允觉得他的想法可笑，却一时不知从何答起，思索了片刻才道：“不杀一个人的理由自然有很多，未必会是你所以为的那个。好比如今这个事态，苏世誉必须活着，他活着要对我们有利得多。”

秦昭面无表情地看着他。

楚明允紧蹙着眉，良久又开口道：“我怎么可能会同他交心？”

他顿了顿，似是随着话语出口自己也笃信了几分，眉间舒展开，低笑了声道：“苏世誉这人面热心冷，喜怒不形于色，藏得极深，都说他是无心之人，谁若是对他真心相待，那可真是完了。”

秦昭沉默，不再问了。

窗下行过一个青衣婢女，闻声回首往屋内看去一眼，她脚下步履未停，踩过寂寂芳草离去。

“他是这么说的？”苏世誉视线从奏表上移开，沉吟片刻后忽而缓慢地笑了，点了点头道，“评价的倒是没错。”

那青衣婢女跪在书案前，错愕道：“公子？”

“不过你忘记了自己此次任务与以往不同，不需要探听消息了，”苏世誉轻笑道，“照顾好阿越就是，以后这些话就不必再来回报给我了。”

青衣婢女埋深了头，低声应是。

苏世誉颔首：“快些回去吧，免得引人怀疑。”他看着对方恭敬退下，目光落在手边的玉佩上，出神良久，末了付之淡淡一笑。

唯有假戏真做者，愚不可及。

长安城门处的茶摊一向热闹非凡，贩夫走卒、过往行人大多是要停下喝茶歇脚，再侃谈一番五湖四海天下大势的。

一个高瘦的年轻剑客寻了个位置坐下，随手将剑搁在桌上，招呼老板上茶。旁边的人都在谈论着什么，语气中颇具愤慨不满之意，个个皆是情绪激动，剑客困惑，捧着茶也凑过去听。

“果然是一年不如一年了！想想大夏开朝百年来，我们何时受过这种气？！”

“就是！我们这么大一个国，干吗还要给楼兰那种小国赔礼那么多？不就是死了一个女人而已，更何况又不是我们杀的，凭什么要我们来赔？！”

“不是在边境死的吗？说是汉人，谁知道是不是他们自己杀的人想要讹我们一把？”

“讹又怎么样？能有什么办法？我看现在朝廷里剩的都是软骨头了，要是放到以前，那还赔什么，干脆打下来不就好了！”

周遭一阵附和声，又有人提声打断：“你说得简单，打什么打，一打起来那些贵人还哪儿来的快活日子过，肯定是能赔就赔了，反正出的是咱们的血汗钱。”

话音落下，又是一片吵嚷。

剑客听得一头雾水，拉了身旁的一位中年人问道："大哥，他们这是在说什么？"

中年人转过身看着他："小兄弟还不知道？前些日子楼兰的王女莫名其妙死了，咱们国赔了重礼过去，上百箱呢！这才刚出了城门。"

他下巴冲远处抬了抬，言语间也添了气郁："听说是金器银器一万两，还有三千匹绫罗绸缎啊！"

剑客点了点头，没有接话。中年人还顾自地道："这些官老爷还真是好日子过久了，一句话就给送出去了。御史大夫啊御史大夫，没想到也会变成今天这个模样，苏诀将军如果还活着估计也是要给气死。"

剑客不解："你说的是苏世誉苏大人？他不是向来贤良，广受赞誉的吗？"

"是他。"中年人道，"不过你说的那恐怕已经是过去的事了，我刚才说的赔礼，就是他让送出去的！"

他又长叹了口气："其实想想看，哪儿来的什么贤良，天下乌鸦一般黑，朝廷里的人还不都是为自己捞钱谋利的。前些日子我听人说他跟楚太尉合谋杀了苏行，我还不信，跟那人吵了一下午，现在想想啊……"他冷笑一声，摇摇头，不说下去了。

剑客复杂地看了看还在愤愤不平的人们，也跟着叹了口气。

中年人的目光从桌上的剑移到了他的身上，忽然道："咦，小兄弟，看你这打扮是游侠？"

剑客忙道："客气了，哪里称得上游侠，我就是个跑江湖的。"

"哎谦虚了，"中年人笑道，拍了拍他的肩，"现在啊，达官贵人是不管咱们的死活了，以后要是有什么事，靠的还得是你们了！"

剑客点着头没接话，看了眼自己的剑，若有所思。

是夜，书房外忽而有黑影一晃而过。

苏世誉声色不动，仍旧撩着袖慢慢地将松烟墨研开，房门霍然大开，夜风将灯烛压得曳曳一暗，一道寒芒刺破昏暗，携劲风迎面而来。

苏世誉淡然地垂着眼未动，袖剑悄然压在掌心。

却没能出手。

那道身影陡然僵滞，寂静中利刃破入身躯一声轻响，剑锋从前胸透了出来，鲜血随之恣意泼溅开来。

苏世誉向后避了一避，视野里看到那砚墨中落入了殷红血色，黑红相衬。他抬起眼眸，黑影歪倒在地上，露出身后归剑回鞘的人，长剑挽出一道光亮，对方背着满身月色，是他熟谙的眉眼。

“你怎么来了？”苏世誉微有讶然。

楚明允没回话，走上前来低头打量着倒在地上的高瘦剑客，啧啧感叹：“苏大人，赔礼才刚送出长安，这么快就有人来取你这狗官的性命了？”

苏世誉无奈地看他一眼，楚明允抬眼过来，正对上苏世誉的视线：“你胆子就这么大，刺客已经到眼前了连躲开也不会吗？”

“正打算动手就被你抢先了。”苏世誉将染满血迹的文书收到一旁，笑道，“劳烦楚大人出手了，算我欠你个人情。”

楚明允在桌边坐下，手臂交叠在案上，拉长了语调轻笑：“欠我个人情？这一句话就想把我给打发了吗——”

尾音被一枚抵上额头的玉佩止住，触感细腻温润。苏世誉看着楚明允的脸，转而将玉佩放在他手中：“那这个总该是够了的。”

流光溢彩，触手生温，楚明允还记得这玉佩是当初永乐坊里苏世誉拿出来要抵换筹码的：“给我这个做什么？”

“还你人情，你收下便是了。”苏世誉顿了顿，又补充道，“往后你若是再来府里就不必同刺客一样了，带上玉佩无论何时都可以来找我，更不会有人拦你。”

楚明允抚过白玉上的雕纹：“包括你不在的时候吗？”

苏世誉道：“你觉得呢？”

楚明允笑了声，收下了玉佩：“不过我这次可是有正经事要来找你。”

苏世誉淡淡一笑，斟茶给他：“我知道，你直说便好。”

“季衡的事情你秘而不宣，”楚明允看着他，“是不是又是淮南王在背后指使的？”

苏世誉颔首：“供词上是这么写的，季衡也交出了信物，看上去的确如此。”

“看上去？”楚明允笑了，“苏大人也觉察出不对了？”

苏世誉回看过去：“你知道什么了？”

“还记得祭天大典的事吗？”楚明允道，“我派人去查了姜媛的籍贯，你大概也已经猜到了吧？”

“淮南？”

“对，”楚明允笑意盈盈，“这世上可没那么多巧合，若是当时皇帝陛下选择追究下去，那么姜媛的来历一定会被查出来，只怕是又要归结到淮南王的身上。”

苏世誉敛眸不语，暗自沉思。

“啧，”楚明允不满地在他眼前挥了挥手，“看着我。”

苏世誉神思随之乱了，拉下他的手，定神看了过去：“怎么？”

“我话还没说完你怎么就又不理我了？”楚明允道。

他不禁轻笑：“失礼了，楚大人继续吧。”

楚明允拿过茶盏：“所以这不是很奇怪吗？对方的手段越来越拙劣，证据越来越明显。”

“苏行案查出淮南王后，你没有动作；不久后籍贯淮南的姜媛诬陷我，陛下不追究；然后就是现在，楼兰王女被杀，证物直指淮南王，逼得你不得不去追究。”

苏世誉一怔，恍然明了，楚明允下了结论：“他似乎是在不断催你去杀他，你越是没有动作他就越是心急。”

苏世誉皱紧了眉：“可王印如同玉玺，是作不了假的。”

“我也没说那些证物是假的，所以我只是觉得奇怪。”楚明允瞧着他，“再过些时日苏大人就该出使巡狩了，你还要去吗？”

苏世誉对上他的视线，点了点头：“既然肯定了淮南王难逃干系，当然是要去的。”

“我知道苏大人早有削藩之意，难不成为此甚至不惜性命？”

苏世誉淡笑：“有何不可？”

“随你。”楚明允移开视线，喝起了茶。

苏世誉也不再继续这个话题，灯花轻响，烛影曳曳，他看着地上凉透的尸体，忽然开口道：“那赔礼虽然能免于一战，但恐怕只要楼兰国主还在位一天，就再也不会让楼兰与我们大夏有半点来往了，只愿别与匈奴结为同盟……”

楚明允放下茶盏，笑了声：“楼兰是自西域回来的必经之地，你猜他们还会不会让那些汉人商队经过？”

不言而喻。苏世誉问：“楚大人有办法？”

“刚想到的。”楚明允笑道，“只要把镇守西境的将领换成周奕就行了。”

“换去之后又打算如何？”

“不必如何，苏大人也不用抱有得了办法再另择人选的念头。”楚明允道，“周奕跟我时间最久，当年击退匈奴时他是我副将，西境若是由他掌管，定然能震慑匈奴与楼兰几分的。”

苏世誉波澜不惊地道：“此事非同小可，待回报给陛下后再仔细商议吧。”

“只要苏大人现在应下了，我想陛下那边也是不成问题的，”楚明允笑得眉眼弯弯，瞧着他，“嗯？”

苏世誉默然地看了他许久，夜风过廊，窗外有点点萤火飞起。

楚明允所言不假，朝中除了他手下几名心腹，再无人能担此重任。

苏世誉轻叹了口气：“既然楚大人这样说了，我没有理由不答应的。”

楚明允便笑了。

“苏大人果然明白事理。”他顿了顿，忽而又想起什么，“对了，天禄阁那次究竟是丢了什么？”

“毫无规律，丢了好几本籍册，猜不出对方是什么目的。”苏世誉回想道，“有前些年的科举试题、修建水渠的诏书、一些边关奏折、藩王录，还有……”

“藩王录？”楚明允打断道。

苏世誉点了点头：“我记得那上面载有各诸侯藩王的封地、家谱、礼制纹兽和觐见礼单之类的。”

纹兽。

楚明允眸光微凝，勾起了唇角。

那只铜符上的纹饰。

对方想得倒是比他周到，为了免于暴露，先一步下手将藩王录盗走，便是无从核对了。

楚明允起身道：“行了，该说的说完了，我先回去了。”

苏世誉应了声，跟着起身要送他出去，楚明允才走出两步却又折了回来：“差点忘了。”

“怎么？”

楚明允递给他一个纸包：“喏。”

“这是什么？”苏世誉接过来打量着。

“我上次说分给你的松子糖啊。”楚明允随意地抬了抬手，转身走了，“不用送了。”

眨眼间他身影已然不见，苏世誉低头看着手中的纸包，缓缓地弯起唇角。

苏府守门的侍卫倚着墙昏昏欲睡，耳际忽然捕捉到的脚步声使他猛然惊醒，回过头望见来人尚不及反应，就又被对方拿出的玉佩给震惊了：“您……”

侍卫张口结舌，望了眼远处书房的一点灯火，目光又艰难地移到眼前楚明允身上，手忙脚乱地打开了府门，又不禁看了眼那玉佩，躬下身恭敬至极：“您……您慢走。”

楚明允瞟了眼手中玉佩，蹙眉不解。

房中檀香幽幽。

楚明允敲了敲桌案，瞧着对面往嘴里塞糕点的杜越：“我叫你来是有事，不是请你吃东西的。”

杜越眼也不抬地含糊应声：“我知道，你找我肯定没什么好事儿，所以我这会儿多吃你几两银子好平复心情。”

楚明允懒得管他，从袖中摸出枚玉佩搁在他面前：“帮我看看这里面有什么玄机？怎么苏府的人一见它个个都表情精彩。”

杜越顿时一口气没上来呛住了，一边咳，一边震惊地指着：“我……这、这这这……”

楚明允闲闲地支着下巴端详他的表情：“对，就是这个反应。”

“姓楚的你从哪儿偷来的？”

楚明允不带表情地瞧着他：“苏世誉亲手给我的。”

“这是苏世誉给你的？！哪个苏世誉？！”杜越顺过来气。

“你有几个表哥你不是比我清楚？”

“我表哥是不是傻了啊？！”杜越一脸不敢置信。

“说重点。”楚明允不耐烦道。

“哦。”杜越捂着头平复了会儿心情，“其实我也不太清楚具体是干什么用的，我就记得这玉佩是舅母留给他的，我表哥一直都带在身上。”

“你确定？”楚明允微挑了眉，“苏世誉之前还要拿这玉佩换筹码赌钱用，如果真有这么重要，他会舍得这么做？”

“这你就不懂了吧，”杜越得意道，“我见苏白好几次办事都是拿着这玉佩去的，基本上可以说只要是苏家的人，看见这玉佩就知道是我表哥的了，就算丢了也没人敢要，最后肯定还是要回到他手里的。”

“哦？”楚明允笑道，“见玉如见人吗？”

看来那日苏世誉是打算他一旦输了赌局，就转用抵给赌坊的玉佩作线索来调查的。

“应该是见玉如见人的意思吧，不过我表哥既然都敢把它送给你，你就别想用玉佩调动苏家力量了。”杜越果断道。

楚明允看了眼难得有了脑子的杜越，对方一双眼只盯着玉佩，狠狠地咬了一口芙蓉糕：“但我表哥怎么给你都不给我啊？！”

“我也想不明白。”楚明允将玉佩握在手里把玩，不确定道，“大概他那时候身上没别的东西了，又或者他打算利用这玉佩来……”

“楚明允。”杜越忽然正正经经地打断他，“我是不知道你们当官儿的整天争来斗去是什么样，但是抛开这个不提，我表哥没你想的那么阴险，这玉佩对他真的很重要！”

“是是是，你从来向着他，巴不得苏世誉是你亲哥。”楚明允漫不经心地回了句，抬起手中玉佩在眼前瞧着，白玉勾纹，莹莹生光，他唇角忽然扯起一丝冷淡笑意，毫无预兆地松开了握着玉佩的手，“重要又如何，我可不稀罕。”

白玉直直坠下，地上顿时响起一声玉石相击的清越之音。

杜越愣怔住，转而拍案而起，怒道：“姓楚的你有病吧？”

他上前来弯身欲捡起，却被楚明允抬脚给挡了回去，霍然又直起了身：“你干吗？！”

楚明允手臂叠在桌上，歪头笑着看他：“给我的东西，你捡个什么？”

“你不要我要行不行？”杜越瞪着他。

“不行。”他慢悠悠地道。

杜越甩袖就往外走，行经他身旁时咬牙骂道：“不识抬举，别人好意都不知道珍惜，你就等着遭报应吧！”

楚明允笑眯眯地目送他：“乐意。”

杜越一脚踹开了门。

一室归于寂静。楚明允转回头，笑意隐下，他慢慢地将一盏茶饮尽，起身便往外走去。

却无端地停步于门前，没能再迈出一步。

楚明允默然立在屋中，手就按在红漆雕纹的门上，一动不动，目光似落在什么虚无之处，顾自出神。

檀香无声燃尽，碎成了满炉尘屑，风声过窗，暗香流转。

良久后他忽然缓缓地转过身，没什么表情地凝望着原处，眸光变幻不定。他抬步走回，俯身将脚边的东西拾起，那玉石依旧完整，只是其中多了数条裂纹，映在落入窗的日光中清晰可见。

楚明允蹙紧了眉"啧"了一声，将玉佩又塞回了袖中："麻烦。"

"表哥——"随着一声吼叫，书房门被人大力推开。

苏世誉抬眼看着那道怒气冲冲的青色身影，不禁笑了："怎么了，你这是来找我寻仇的？"

"来找你去找别人寻仇！"杜越几步到他书案前，"楚明允居然扔你东西！"

"东西？"苏世誉落笔的手顿了一顿，"什么东西？"

"就是你给的那块玉佩啊！他居然说他不稀罕就给扔了，老子稀罕啊！"

苏世誉搁下笔，皱了皱眉："好好说话。"

顿了一瞬，他忽而低声笑了笑："扔了便扔了吧。"

"你……"杜越对他平静的反应难以接受，气急败坏地道，"表哥你就不说点什么？"

苏世誉看着他："我应该说点什么？"

"比如姓楚的实在是太过分了！简直就不是东西啊他……"

"阿越，"苏世誉打断他，温和地笑了笑，"何必这样诋毁他人。"

"这哪儿算诋毁？！"杜越脱口道，只是纵然他心里窝火，见苏世誉这不甚在意的模样也不好意思再吵嚷下去，便缓了语气问，“表哥，那玉佩对你真的很重要不是吗，你平白无故送给他干吗啊？”

“重要如何，不重要又如何，”苏世誉垂眸，轻描淡写道，“应当要给他的，所以就给他了。”

“什么意思？”杜越不明白。

苏世誉看着杜越，轻叹了口气：“既然已经给了他了，那便是他的东西，妥帖收着也好，随手扔了也罢，凭他心意就是。”

“可哪有你好心好意地给了被怀疑不说还让扔了？”杜越愤愤不平，“表哥你对他那么好有个鬼用啊！”

“你不必这么怨愤。”苏世誉道，“我不过是自愿赠予，并非打算换取什么，更没考虑过能有什么用，而且当时就曾想过会有的结果，如今倒不算太过意外，你也不需要这么在意。”

他淡淡一笑：“扔了便扔了吧。”

杜越郁结，瞅了苏世誉半晌，只好心烦意乱地道：“好了好了我知道了，不骂他总行了吧。”

他又忍不住嘟囔着：“那么好的玉白白糟蹋了我都心疼，还不如给我呢。”

“给你？”苏世誉笑道，“我怎么记得从小到大，我送你的东西都放不过三天就给摔坏了？”

“我那时年纪小不懂事嘛，你现在再送我东西就绝对不会坏了。”话音落下，杜越眼睛忽然亮了一亮，凑上去道，“表哥，玉佩你也给我一个呗，我肯定仔细收好供起来！”

“没有了。”苏世誉摇头道。

“啊？没有了？”

“嗯，”他低声笑了笑，望向窗外的天光云影，眉目柔和，“当年母亲只留了这一枚给我。”

杜越随他看向庭前落花，闻言便噤了声，此后再不曾提起半句。

陌上花开，杨柳堆烟。阳春渐近，巡狩的日子也随之将至。

御史大夫苏世誉行事素来稳妥可靠，连日里将自己不在时的诸事安排得当，随后拟出一封奏折，入宫呈与皇帝批阅。

李延贞粗略看过，点了点头。“如此就好，苏爱卿办事朕素来放心。”他将奏折放在一旁，“爱卿似乎还有事要说？”

“是，”苏世誉跪下，“还请陛下暂且赐南境兵权与臣。”

李延贞诧异：“南境兵权？”

“正是。臣前几日蒙人告知了一个消息，这几日查看下来后发觉淮南王涉案虽已确凿，但疑点颇多，即便不是其中有诈，恐怕届时他也绝不会束手就擒。淮南王坐拥精兵无数，终究是扈从士兵不可相提并论的，若有南境兵甲相助，突生变故也好有所应对。”苏世誉补充道，“待回朝时臣定然将兵权及时奉回，绝不会有丝毫拖延。”

李延贞笑笑：“何必解释，朕不会怀疑你有异心的。”

他顿了顿，叹了口气：“不过，爱卿也知道，兵符并不在朕的手上。哪怕朕现在答应了你，楚爱卿是否会将它给你，也尚未可知。”

“陛下不必担忧这个，楚太尉那边臣会亲自去一趟，想来他也不会抗旨不遵，若是能趁此机会将兵符收归，便是最好的结果了。”

李延贞点头应了，转而又愁上心头：“说起楚爱卿，你多日不在朝中，若是他趁机有所动作，该当如何？”

“臣正有此意。”苏世誉眸色深敛。

“爱卿何意？”

苏世誉垂眸，不徐不疾地道：“诚如陛下所言，臣不在之时，楚太尉自然会少了许多顾虑，我们也正可借此来看清他究竟所图为何。况且淮南距此并不算过远，若有大事发生，快马加鞭不日便能赶回。”

“试探吗？”李延贞沉思片刻，点头应允，“依爱卿所言。”

书房内，楚明允懒散地靠在椅上，待苏世誉将来意说明，便点了点头，不以为意道："兹事重大，自然是要配合。我这就写信吩咐，苏大人带去给那边的将领就行了。"

"楚大人，自古规矩，从来都是守将见兵符行事的。"苏世誉提醒道。

"我当然知道，"楚明允铺开信纸，"只不过为了安全无失，兵符并没有放在我府中，而苏大人的行程已定，再去拿来恐怕会耽误个好几日，书信一样可用，不用担心。"

他说得轻描淡写，忽而又抬眼看向苏世誉，勾出一抹笑来："再说，那兵符冷冰冰的，哪里比得上我的亲笔书信，日日见着说不定还能让苏大人多想起我呢。"

推拒之意已然明显，苏世誉早有准备，也不执着，只是听闻最后一句时笑得几分无奈："即便是没有书信，恐怕也很难不想到楚大人吧。"

"哦？"楚明允正将信递过去，闻言笑意更浓，"既然如此，那苏大人就别忙着回府了，陪我多聊几句如何？"

苏世誉淡淡笑道："楚大人公务繁忙，我怎么好打扰。"

楚明允无趣地收回了笑意，忽然道："对了，苏大人此去淮南没一个半月恐怕是回不来的，你既然执意亲自前往，想必朝中诸事已经安排妥当了？"

"朝堂上诸事庞杂难测，谈何安排。"苏世誉看了他一眼，"但既然有楚大人在，我还有什么不放心呢？"

楚明允微狭起眼眸，心下明了，转而又笑了："苏大人都这么说了，看来我不表现好些都不行了啊。"

苏世誉没有应答，他打量着手中的信，忽而开口问道："楚大人手下军队一向纪律严明，那若是同时有书信和兵符在，不知将领是会服从哪个呢？"

楚明允手托着腮，盯着他缓缓笑道："书信和兵符都出于我手，命令又不会冲突，为什么要区分这个呢？"

苏世誉抬眸对上他的眼，平淡一笑："没什么，突发奇想问问罢了。"

外面不知何时下起细雨，薄暮四合。微风捎带起一丝凉意，苏世誉深吸了一口气压下心头思绪。

他回身望了一眼迷蒙烟雨中的太尉府匾，又抽出袖中信函，低叹一声：“看来……南境兵甲是都已改姓楚了。”

二月下旬，御史大夫受君命，代天子出行，巡狩诸侯国土。

日光晴好，春云拥簇。李延贞携满朝文武相送至长安城外，旌旗当空，仪仗威严，鼓乐声冲天而起，继而沉沉落下。

祭酒倾杯于地，惹起一点漫漫细沙，酒香馥郁，乐歌轻唱。

苏世誉俯身跪于正中，听李延贞念罢仪礼之词，双手接过符节，这才又起身恭敬一礼。

仪式毕，李延贞仔细地看着面前的人片刻，开口叮嘱：“爱卿此去，望一路多加小心。”

“多谢陛下关怀。”苏世誉应道。

身后车队方一见他站起，便开始准备启程了。苏世誉向李延贞告辞，转身向马车走去，与楚明允擦肩而过时不禁多看去一眼，却猝不及防地正撞上对方的目光，眸深似海。

“苏大人，”楚明允忽然就伸手拉住了他，听不出情绪地道，“可别死在那里啊。”

他这声淡淡的，近无起伏，只有身后的几名臣子隐约听见了，表情顿时精彩至极。

苏世誉也是一愣，猜不透他的意思，想起今日出城时他望着远处一反常态地沉默寡言，于是不在意地笑了：“楚大人放心，当然不会。”

苏世誉手腕也是如其人般清瘦，他微微握紧了些，也缓缓地勾起了唇角，道：“那苏大人可要记得早些回来，免得我思念成疾。”

苏世誉侧头看去，四目相对间少有地没有退开，只是垂眸轻声笑了：“好。”

章九

旧事

草长莺飞，转眼足月。

苏世誉离京巡狩后，楚党出乎意料地没有任何动作。诸部司事如旧，朝中安稳无恙。群臣在松了口气的同时，因为深觉奇怪而又都暗自紧着一口气，可谓颇有难度。他们将这状态辛苦维持了近一个月，等到了淮南事发，又等到了御史大夫预备回返的消息，才恍然惊觉楚明允是真的安分守己了这么久，议事决断秉公守序，令人无可指摘——只不过太尉大人他这连日里的模样，总是显得有些烦躁就是了。

楚明允单手撑着额角，随手将信笺搁在桌案上，听闻脚步声渐近，不抬眼地道："苏世誉那边有消息了？"

"师哥。"脚步声骤然顿住，秦昭声音略有微妙。

楚明允抬起眼帘看去："嗯？"

秦昭神情古怪地看着他，犹豫了片刻才道："这两日你已经问过七次了。"

"有吗？"楚明允微蹙了眉，继而面不改色地道，"我都问过七次了怎么还没有新的消息？"

"苏世誉已经在返程路上，没有出变故，当然就没有消息。"

楚明允没什么表情地点了点头，秦昭走上前来将文书放下："周奕赴任后写来的，说西境情况已经在掌握之中了。"

"嗯。"

秦昭忽然动作一顿，深深吸了口气，随即看向桌角的瑞兽香炉，淡淡轻烟，袅袅如丝。他诧异道："师哥，你换香料了？"

“嗯，安神香，”楚明允瞥去一眼，“怎么样？”

“不错。”

“哦？”素白指尖有一下没一下地敲击在描金兽首上，一点轻响，楚明允道，“我怎么觉得这个少些什么，太冷淡无味了点。”

“安神香本来就是这个味道。”秦昭道。

“可我之前闻到的都不是这样的。”楚明允盯着香炉，下意识回道。

“你之前是在哪里闻到的？”

楚明允一怔，顿时回过神来，收回了手，敷衍几句了事。

简单将事情回报完毕，秦昭便离去了。

春雨淅沥在屋外，碧透梧桐。室内香雾暖烟纠葛，似不明的心绪。

楚明允闲散地靠上椅背，片刻后又将一旁信笺拿起，漫不经心地又一字字看过。

这是最后一封回报，跟去的影卫写道：“苏世誉已启程离开淮南，一切顺利。”

一切顺利。

这一个月来的一切，包括淮南王之案，都是那么顺利，出人意料地顺利。

最初苏世誉抵达之时，淮南王拒不至边境相迎，城门紧闭，态度何其强硬，而后甚至在城中布下了重重兵甲，与苏世誉调来的南境士兵形成对峙之势，局势如弦般被双方拉紧，逐日紧迫，大有一触即发的意味。

却在一夜间陡转。

上万精兵齐齐卸甲，朱红城门洞开，湿冷月色下一个男人赤足而出，手捧头函，前来献降。

那男人自称是淮南王的谋士，此前受其逼迫才会助纣为虐，行叛乱之事，内心痛苦不堪，如今见淮南王不但大逆不道，还要殃及封国百姓，毅然与人密谋将淮南王暗杀，然后又一刻不停地来开城迎接御史大夫。

他跪在巍峨城下，将罪状如数招认：借赤芙蓉牵制谭敬，在长安设立永乐坊，派苏行暗杀官吏，胁迫季衡伏击穆拉和，助淮南王搅弄风云。

他道是阴毒之计尽出自己之手，自知难逃死罪，杀人偿命本就应当，只求苏世誉能网开一面，放过不知情的忠勇将士与满城无辜百姓。

一番话铿锵有力，言罢长长叩首。

他身后有士兵红了眼眶，亦惹得巡狩随行们几声唏嘘。

而苏世誉平静地看着淮南王的头颅，那沾满血污的脸上还凝有目眦欲裂的暴怒与不甘，在幽晦光影中狰狞可怖。

良久后，苏世誉开口道："我何曾说过要淮南王的人头了？"

谋士抬起头，张口便列举出淮南王的十桩罪，桩桩不可饶恕，乃是不忠不仁、天良尽丧，是以人人得而诛之，当死。

苏世誉默然看了他片刻，淡淡一笑，再无旁话。

淮南由南境守将暂时接管，苏世誉将证物整收后却并不急着离去，而是命人探访全境，查出了上百亩赤芙蓉花田，然后亲自监察着付诸一炬，尽数销毁。

那谋士在最后一天忽然赶来求见，对苏世誉重重一拜，将请求赦免无辜的话又掷地有声地道了一遍，转而纵身跃入了旁边熊熊燃烧的赤芙蓉火海，火势顿涨，人影顷刻便化成了飞灰。

淮南城中，人们啧啧称叹，说那谋士果真不是什么恶人，是有情有义的。

楚明允闻言嗤之以鼻。

当时混乱场面中，影卫特意留心了苏世誉的反应。被抢上的扈从围护于中的御史大夫只微微一愣，皱了皱眉，然后垂眸轻笑了一声，不知何意。

别人不知苏世誉何意，可楚明允偏就明白。

还未及接触淮南王便死了，断了仔细审问的机会。那谋士的话真真假假无从辨明，不待归京就请罪自杀。

又是一出死无对证的戏码。

这案看上去顺利，甚至有几分大义凛然的动人添饰，可实际上他们除了一颗人头、一抔骨灰，别无所获。苏世誉未遭遇凶险之境，不是所料想的请君入瓮。淮南王之案证物确凿与动机可疑的冲突更深，却彻底无从下手了。

如若不是他们多心了，那么只可能是事情恐怕不如所显露给世人的这般简单明了。

疑窦丛生，思而不解。

楚明允盯着雪白信笺出神，目光不觉落在那人的名上，墨痕勾勒出清瘦笔画，横折转撇中透着温润。

可想见南方湿润柔软的风穿过他指间，袖袂翻飞间有一点浅淡笑意，如火色的赤芙蓉花在他身前燃成蝶翼随风飞逝，山火绵延数十里未绝，灼灼不灭。

是无边风华。

窗外春雨渐大，一声声敲着梧叶，落在檐下。

楚明允突然一杯冷茶浇熄了香炉，将信笺扔在桌上，抬手按了按眉心。

思念成疾，开什么玩笑。

几日过后，长安没等来御史大夫，却等来了前所未有的客人。

匈奴遣使来访，使臣还是九皇子宇文隼。

自开朝以来，大夏与匈奴就战事不断，不知多少忠魂迷失于荒漠胡尘，无定河边尽是大夏的累累骸骨。妇孺老幼，提起匈奴也都是切齿拊心的。

即使是这几年因为楚明允，匈奴有所忌讳而不轻举妄动，边境两边依旧是据地严防，从不曾互通来往。

如今匈奴忽然派了皇子前来，朝中震惊，连忙按礼数迎接了，好歹没失了风度。

九皇子宇文隼的汉话出人意料地精准流利，金殿上一礼简单施过，开门见山地表明了来意。

要大夏割让西北五座城池给匈奴。

匈奴的态度颇显傲慢，摆明了是趁着大夏与楼兰交恶的时机，半是要挟半是商量地来捞一把好处。

而这匈奴皇子更是深谙辞令，由理至情说了一通，可谓是舌灿莲花。

殿中一片诡异沉默，朝臣面面相觑。

片刻后，李延贞开口道："那依九皇子所言，五城割让之后，匈奴就可保证再不来犯？"

"当然。"宇文隼笑道，"其实我们对大夏并没有什么仇恨，多次南下不过是为了讨个活路。你们也知道，我们世代逐水草游牧，沙灾一起就断了吃的，可部族里那么多人总不能活活饿死。南下打仗死了那么多人，也就只抢来一点吃的，实在不划算得很，可又没有别的办法。"

他顿了顿，道："听说大夏皇帝慷慨，父亲也不愿意再打仗，这才赶紧派我来跟你们讲和。"

李延贞不及答话，楚明允就冷声道："既然是来讲和，地位自然平等，匈奴凭什么要我们割让土地？"

"我刚才不是说了吗，我们打仗是不得已，迫于生活。大夏土地广阔富饶，分出来一点，对你们也并没有多大损失，对我们可以让人不被饿死，双方还能免于打仗，都没什么坏处。"宇文隼又补充道，"况且我们也听说了，之前楼兰只不过死了一个女人，皇帝陛下就肯赔偿三座城池，而我们能避免上万人死，只是想要五座城池，实在算不得过分吧？”

言下同时是在暗示，楼兰确实与匈奴已经有了接触。

楚明允面色难看，李延贞忙抬手制止了他的话，对宇文隼道：“皇子所言有理，不过这事非同小可，朕现下无法答复给你。你们一路奔波前来，不如歇息些日子，等候商议结果。”

宇文隼笑笑，爽快应下，退下朝堂，由宫娥引路去往了住处。

这边李延贞召了几位重臣，移至宣室殿中密谈。落座后，李延贞神情复杂地环顾一周，方开口道：“众爱卿以为如何？”

“这事有必要考虑吗？”楚明允冷笑道。

李延贞别过视线避开锋芒：“其他几位爱卿呢？”

略一犹豫，鬓发已然霜白过半的户部尚书魏松出列，深深行礼道：“依老臣来看……可以考虑。”

楚明允侧目过去。

“爱卿不妨详说。”李延贞道。

魏松思索着慢慢开口道：“匈奴的账，算得确实不错。而且西北长年大灾，每年都要拨去无数银粮救济，国库也着实不太宽裕了。若是割让给匈奴，能少了治灾的麻烦，而那土地荒瘠，养不了多少匈奴人，留着是烫手山芋，不留的话……于我们也没太大损失。”

“魏大人嫌麻烦，就能把几城的百姓给扔了吗？”楚明允冷冷道。

“这怎么能说是扔了呢，”魏松叹了口气，“大夏国力摆着，边关又有守将，匈奴也是不敢对百姓做些什么的。再者，这些年边境几地，像凉州，私下里商贩跟匈奴也是有不少交往的，彼此相处要比想的融洽。”

深深的眸色里忽而泼出一抹狠厉，楚明允道：“我在沙场上死战，牺牲了无数兵将才收复的地方，就是让你们这么白送出去的？”

另几个臣子不时窃窃私语，见状有人忍不住低叹道：“楚大人是不容易，可毕竟今时不同往日，两国言和，互通来往总是好的。从大局看，也是为了不再有人牺牲啊……”

“你怎么知道他们就会信守承诺？”楚明允扫去一眼，对方往后一退，垂头不语了。

魏松摇头道：“可若是不试一试，又怎么知道是真是假呢？难得有个与匈奴破冰的机会，一点信任都拿不出来怎么行。”

“魏大人目光长远，我还真是不懂。”楚明允不带情绪地笑了声。

魏松看了眼楚明允，无奈叹息。

李延贞也沉吟道：“匈奴既然已经前来，派来的还是皇子，诚意可知的确是有的，就这样回绝，只怕是会彻底断了友来的路啊。”

楚明允闻言缓缓抬眸，在殿中直视着端坐上位的九五之尊，冷冷地笑了：“陛下多情，没想到却能对天下如此薄情。”

“楚爱卿这是何意？”

楚明允别开眼：“陛下自然明白。”

李延贞面上不大好看，却也没有动怒，只是看向旁人，犹疑着开口：“如此看来，还是……”

“陛下，”陆仕出列行礼，“臣以为楚太尉所言有理，匈奴不可信！”

“这……”李延贞看向他。

“臣绝不同意，”楚明允笑意微沉，慢声道，“陛下慎重。”

李延贞话意便打住了。

魏松深深行礼，恳切道：“陛下，大局为重！”话音未落，身后紧跟了几声附和。

李延贞陷入为难之境，看楚明允脊背挺直，毫不退让地逼视过来，心中一颤，不禁望向了虚位无人的右首。

楚明允随他看过去，面色不觉稍霁，一时没有言语。

李延贞摆了摆手道：“罢了罢了，这也不是一时半会儿能决定出的事情。苏爱卿已经在回京路上，等他回来再议也不迟。”

几个文臣苏党为多，自然没有异议，应答后不约而同地看向了楚明允。

楚明允这才收回视线，随意道："也好。"

宫廊中，魏松脚步逐渐慢了，继而停止住，他扶栏远望着青空碧瓦，愁眉不展。

身旁忽然响起个声音："魏大人还在忧心匈奴的事？"

魏松转过头去，发觉是工部尚书岳宇轩。谭敬被处死后，原是工部侍郎的他就被推举了上来。魏松缓慢地点点头，顿了顿，道："虽说楚大人到底是个武人，目光短浅不懂大局，可他说的……到底有些道理。"

"怎么说？"

"那五城的百姓，终究是大夏子民，就这样抛弃给了匈奴，可能的确是……"

"魏大人原来是在烦心这个，"岳宇轩笑了笑，"楚大人只是为私心找的借口，你不用太在意他的话。"

魏松吃惊地看着他，这人自补任以来都是低调行事，游离在楚党与苏党间界限不明，谁也不得罪的，不知今日怎么会直白地表露了意见，不禁追问："为何这么说？"

岳宇轩张口却又一顿，四下看了看，凑近过去压低了声音："魏大人有所不知，那楚大人是凉州人，现在要把他的故土割让给匈奴，他肯定是不乐意，怎么会管什么大局？"

"原来如此，"魏松点了点头，"我说他怎么忽然在意起了百姓疾苦，看来……还是高看他了。"

岳宇轩笑道："正如大人所说，那些武将都是逞一时英勇，没什么长远目光。更何况，我们和匈奴交好了，楚太尉还能有现在的地位？他的话，听听就罢了。"

魏松沉吟，岳宇轩便退后一步，施礼道："魏大人苦心，我们大多都是明白的，无论过后苏大人意见如何，我都定然会支持你。"

魏松心中动容，拍了拍他的肩，再不多言，与他一同往外走去。

子夜清寂，更漏迢递，一声声穿过漆红窗棂，曳动了卷旁烛灯，却未能惊扰案后人落笔的动作。

暖色灯盏斜出一剪薄影，那艳丽眉目低敛时不觉显出几分冷肃，他静静端详着铺展满桌的苍黄色地图，灯花悄然而落。

静谧中忽然"咔嗒"一声轻响，书房的暗门拉开，秦昭从中疾步走出，将袖中的书信递上："师哥，这是南境传来的简报。"

"嗯。"楚明允应了一声，并不抬眼，仍在地图上勾画批注，"先放着。"

秦昭望了眼外面的天色，问道："子时都已经过了，你还不打算休息？"

"你先去歇着吧。"楚明允拿过一册折子，边写边道，"猎宫的布防图我明早就要拿去给禁军那边，还要再忙上一阵。"

"猎宫布防？"秦昭奇怪道，"三月春猎的驻防事宜不一向都是由禁军统领负责吗？"

"匈奴使团不是还留在京中等候答复吗？"楚明允搁下笔，添上了一砚墨，"为了不失礼，这次春猎也邀请了他们同去，杞山不比长安，难保匈奴不会趁机动什么手脚，我就怕那个统领还依照旧例安排。"

秦昭点头。

自古帝王遵从礼制，每年皆要顺天时举行狩猎。

《尔雅》中《释天》有载，春猎为蒐，夏猎为苗，秋猎为狝，冬猎为狩。四序有定，是国之大事。

大夏开朝始祖为避免子孙奢靡享乐之风过盛，分外重视狩猎，定下了不可违逆的规矩。只可惜后几代的皇帝都不爱武事，如今的李延贞更是把春猎变成了君臣拖家带口的山上春游踏青，其乐融融。

“匈奴那边可是连几岁小孩儿都能引弓狩猎的，反观大夏如今这个样子，实在是不像话了。我原本还有些担心要被那个皇子嘲笑轻视，可你猜咱们这位皇帝陛下是怎么说的？”楚明允顿了顿，压软了嗓音道，“正好，就让他们好好见识一下大夏的雅乐繁华。”

他瞧着那砚新墨，忽然抬眼看向秦昭：“你说李延贞说这话时就没听见自己脑子里的水声？”

秦昭无言以对，半晌才干巴巴道：“师哥……你别学他说话。”

楚明允不以为意地笑了笑，开口道：“你就回去睡吧，不用管我。”

秦昭应了一声，楚明允却忽然又叫住了他：“对了……”

“什么？”

楚明允却欲言又止，竟显得略有几分迟疑，他紧蹙着眉，片刻后，目光落回了地图上，才开口道：“罢了，没什么。”

他这副模样实在罕见，秦昭盯着他看了良久，突然开口：“苏世誉那边还有一个消息。”

“哦？”楚明允并不抬头，“什么消息？”

“苏世誉从淮南还带回了一个人。”

笔迹停住，素纸上顿开了小团墨痕，楚明允慢慢地抬起眼，不带表情地看着他：“继续。”

“没了。”秦昭道。

楚明允定定地望着秦昭，秦昭面无表情地回看过去，一阵沉默生生凝滞出了僵硬。最终，楚明允笑了声，不带语气地道：“你再跟杜越学这乱七八糟的毛病，信不信我连你也揍？”

秦昭默默移开了视线，道：“是淮南王手下一个刚被起用不久的小将领，十八九岁，名叫洛辛，依苏世誉的吩咐，跟着巡狩车队一起返京了。”

“洛辛？”从不曾听说过这号人物，楚明允细思片刻，沉吟道，

“十八九岁正是容易培养的时候，而如今朝中无将才，若苏世誉要把他举荐给李延贞，恐怕是打算来分化我手中兵权了。”

秦昭顿时紧张：“那怎么办？”

“什么怎么办？”楚明允云淡风轻地睨去一眼，唇边一点冷淡笑意，“担心个什么，培养了他就一定能成事了？你以为我这般地步，是随便哪个人都能做到的？”

“哦。”秦昭放下心来。

话虽如此，楚明允眉目间还隐约蕴着些烦躁，他抬手按了按眉心，挥手示意秦昭快走，没再说话。

书案上一盏烛火煌煌跃曳。

次日清早，曙色苍苍，禁军统领一入宫就见到了等在殿内的太尉大人，大惊之际忙快步上前赔礼。

统领诚惶诚恐地双手接过地图，听楚明允简单吩咐后，又忍不住小心翼翼地打量着他的神情，试探地问道：“今日休沐，楚大人还起这么早，是有什么要事吗？”

“没别的事，”楚明允低眼看着握在手中的折子，“没睡。”

统领讪讪：“那我送您出宫。”

他看了统领一眼，把折子递了过去，转身往外走去，统领便恭敬地跟在了后面。

晓光里的宫城静寂，碧瓦飞甍上落了层春日，偶有扫洒宫人对他们躬身行礼，继而退后避让。

楚明允突然开口道：“现在大致看一下，哪里不明白快问。”

统领闻言忙打开了折子，看下去后不禁微诧：“楚大人……这杞山南麓不是向来不驻防的吗？”

“杞山南麓是陡坡，之下又是卫水，它一到春时就会涨水，河流湍急得根本过不去人，是道天然屏障，当然用不上驻防。”楚明允拿过折子看了一眼，闲步在前，“不过今年雨水不足，回暖得也比以往慢，河水流得缓滞多了。这一少了卫水的阻拦，但凡是稍有点功夫的人都可以通过南麓上山。而南麓又靠近猎宫，若是……”

他话音渐轻，忽而就没了下文，统领正低头听得专注，回过神才发觉楚明允不知何时停了步。

统领纳闷地回头看去，只见太尉大人举目凝望远处，一双瞳眸晦暗不明，唇边却清晰地缓缓浮现出了笑意。

“终于有件让我顺心的事了。”他似是低叹了声，模糊在晨风里听不清晰。

统领顺着他的目光转头望去，见蔷薇花架下有人独行而过，身影如芝兰玉树一般。

“自己看。”话音未落，折子就被一把塞了过来，统领愣愣地看着他余光都不肯分给自己半点，抬步径直走了过去。

一步步踩过青石板，踩过未及扫净的满地落花。

“苏大人——”

绯红厚瓣上沾有剔透的晨露，暗香浮动。

苏世誉驻足于春色之中，微有一顿，转过身来，抬眼便笑了：“楚大人，多日不见。”

“多日不见，”楚明允几步停在他面前，拉长了语调笑道，“不知苏大人在淮南有没有想起我啊？”

“楚大人觉得呢？”苏世誉淡笑着看他。

“我觉得有啊。既然如此——”楚明允抬起双手，歪头笑得眉眼弯弯，似要上前。

苏世誉微怔，扫见不远处不明所以的禁军统领，忙退开一步抬手挡下，几分无奈：“楚大人，这是宫中。”

楚明允不在意地放下手，回首看去一眼，那统领惊醒般地一抖，远远行了礼就埋着头匆忙离去了。

他才不紧不慢地收回视线，问道：“刚回来？”

“是，方才去宣室殿向陛下呈上了回报。”苏世誉与他并肩往外走去。

“淮南那边怎么样？”

“现下还算安稳，不过楚大人大概也感觉到了，事情恐怕不会如此简单。眼下只好静观其变，我也会催促陛下尽早施行推恩令。倒是楚大人，怎么休沐日还一早入了宫？”

楚明允淡淡挑了眉梢：“也没什么事……”

“大人留步！”身后突然响起一声高喊，伴着奔跑声分外清晰。

他们回身看去，有一少年转眼追赶上来，气息不稳地抹了把额上的汗，张口道：“您走得可真快，我还没好好谢谢您呢！”

苏世誉笑道：“你路上已经谢过很多次了，况且举贤荐能是我应当做的，能得陛下赏识也是因你能力足够，没必要跑来谢我。”

“这话哪儿能这么说，”少年坚持道，“没大人您，我恐怕这辈子都来不了长安，当然要好好谢谢您！那……要不然我请您吃饭？”

“不必了，”苏世誉道，“日后就是同僚，宴会相见多的是，你何必这样客气。”

“可是……”

“这就是你带回的那个人？”楚明允开口打断，问苏世誉道。

少年奇怪地任他审视：“是我，怎么了？”

苏世誉稍一抬手，示意他别再开口，转而对楚明允笑道：“这是洛辛，过后会在兵部任职。他年纪尚小，不懂规矩，日后还要请楚大人多见谅。”

“哦？”楚明允笑了声，“苏大人向来遵从礼数，这不懂规矩的人，不知是如何让你看上眼的呢？”

“规矩可以再教，可赤诚忠勇的心性毕竟是教不来的。”苏世誉淡淡笑答，余光不经意瞥见洛辛仍紧盯着他们俩，便看了过去：“你有话要说吗？”

“嗯！”洛辛急忙点头，“大人，我还想问问今天不上早朝，是不是就见不到别的大人了？”

“的确如此。”

“那能在哪儿见到楚将军？”洛辛追问道。

苏世誉没来得及回答，楚明允先开了口，没什么表情地瞧着他道：“你找他做什么？”

他态度莫名，洛辛不免有些不满：“不做什么，看一看不行吗？”

“有什么好看的？”楚明允道。

“那可是击退匈奴的大将军！”洛辛提声道，“被匈奴整整占了五年的几个州郡，他出现后一年就全都收复回来了，这都不好看，难道你好看？”

楚明允忽然嗤笑出声，目光落在满地残红上：“任匈奴欺凌了五年都无动于衷，将士个个无能而且自以为是，收复失地还要被拖累着浪费掉一年时间。兵事都衰颓成了那个样子，真不明白有哪里让你们觉得自豪的，还要反复提起来。”

洛辛顿感恼火：“说得轻巧，你行你怎么不去打——”

“洛辛。”苏世誉打断他，“这位就是楚太尉。”

话音一下子卡在喉咙里，脸顿时涨得通红，洛辛反应不能地盯着楚明允：“什、什么？！你……他怎么……真的？”

楚明允瞥了他一眼。

苏世誉对上他不能置信的目光，泯灭希望地点了点头。

洛辛便猛地别过了脸，不再看楚明允，看着苏世誉张口结舌了半天，才艰难吐出了一句：“楚将军？！他……他怎么能长成这样……”

“何出此言？”苏世誉不解道。

洛辛眉头拧成了结，有些失望地嘟囔：“堂堂大将军怎么能长这样……跟、跟小姑娘似的……”

苏世誉：“……”

楚明允闻言反而极轻地笑了声，偏头瞧着他：“那你觉得我该长什么样，身高九尺，雄壮魁梧？”

“嗯！”洛辛闻声立刻点头。

“铁齿铜牙，而且还力能扛鼎？”

“嗯嗯！”洛辛点点头。

楚明允凝视着这个直眉愣眼的圆脸少年，而后面色复杂地移开眼，懒得再开口了。

默然无语的苏世誉将他这神色看入眼里，不禁低眉淡淡笑了。

本就与寻常人不同，何必要什么力能扛鼎、英武逼人的姿态。

千樽酒，万卷书，难洗一身狂傲气。

这样恰好。

一袭红衣如火策马直入长安，穿过熙攘闹市拐进巷中，急停在了刑部尚书陆仕的府邸前。

妙龄女子翻身下马，缰绳丢给迎来的下人，边抬脚进府，边张口叫道：“爹，我回来了！”

陆仕快步出了庭，一见她就从头到脚地打量了过来，见安然无恙，才稳下来问道：“清和，我放你在外面随心游历，你还真就不打算回来了？”

“哪有，我现在不是回来了吗？”陆清和道。

“我不传信过去命你回来，你会主动回来？”陆仕道。

陆清和忙避过这话题，亲热地抱住陆仕的胳膊：“爹，我这可是刚从雪山回来的，你见过雪山没有？那里简直——”

“别说这个，”陆仕打断了她，“你知道我叫你回来是什么意思。”

陆清和面不改色地摇头：“不知道。”

“不知道那就再告诉你一次，”陆仕干脆道，“让你回来，就是为了给你找个好夫婿嫁了，尽早安稳下来。”

“爹——”

“少来这套，”陆仕不为所动地抽回了胳膊，板起了脸严厉道，“你要当游侠，要四处游山玩水，可以，这些我都随着你了，但婚姻之事不能儿戏，你也不小了，就别想再给我讨价还价！”

陆清和默默撇嘴。

陆仕见状，语气又强硬几分：“几日后的春猎，贵戚重臣都会前往。你就跟着我过去，仔细看看那些才俊子弟，挑出一个中意的来，回来后爹就去给你说亲。”

陆清和捂着脸幽幽道：“女儿明白。”

依照大夏祖例，所有参与春猎的宗亲贵戚与朝廷重臣都要先随皇帝到建章宫焚香祭礼，次日再启程前往猎宫。

虽然如今春猎风气已经不复从前，但这该有的仪式礼制仍是齐全的，这日也不例外。

祀神之词念罢，浑厚鼓乐声歇下，祭礼完毕，李延贞正一心惦记着未完笔的山水画，毫不拖沓地就下令率先起驾回殿了。

在场其他人这些日子的政务都已移交给了属下，闲来无事，而建章宫一派春意正浓，斜阳里御苑风光如绣，众臣不约而同地放缓了步子，三五聚集地边闲谈着边慢慢往外走去。

苏世誉落后些许，看仪仗收整妥当了才转身离去，没走出几步，就有人自不远处凑上前来，张口招呼道：“大人！”

圆脸少年一身吏服佩刀，难得将眉宇间的稚气压下几分，可惜又被他此刻的欣喜神情破坏了。

苏世誉此前倒没留意洛辛在护卫之中，但也只是微有意外，便温和地点了点头，客气地关怀道：“你在兵部这几日可还好？”

“不太好。”洛辛诚实地答。

“哪里不好？”

“大人不是前几天刚把淮南王的案子结了吗，判决书都贴满了长安，现在所有人都知道淮南王不是什么好东西了。我倒不是埋怨大人，不过大人您知道，我脑子笨，不懂什么弯弯绕绕，参军只是因为小时候听人讲楚将军大战匈奴的事，心里羡慕得很，就也想打仗报国。淮南王没有重用过我，在知道他要谋反之前，我对他也没什么特别的感觉，所以跟着大人来长安，本来觉得也没什么。”洛辛有些沮丧，“可是我在这里几天，总有人拿淮南王的事情来问我，我说不知道，对方就觉得我是不肯说。有好几次我甚至听到他们偷偷议论，说什么我是淮南余孽，大人把我带到长安，是引狼入室，有可能大人您本身也怀有异心……”

他话音止住，垂下头没有再说下去。

苏世誉并未在意最后的话，只淡然一笑：“既然你向来都明白自己想做什么，为何现在要被他人的非议绊了脚步？”

“可是连个巡卫士兵都不怎么相信我……”

“你想要成就的事是错的吗？”苏世誉忽然问。

“当然不是！”洛辛斩钉截铁，“为国杀敌怎么可能是错的？！”

“那旁人怀疑你，是会让你动摇吗？”苏世誉看着他，目光沉静。

洛辛认真想了想，摇头：“不会，不然我也不会跟着您来长安了。”

苏世誉收回视线，笑了笑：“既然如此，你又何必为那些非议所困扰。”

洛辛一愣，片刻后才反应过来，郑重地对着苏世誉点了点头，目光坚定如铁，然后他忽地又忍不住道：“大人……我还想问一个问题。”

“但说无妨。”

“您和楚将军关系很差吗？”他小心地问。

苏世誉微诧：“何出此言？”

洛辛犹豫了一下，支吾道：“他们议论的时候，都认为您带我来长安是为了利用我来分割楚将军的力量，甚至让我能有朝一日取代了楚将军，但是……为什么？楚将军明明那么厉害，明明为大夏做了那么多，为什么还要这样对他？”

苏世誉默然无言，稍偏头望向了前方，楚明允独自立在垂柳下，抬手挽过一枝碧色，心不在焉地打量着什么，夕照擦过他鬈长的眼睫，投下一抹柔光。

——为什么还要这样对他？

因为你不曾见过杀伐果决、森冷无情的楚明允。

因为你不曾见过浅笑着算尽机关的楚明允。

你不曾见过他轻而易举让大夏天子不得不让出兵权的模样。

你不曾目睹他是如何在短短几年内站上了权力的巅峰。

唯有骨与血，才能堆叠出那样的高度。

此去淮南，苏世誉存有试探确认之心，可楚明允察觉到了般地毫无动作，将他的野心深埋。

那夜离亭中楚明允道“拓万里疆土，召八方拜服”，苏世誉听得出所言不假，可又岂会是这般简单。

但楚明允按兵不动，他就无从揣度。

无可奈何。

——为什么还要这样对他？

还因为我，始终猜不透他的所思所想。

一筹莫展，无计可施，不知如何是好到，不知该如何对待他才好。

洛辛见苏世誉失神沉思，自知说错了话，忙连声道歉。苏世誉回神看他一眼，平淡地笑了笑，任他找了个旁闲的话题。

楚明允将视线收回，信手扯下了细长柳叶在指尖揉碎，只觉那两人的谈话简直是没完没了。

叶汁在素白指尖碾出一点淡绿痕迹，神思游散间忽然听到身后不远有了两人的脚步声，慢悠悠转过身去正欲开口，却发觉是匈奴九皇子宇文隼和他的侍从行经。

目光有一瞬相错。

侍从惊惧地垂下眼去，楚明允漠然地转回了身。

宇文隼的声音随之响起，说的是匈奴话，对着侍从问道："郁鲁，你干吗要这么怕他？"

"九皇子您没有上过战场，所以才不明白。就好比没有见过厉鬼的人，当然就不知道厉鬼的可怕。"

"厉鬼？他？"宇文隼明显不悦，"郁鲁，你好歹是强壮的匈奴好汉，而那个家伙白白嫩嫩得跟个女人似的，你这么说脸上不难看吗？"

楚明允早在征战时就能听懂匈奴语了，只是讲不出也不屑去讲，宇文隼以为他听不懂，言辞毫不遮掩，他也就干脆装聋作哑，懒得搭理。

而郁鲁闻言忙拉了拉宇文隼："九皇子说话当心，汉人要比您想的厉害。"

"我知道汉人厉害，他们在狭窄的房子里住久了，心里也是弯弯绕绕的，最擅长些阴谋诡计，如果不是靠着那些，以我们草原男儿的强壮，这里早就是我们的牧场了。"

郁鲁低声叹了口气，含混不清地道："九皇子还年轻，该慢慢明白帐篷里流传的故事，也不都是可信的。"

"你这是什么话？"宇文隼扯回了自己的衣袖，直直地看着他，"你跟我说，皇长兄的故事是不是可信的？十三年前我们打的大胜仗是不是可信的？"

"是可信的。"郁鲁道。

"那你这么怕干什么？不就是现在出了个像样点的将军？"宇文隼道，"想十三年前我们大军进攻，大夏多少将领都弃城跑了，几乎就没人抵抗。最可笑的还是凉州，居然让一个女人站了出来，最后那女人的尸体被挂在城楼上，一直到风干了都激不起剩下士兵的半点血性，屠城十日里连个有胆子反抗的都没有，软弱无能。”

他语带讥讽：“汉人也不过如此。”

楚明允掐下一截柳枝。

郁鲁悚然一惊，望了眼楚明允纹丝不动的背影，罔顾尊卑地一把抓住宇文隼，匆忙地改走了另一条路，身影转而隐没在葱郁林中。

那截瘦枝硌在掌心，一点点渗出深色汁液，发出将要破裂的呻吟。

楚明允缓缓地松开五指，满手黏腻的触感如浓稠血浆，他抬眼远望，残阳血色在苍穹铺展开去，绵延向望不到的远方。

“不准回头。”

硝烟在记忆中灼灼烧了十三年不灭，飞矢流箭蔽空而下，朱红城门倾倒，倚着断壁残垣旁观这一场炼狱。

“不准后退。”

烽火燃尽山河草木，哭喊遍彻千里繁华。匈奴的铁蹄踏过稚儿少女，在青石板上烙下浓重的血色斑驳，烙下焦黑的火痕深浅。

“明允，不准回头，不准后退。

“你要逃出去。

“你要逃出去！

“所有人都可以害怕，谁都能后退，谁都能放弃，谁都能等死，但是你不可以！”

“阿姐。”

提剑的红衣女子一滞，迟缓涩哑地应道：“怎么？”

“你现在这模样可真凶啊。”

女子怔住，赤红的双目猝然滚下泪来，她捂着眼，声音哽咽地笑骂：“浑蛋！”

他最终还是忍不住回望去一眼，隔着重重树影，熟悉的城池浸出的血色盈满眼帘，一直延展而上，染红了整片苍穹。

提剑于前，落得个悬尸示众的结局。

楚明允闭上眼，极轻极低地笑了。

一声剑啸破空厉响。

众臣惊诧地循声望去，只见林中枝叶婆娑，周遭并无一人。

未及出声疑问，另一人影就疾掠入林中，近乎与他们擦身而过，却未能看清是谁。

唯有洛辛呆愣愣地戳在原地，不明白沉稳的苏大人究竟是看到了什么，才会不及交代一声就追了上去。

繁茂绿叶间有墨蓝色袍角翻飞，一闪而过，被苏世誉准确捕捉入眼里，他凝神再提了速度，在那衣影一晃之间猛地伸手，扣住了楚明允的肩膀，趁这一瞬的滞缓将手臂环过楚明允胸前，费力地压制住。

“放开！”

“你冷静点。”苏世誉喘息未定，自后面紧锁住他。

可楚明允听不进只言片语，只顾着发狠地挣扎，他在桎梏中施展不开，手中长剑骤然在掌中转了方向，直向身后挥刺出去。

苏世誉丝毫不动，将这一剑硬生生扛下。

剑锋便斜着划开他颈侧，落下一抹凉意，血线顿时顺着肩线蜿蜒拉长，在素白领口晕开一团嫣红痕迹。

苏世誉不可抑制地轻微一颤，皱紧了眉，手上力度反而加重，将楚明允死死锁住，抬起另一只手遮住了他的眼，力道毫不客气，语气却放软下来：“冷静点，他们是求和的使臣，至少眼下你不能杀了他们。”

楚明允没料到他会这样一躲不躲，挣脱的动作不觉微顿，眼眸被他掌心覆上的瞬间，万般思绪顷刻化作空白，几乎握不住剑。

“别冲动，你冷静一点，你想一想，你的仇人都已被你在战场上杀尽了，失地也已尽数收复了……

“没事了，没事的，那些曾伤过你的人都已被你杀死了……

“都已过去了。”

他一声又一声地重复着，终于感觉到楚明允逐渐放弃了挣扎，只是浑身仍旧不住地颤抖，似是在竭力忍耐。

掌心传来眼睫扫过的微痒触感，良久后楚明允缓缓开了口。

“喂，”他嗓音低哑，“就用你这种语调，再跟我说几句话。”

“你想听什么？”苏世誉问。

楚明允沉默了许久，极轻极轻地道：“说你在这里，说你还活着。”

苏世誉怔了一怔，随即缓慢而认真地道：“我还活着，我在这里。”

他顿了一顿，续道：“我陪着你。”

一字字地落入耳中，声声音色温如玉。

这体温是暖的，熟悉的安神香香气温润，其中杂有一丝淡淡血腥味。

一切都无比确定地昭示了这个人的存在。

楚明允渐渐平静下来，一阵呼吸可闻的寂静后，他忽然笑了一声：“你就只有这么点儿力气吗？”

苏世誉还没来得及反应，楚明允忽然松开了手中的长剑，三尺青锋“当啷”一声坠地，他长出一口气，像吐出了郁结于心的一口血，整个人脱力地晃了一晃。

苏世誉连忙扶住，楚明允下意识就攥住了他的手臂，作为自身的全部支撑，手指用尽全部气力，仿佛溺水之人死死抓着唯一的浮木，不肯放手，仿佛不能再忍受失去什么，呼吸间都带着几不可察的压抑的痛苦。

苏世誉的腕骨生疼，感觉快被这不受控制的力道给捏碎了，但他没有挣动，任由楚明允抓着，另一只手轻轻拍了拍对方的脊背，清晰地触碰到了那无声的汹涌的情绪。

楚明允深深地呼吸着，嗅见了苏世誉脖颈上的那点血腥味，他抬了眼，瞧见一缕鲜红的血线流淌进了皓白的领口，晕开一团浓墨似的花，他不由自主地抬起手，想将血迹擦拭干净。

林中微起细风，擦过颈间的一丝凉意，苏世誉惊道："楚大人！"

苏世誉挣开楚明允的手退后一步，楚明允站在原地，眼神逐渐清明，他缓慢地眨了眨眼，似也从一场大梦中惊醒，一时竟反应不能："苏大人。"

苏世誉理了理衣袍，掩住了手腕上被攥出的一片淤痕，除了领口那团血痕，再看不出些微凌乱痕迹，抬眼看来时连笑意都一如往常："楚大人冷静下来就好。"

"我……"

"不是什么碍事的伤，楚大人不必自责介怀。"苏世誉打断了他。

"我不是说这个，我方才……"

"那边还有人等着，我们还是尽快回去吧。"

楚明允不语，静静地瞧着他，苏世誉却移开了视线，片刻后轻声笑了笑："你不必介怀。"

楚明允也并不清楚自己想说什么，思绪滞缓的这一刻，苏世誉又回眸笑看他一眼，如水如烟，淡而宁寂，然后就抬步往回走去。

苏世誉领口的血迹甚为显眼，又遮掩不去，他同楚明允一前一后地步出林中时，还未离去的臣子间顿时起了一片窃窃私语。

苏世誉若无其事地走回到洛辛面前，颔首抱歉道："方才事态紧急，失礼了。"

洛辛愣愣地摇摇头表示不在意，问道："大人您怎么受伤了？刚才那声是楚将军的剑吗？你们俩……"

苏世誉道："方才出了些意外，楚大人拔剑挡下了倾倒的树，我刚去时不慎被利枝划了一下，没什么。"

洛辛想也不想地就信了，一双眼盯着苏世誉，又忍不住奇怪道："大人还好吗？没有受别的伤吗？怎么您脸色有些古怪？"

苏世誉一顿，语调仍端得平稳："是吗？"

"对啊！"洛辛点头，"像被人拔剑砍了一样。"

苏世誉对上洛辛诚挚的目光，叹了口气："原先说的话还是罢了，你先不必急着做出什么功绩来证明自己，有时间多读些书为好。"

"读书干什么？"洛辛莫名其妙，"我是个武将，又不考状元。"

"多读些书，学一些处世之道。"苏世誉道。

这种消息传得总是过快，楚明允回到府中时杜越与秦昭已一左一右地立在门前等他了。

"行啊你，剑术这么高明，听说角度再差点儿就能要了我哥的命了啊？"这是阴阳怪气地把"表哥"精简为"哥"以示立场的杜越。

"你决定放弃再周旋直接动手了？"这是一向冰块脸都显出丝蠢蠢欲动的秦昭。

楚明允恍若未闻地顾自往自己房中走。

"你脸色这么难看是怎么了？"秦昭追上来问。

"哎姓楚的你是不是终于遭雷劈了啊？"杜越语气顿转欢快。

楚明允挥袖甩上房门把那俩玩意儿挡在了外面。

楚明允在桌边坐下，给自己添了杯茶，待到全都饮下神色才渐转复杂，然后他抬手按上眉心，难以置信地自言自语道："我是怎么会抓着苏世誉不放的……"

章十

萤飞

正值暮春时分，长安芳菲已大半凋残，而杞山却挽下了几分春华，一片桃花正盛，绯色如霞。

经了一日的车马劳顿，抵达猎宫时众人都疲惫不已，一下车就零零散散地向住处而去，将满山烟霞留着明日宴会时再欣赏。

苏世誉客气地谢过了几位同僚的关怀，便也打算离去，抬步时不禁侧眸向一旁多看去一眼，正撞上楚明允的目光。

他独自立在不远处，抄手倚着一株桃树，没什么表情地望着这边，若有所思的模样。

苏世誉微一迟疑，还是走了过去："劳累一路，楚大人不去休息，是在这里想些什么？"

楚明允眸光安静，定定地瞧着他走至面前，忽而对着他弯眉一笑："心事。"

苏世誉道："有匈奴使臣在，明日楚大人必然是要费心些，还是早些休息为好。"

"没什么心思休息，"楚明允放下手，站直了身子，"有件事我还没想明白，心静不下来。"

"什么事情如此重要？"苏世誉问。

"很重要。"楚明允看着他，缓声道，"苏大人想不想知道？"

"愿闻其详。"

"那若是我不告诉你呢？"楚明允笑意盈盈，端详着苏世誉的神情，又道，"不如苏大人陪我走过去吧，说不定我心情好了就想说了，也就有心思休息了。”

苏世誉无奈地轻笑了声：“好。”

陆清和掀开绣帘，跳下了马车，脚一沾地便捂着胸口哀怨道：“早就说让我跟在后面骑马，这一路可真是要把我给闷死了！”

侍女笑着来扶她：“坐车上比骑马清闲，小姐习惯后便好了。”

“我可不想习惯。”陆清和道，“我爹呢？”

“老爷方才见着了故友，过去打了声招呼，稍后便会回来。他特意吩咐我们在这里等着，让小姐您顺便……”侍女抿唇笑道，“顺便好好看看。”

“好好看看。”陆清和嘴角抽了抽，举目四望，“看什么，这一路下来俊俏公子全被颠簸蔫了，有什么好……”

话音骤然顿住。

远处桃树下有人长身鹤立，唇角勾起，不知是在跟人说些什么，只见得眸光潋滟，流转的尽是深深笑意。

她赤红裙袂微扬，十里春风乍起，拂过那人眉梢，欲借一分绝代风华分与桃夭。

陆清和一手搭上侍女的肩，眼睛仍盯着那处，忍不住感叹出声：“真好看啊。”

“什么真好看？”陆仕自身后走了过来。

“爹，”陆清和转身，“我看好了！”

“这么快？”陆仕问道，“是谁？”

“那边！”陆清和抬手指过去，“我就要他了！”

陆仕顺着望过去，一眼就瞧见转过身来的苏世誉，语气不觉欣慰几分：“是不是那位白衣的？不愧是我女儿，眼光果然不……”

“不是！”陆清和急忙打断道，“旁边那个穿墨蓝色衣裳的！”

陆仕的脸顿时黑了。

“不行！”

“爹——”陆清和追在陆仕身后，在厅中来往徘徊。

“说了不行就是不行，你说什么都没用！”陆仕态度坚决。

“为什么不行啊？”陆清和不满道，“您说让我自己选的！”

“你……”陆仕气郁，猛地停下了步，转身看着她，“你究竟是怎么回事，放着那么些个青年才俊不选，偏偏中意上了那个楚太尉！”

陆仕痛心疾首道：“你是看上他哪里了？”

陆清和不禁缩了缩脖子，坦诚道：“他美。”

“一副皮相就迷惑了你？”陆仕气道，“那苏大人难道就不美吗？”

“爹。”陆清和震惊地看着他。

陆仕一愣，也惊觉到自己失言了，四下环顾没见着旁人，索性就继续说了下去：“清和，你倒是说说看，你怎么想的？”

陆清和打量着陆仕的神色，想了想，一本正经道：“苏大人固然也……但他们两人是不同的。苏大人美是美，但他是只能看不能摸的那种……”

“你居然还想摸摸那楚太尉？”陆仕未能压下的火气又蹿上了头，“我虽然自你小时就纵容你的任性妄为，可你如今怎么不矜持成了这样？！”

我没这么说啊。陆清和欲哭无泪地闭上了嘴，垂下头认命地听他发火。

陆仕恼了一通，火气好歹消了大半，再看陆清和这低眉顺眼的模样，不禁放缓了语气，搁下了最后一句话：“你对苏大人无意也就罢了，为父再帮你物色，你慢慢选着。”

他顿了顿，又道：“不过楚太尉你就不必再想了，不提他为人如何，如今朝堂中谁不知他在不怀好意地纠缠苏大人，你不准再胡闹着掺和！”

陆清和低着头撇撇嘴角，暗自感叹她爹居然连这种谎话都编得出来。

只不过陆清和毕竟是走南闯北游历过江湖的人，到底跟寻常闺中小姐不同。既然陆仕不肯答应，媒妁之言没得指望，她觉得还可以尝试一下私订终身。

夜色如墨，万籁有声。

陆清和坐在桌旁，见侍女提灯归来，忙问道："怎么样？"

"这……"侍女走上前来，看了她一眼，又犹豫道，"小姐，您果真看中那位……"

"当然当然，不然我让你去传什么话？"陆清和打断她，"怎么样？"

"奴婢没能见到楚大人，他不在院落里。"侍女道。

陆清和奇了："大半夜他不在住处还能去哪儿？"

侍女顿了顿，还是本本分分地答道："守卫说见楚大人拎了壶酒，独自去山亭上了。"

"深夜独酌，果然风流。"陆清和欣赏地点了点头，又猛然醒悟，"今夜众人都劳累得只顾歇息了，山亭那边肯定没人会再过去了。"

她又点了点头，难抑欣喜："真是天赐良机啊。"

侍女闻言一愣，慌忙道："小姐，您该不会是也要过去吧？"

"当然。"陆清和站起身，理了理衣裳，"良辰美景，正适宜幽会表白。"

侍女反应不能，呆愣愣地道："那、那山亭夜里风冷，奴婢去为您找件披风。"

"不用了。"陆清和抬手拦住她，"柔弱女子更能惹人爱怜，山亭上冷些正好。"

"小姐……"

"你去山亭上做什么？"陆仕的声音忽然响起。

陆清和大义凛然的身影应声一抖，僵硬地转过头去，笑道："爹……"

陆仕眉头紧锁，对着侍女追问道：“她要去见谁？”

侍女正欲回话，陆清和开口抢道：“去见苏大人啊！”

“苏大人？”

陆清和“嗯”了一声，羞怯似的别过脸去，不动声色地对侍女使了个眼色，道：“正是苏大人。”

“你怎么会想去见他？”陆仕将信将疑地看着她。

陆清和深吸了口气，道：“爹您不是一向中意苏大人吗？您走后，女儿又仔细想了想，对他倒也不算是毫无感觉的……就派人传话去相约见上一面，看看他是否真如您所说的那样好。”

“苏大人为人当然是无可置疑的。”陆仕道。

陆清和连忙附和，偷眼过来看了看陆仕的神情：“因此女儿才想去见一见啊。”

陆仕点了点头：“接触一下也好。”

陆清和笑得乖巧，问道：“那您过来是有什么事吗？”

“没什么，”陆仕道，“我正是打算再来跟你商量这事，既然你已经这么想了，我也就放心了。”

“那你去吧，我去找几个老朋友聊聊。”陆仕说着便要离去，陆清和才松了口气，他忽然又转过头来，“不过……”

陆清和紧张地看着他：“怎么了？”

“你还是添件披风再过去吧。”

陆清和心头一动，低下头去应了一声。

眼看陆仕已经离开，旁边大气也不敢出的侍女才终于小心地开口问道：“小姐，那……您还要去山亭吗？”

“当然去，”陆清和抬起头来，将一缕乱发拂到耳后，“都到这地步了，怎么能不去？”

她话音一顿，心虚了不少：“不过要等晚些时候再去……免得被我爹看到。”

那边陆仕心头重石落下，只觉心情大好，边跨进户部尚书魏松的院落，边朗声道：“魏大人，今夜要劳你睡晚些，好好陪我下几盘棋了！”

厅堂中魏松笑着起身来迎，他身后煌煌灯火下有人跟着站起，淡淡笑道：“陆大人兴致如此好，是有喜事吗？”

陆仕当即愣住：“苏大人？”

苏世誉颔首：“进来说话吧。”

陆仕却没动：“您怎么会在这里？”

魏松拉过陆仕去厅中坐下：“大人来询问匈奴使臣的事，顺便同我聊了一阵子，你来得正好，既然是要下棋，不如和苏大人也切磋一番？”

陆仕应了声，看魏松果真进屋去拿棋具，忍不住问苏世誉道：“大人今晚不是有约吗？”

苏世誉摇了摇头，笑道：“并未与人有约。”

陆仕便沉默不语了，面色几变，颇显复杂，苏世誉忍不住问道：“陆大人怎么了？”

“也没什么。”陆仕回过神来，笑了笑，继而又长叹一声，开口道，“说来惭愧，小女仰慕大人已久，眼下随我来了猎宫，竟私自遣侍女邀您去山亭一见，方才正忙着梳妆准备，被我撞见了才肯开口坦白。”

苏世誉微皱了眉：“可我并未收到什么邀约……”

“我也正是奇怪这一点，”陆仕忙道，“不过仔细想来，既然大人您一直在魏大人这里，恐怕就是传话的侍女办事不牢了。”

话已至此，陆仕的言下之意已然明白。苏世誉轻叹了口气：“承蒙陆大人厚爱，只是我无意成家，不敢耽搁令爱。”

“是小女一片痴心，老夫也无可奈何啊。”陆仕道，“如今小女只怕是已经去到山亭赴约了，想来等不到大人她是不会轻易回来的，这山上夜里终归有些冷，纵然大人您无意，去见一面也算是了却她的牵挂了。”

苏世誉略一沉吟，只好道：“陆大人爱女心切，我自然理解。既然如此，我就先失陪了。”

“好，好。”陆仕跟着苏世誉起身，“请苏大人快些过去。”

他站在门槛外目送苏世誉的背影远去，身后魏松捧着棋具从屋内出来，惊奇道：“苏大人怎么走了？”

陆仕转身回到厅中，拍了拍他的肩，却答非所问地道：“还好魏大人您膝下是个儿子，又成家得早。”

魏松困惑地看着他：“陆大人这话怎么说？”

“唉，”陆仕长长地叹了口气，“我可真是要把心给操碎了啊。”

山亭一如其名，是在杞山上地势较高之处建起的一座琉璃朱亭，自亭中放眼下望，能看见猎宫里灯火依稀如星。

山风习习，唯闻虫鸣隐隐，苏世誉拾阶而上。

亭中的景象已显在了视野里，四下环顾也没见有什么等候的官家小姐，只有亭中石桌上伏着一人，身影是他极为熟谙的。

苏世誉困惑地走到近前：“楚大人？”

没有应答。

楚明允侧枕着自己的手臂，面容少有地宁静平和，像是睡得沉了，连旁人的靠近也毫无觉察。

酒坛就搁在他手边，已空了大半，空气中弥漫着醇酒香气，他鸦色的发散在肩上，落满了霜色月华，眉眼极是安静，素白的脸正压着墨蓝衣袖上的繁复莲纹，那妖娆的红莲便沿着他的身形在衣上怒放出了无边绝艳。

苏世誉眼眸低敛，看着他静默了片刻，抬手脱下外袍披在了楚明允的身上，又俯身将衣襟拢紧至他下颌旁。

苏世誉稍直起身，收回手的动作却不禁顿住。

楚明允缓缓地睁开了眼，眸中深浅浮沉又忽如无物，如同映入了世间最极致的山川广流。他没什么表情，也没有开口，只定定瞧着苏世誉。

苏世誉只怔了一瞬便回过神来，低眉笑着瞧他："楚大人这个样子……是不认得我了吗？"

楚明允仍旧不发一言，抬起手向他探去，苏世誉稍偏头错开，他的手便毫无停滞地落在那束发的玉簪上，转腕抽出。

墨发随他动作倾泻而下。

四目相对，苏世誉不明所以。

楚明允撑起身，外袍自肩上滑落坠地，幽深树影间流萤惊飞，他把玩着手中的玉簪，开了口："知道我第一次见你时在想什么吗？"

"什么？"

"那时我刚入朝，陈玄文领我拜见的第一位就是苏诀将军，你恰好在他身旁。不知为什么，你爹似乎不太想让你与我交谈，你大概也看了出来，所以礼数周到，疏远得不露痕迹。我当时瞧着你，莫名觉得你心底在想什么，可我猜不出来，然后我突然看到了你爹在暗中观察你的神情。"

楚明允话音一顿，笑了："原来苏大将军也猜不透你的心思。"

苏世誉静静听着，并不接话。

"苏世誉，你当时在想什么？"

苏世誉淡淡一笑，道："我不记得了。"

楚明允忽然松开了手，玉簪倏然落地，一声清响。

楚明允不再问，只是低低地笑，可那笑声压在喉咙里，有些发闷，又不仅仅像是笑意。

苏世誉听得心中揪起，滋味莫名，又闻见他身上发间携着的清冽酒香，仔细地去瞧他的神情："你醉了？"

楚明允看着他，亭中晦暗，只有萤火微光闪动，他看不分明其中是何情绪，只觉深不可言。

“所以我一直不爱跟你打交道。”楚明允听不出情绪地道，“但如今看来，倒是不觉得讨厌了。”

他无端说起这话，苏世誉无从接起，移开视线，便瞥见碎了一地的玉簪，索性转了话题：“陆尚书托我上山来寻他女儿，不知楚大人可曾见到过？”

“一直都只有我一个，教苏大人失望了吗？”楚明允道。

他今夜的样子实在古怪，苏世誉笑了笑，道了一声“告辞”，不待回答便径自离去了，脚步匆忙。

楚明允凝望他的背影隐入夜色，伸手拿过酒坛仰头饮下，任细流缓缓沿着下颌浸染了衣襟。

半坛饮尽，冷酒入喉，他缓缓勾起唇角，极轻极低地笑了。

苏世誉快步走下石阶，脑海中满是方才的情形，一时之间毫无头绪。

恍惚中甚至未曾留意有人迎面走来，直到对方惊诧出声，他才猛然回神。

“苏大人？”陆清和不确定地盯着他。

苏世誉看过去，对着她仓促一笑：“失礼了。”

言罢与她擦肩而过，脚步丝毫未顿。

陆清和困惑至极地盯着苏世誉离去的身影，不明白这位沉稳的御史大夫怎么会如此仓促。但陆清和也并未深思什么，转回身深吸了口气，抬步走上了山亭。

那人果然坐在亭中，姿势闲散地倚着石桌，出神地想着什么，他听闻脚步声看了过来，微蹙了眉：“你是谁？”

“小女子名为陆清和，是刑部尚书陆仕之女。”陆清和规规矩矩地行了一礼。

“有事？”楚明允收回目光，捞起地上的白袍，仔细拍去了细尘。

“倒也没什么事。”陆清和鼓足勇气，讲出了早已备好的话，“不过太尉大人您深夜在此独酌，可是有事烦心？”

“有件事，但算不上是烦心。”楚明允打量着手中白袍，“方才我趴在石桌上闭眼思索，睁眼时见到了能解决我烦恼的关键之人，事情便想透了。”

“关键之人？”陆清和眼睛在亭中转了一圈，“太尉大人也有需要他人才能解决的事吗？”

“自然有。”

“那，太尉大人可介意告知与我？”陆清和试探道。

楚明允将外袍从容披上，闻言低笑一声，看向陆清和：“你方才上来时，难道没见到他？”

陆清和一愣，顿时认出了那件衣袍属于谁，记忆随之逆溯回初见的惊鸿一瞥，才发觉自己忽视了什么。

陆清和看他独坐在此，又想到方才撞见的苏大人匆忙离去的身影，电光石火间思及陆仕先前的话，顿时了悟，不由自主地流露出了几分心疼。

直到回了房中，陆清和仍旧难以回神，一种难以言明的情绪在心头翻滚，她重重地叹了口气：“苏大人怎么能这样呢！”

侍女茫然道：“小姐，您不是去见楚大人了吗？”

“你不知道，他们两个在山亭里喝酒，我一过去，苏大人就匆匆忙忙地把楚大人给丢下了。你说，他为什么要如此呢？”

侍女摇了摇头。

“我爹说是楚大人在纠缠苏大人，可要我看，分明是苏大人不肯让人知晓他们私交甚笃，一见旁人就对楚大人冷淡相待，可怜楚大人那样重视他，一个人在山亭里还挺高兴。”陆清和捂住了脸，叹道，“太让人心疼了。”

侍女傻眼了。”

陆清和放下手，看向侍女：“你不觉得楚大人一片赤诚之心被这样随意对待，实在太可怜了吗？”

“您说什么？”

陆清和一脸正色，郑重道：“身为江湖儿女，我怎能袖手旁观？我已经想好了，既然喜欢他，我就应当帮他挣脱那种不平等的友谊，早日换取诚挚相待！”

侍女：“……”

月沉日起，无论这夜有谁沉思不眠，晓色入户时都不得不将心事暂搁，整装赴宴。

大夏帝王李延贞向来深谙风雅之事，这场露天宴会设办得更是用心：笙歌弦乐中落英纷纷然，舞姬踏歌曼展身姿，足下香尘引得彩蝶翩逐，更有玉杯美酒，引曲水而流觞。

太尉与御史大夫的席位照例分列两首。楚明允单手支颔，与苏世誉偶然投来的目光相接，却见他只是淡淡一笑，继而敛眸饮酒，与以往并无不同。

无波无澜，甚至连一丝不悦都没有。不知苏世誉是否又在想着什么“不必介怀”，才会这般毫无反应。楚明允取下浮水中缓缓停在面前的酒盏，不禁微蹙了眉。

一曲方歇，乐姬未及拨弦续上，这空隙间忽然有人重重地叹了口气，就显得这一声叹得颇为清晰了。

众人不约而同地望向匈奴使臣的席位。

李延贞也看过去，开口问道：“九皇子何故叹息，莫非对招待有什么不满？”

宇文隼起身正对着李延贞行了一礼，才道：“皇帝陛下招待丰厚，怎么会觉得不满。”

他扫视过座上众人，又叹了口气道：“我只是觉得贵国风气果然与我们相差太远，免不了有些感慨。”

“感慨？”李延贞莫名，“不妨说来听听。”

“我们是头次前来拜访，不太懂你们的风俗规矩，只是觉得美酒佳肴尝多了没什么意思，整日的歌舞也挺无趣的。原本受皇帝陛下您邀请来参与春猎，我还以为终于能见识一下你们骑马射箭的样子了，还打算着找个厉害角色切磋一下。只是没想到，原来在这边也是宴饮作乐。”宇文隼笑了一声，又道，“刚才我仔细看了看，发现在座的个个都斯文得很，看上去就不像是精通骑射的人，想必是国家安定也就不需要去懂这些粗劣技艺。哪像我们那边，为了谋生人人都要学这些辛苦东西，相比之下，真是十分羡慕。”

言辞是恭维的，讽刺腔调却是拿捏得到位，宇文隼话音方落，席间气氛顿时冷了下来。

楚明允转头看去：“皇子殿下若是想找人切磋一番，我倒是可以陪你。”

宇文隼摆摆手，笑道：“楚将军在沙场上的铁血威名谁人不知？哪怕我自觉精通弓箭，但毕竟没上过战场，想找人切磋寻乐不假，可跟你比就只剩下输的份了，那多没意思。”

“既然不敢比，那你说这些又有何用？”楚明允冷淡道。

“不敢同你比，我承认，也没什么丢脸的。”宇文隼面不改色，“所以我也正是感叹，除了楚将军，这里居然没有别人了，还真是无聊。”

大夏如今崇文轻武的风气众所周知，纵使这位匈奴皇子话里挑衅之意分明，偏偏正戳到了痛处，令他们无从反驳。

楚明允已然不大耐烦：“你有完没完，若是……”

“皇子殿下说的倒也有些道理。”苏世誉忽然出声打断了他的话，站起了身，“楚大人身居高位，这种小事也要亲自出手的话，实在是太劳神了些。”

楚明允侧头看了过去，苏世誉与他对视一眼，转而将视线落回宇文隼身上，淡声笑道："那皇子殿下看我如何？虽奉文职，但我对骑射之术也有些兴趣，正好能借此机会体验一下，这样如何？"

宇文隼打量着这个清俊儒雅的青年，道："御史大人这副斯文模样，只怕别人要说我欺负你了。"

"皇子殿下说这话我倒真是有些听不明白了。楚大人您觉得胜不过，我您又嫌太弱，这样百般推辞，"苏世誉眸光微敛，"难不成只打算口舌之战，其实无意认真比试？"

"你这是在质疑我？"宇文隼脸上的笑意退去。

"不敢。"苏世誉道，"您方才不也说了，只是聊以消遣娱乐，何必在意什么输赢。"

话虽如此，但谁都清楚这不会是场简单的私人比试，必然关乎家国颜面。

场中隐隐起了议论之声，李延贞忍不住开口劝和："罢了，几句玩笑话，何必真要搞得针锋相对。"

"皇帝陛下误会了，"宇文隼忙提声道，"切磋比试是常事，并没有别的意思。御史大人既然已经答应了，再反悔可就真的不太好了。"

"这……"李延贞担忧地看向苏世誉，对方却对他安抚一笑，转而问宇文隼："皇子殿下想要比试什么？"

"我也不为难你去骑马打猎，就单比射箭，怎么样？"

他笑着应下。

苏世誉接过呈上的长弓，眼底一丝怀念神色转瞬即逝，然后转头唤了声正站在不远处看着的楚明允："楚大人，要麻烦你来教我一下如何使弓了。"

楚明允走到他身侧，粗略扫了一眼便扯起唇角笑了："苏大人这手势错得，还真是颇有章法。"

苏世誉没接话，压低了声音道：“等下那位匈奴皇子射箭时，你提防着别让他往陛下那边动手脚。”

“左手再往上移点。”楚明允边低眼瞧着他的手，边替他紧了弓弦。

苏世誉手上不动，侧头看着楚明允：“楚大人？”

楚明允抬眸，对上他的视线，忽而弯眉一笑：“你说两句好话，我就替你留意着。”

苏世誉看着他。

“苏大人，”楚明允垂下眼睫，慢悠悠道，“你这么看着我，我可是会不好意思的啊。”

“是吗？”苏世誉道。

楚明允叹了声气，几分为难道：“你若是想多说几句，也是可以的。”

苏世誉不禁笑了出声，无奈至极：“楚大人……”

“行了，知道了。”楚明允微一思索，忽然一手抓住了苏世誉的手腕，“还是这样顺手。”

苏世誉一怔，旋即就要挣开。

“别动。”楚明允握上他的双手，纠正他的手势，低声笑道，“躲个什么？这么多人在旁边，你还怕我使坏不成？”

苏世誉欲言又止，末了也没能说出什么来。他眉目低敛，不再挣脱，任由楚明允拉着他的手握正了长弓，然后松开他退到一旁。

苏世誉不禁侧头看向楚明允，他已经回了原位，抬眼过来时正对上苏世誉的目光。楚明允便牵起嘴角露出一个笑容，冲着苏世誉眨了眨眼。

苏世誉装作没看到的样子将目光顺着移到了远处的李延贞身上。

这片刻里箭靶已经远远地设好了，宇文隼站在场中也不再客套，搭箭拉弓的动作流畅利落，百步外羽箭笔直射出，正中靶心。匈奴使团起立叫好，连大夏的席上也忍不住有几声低叹，道是这皇子果真有几分嚣张的资本。

李延贞越发担忧地看向苏世誉，才要开口就被苏世誉抬手阻止了，他向李延贞颔首，转身走了过去。

引弓搭箭，苏世誉一点点地拉紧了弦，肩臂延展出有力的线条，他的眼神里有少见的不加掩饰的锐利。

指间一错，利箭呼啸而出，以破空穿云般的气势紧擦过先前箭矢，稳稳地扎进了靶心位置，只是终究要比宇文隼的那一箭偏差些许。

苏世誉云淡风轻地转身，将弓随手交给了侍从。

匈奴使团脸上早已有了喜色，大夏众臣虽然遗憾，却觉得对御史大夫而言已是不易，便一言不发，满座无声。

而楚明允仍旧盯着箭靶，忽然低笑了声。

一声裂响乍起，正中心的那支箭羽折断，坠落于满地芳草。

宇文隼的脸色顿时难看起来，苏世誉停步在他身侧，轻声笑了：“倒是比我预料的要容易许多。”

“你！”他猛地转头看去，苏世誉却已抬步回了席位，他望着那清瘦的身影，想起方才依稀看见楚明允凑在苏世誉旁边说了什么，眉心狠狠皱住，身侧的手掌紧攥成拳。

这场赐宴并不允许臣子家眷随同入席，陆清和便早早地候在了外侧，只等宴散。

她昨夜里认真下了一番功夫，遍览群书以作研究，然后发觉对于他人如何交友自己其实帮不上什么忙。思来想去，陆清和决定还是本本分分地为他们两个制造点私下里沟通的机会。

后山有片桃林，花开正好。早在宴前她就邀了苏世誉前去，苏世誉大概是觉得昨夜里自己的态度实在失礼，便不多推辞地答应下来。而楚明允……她早上根本没见到这位大人，这才不得不等在这里。

思量间其中传来浩浩的恭送之声，乐声停歇，陆清和在四散而出的人里一眼望见楚明允，边掩面避开陆仕的视线，边迎了上去："太尉大人留步！"

楚明允应声驻足，偏头看来："又是你？"

"是我。"陆清和放下手，笑了声，"不知太尉大人是否有空……"

"没空。"楚明允道。

"只是想请大人去往后山桃林片刻，不会耽搁……"

"不去。"

"大人何必回绝得如此果断。"

"还有别的事吗？"楚明允漫不经心地瞧着她。

陆清和道："没有。"

眼看楚明允抬步要走，她又忙道："苏大人在后山！"

楚明允动作一顿，回眸看了过来，似笑非笑地道："哦？"

"绝不敢欺瞒大人。"陆清和诚恳道。

楚明允慢慢地转过身来："你在打什么主意？"

"不敢，"陆清和摇了摇头，看着楚明允意味不明的神情，深吸了口气道，"只愿能帮到大人一二。"

楚明允沉默地看着她，忽而轻笑道："你很像一个人。"

陆清和诧异："什么人？"

楚明允收回视线，微挑了眉："也许是长年习武又爱穿红衣的女人都不太正常。"

陆清和错愕，还没等她反应过来，楚明允便转身走了，他背后风过飒飒，摇落满枝繁华，花如雨下。

后山林中，苏世誉听闻脚步声回眸望了过去，桃色灼灼下那人缓步而来，他微诧："真巧，楚大人怎么也会来此？"

"不巧，"楚明允站在他面前，笑意盈盈，"你等的人恐怕是我。"

"今早邀我来此的分明是陆大人的女儿。"

“是啊，”楚明允笑道，“也是她让我来见你的。”

苏世誉微皱了眉，不解道：“这是何意？”

“简单啊，”楚明允瞧着他，“如今一个旁人都被我的诚意给打动了，苏大人你还不信我吗？”

“楚大人玩笑了。”苏世誉笑道。

“你不信便罢了。”流风漫卷起满地乱红，楚明允道，“不过这良辰美景，苏大人不把欠下的债还了吗？”

“我何时欠楚大人债了？”

“射箭时的事，转眼就忘得这么快？”

苏世誉不由笑道：“看来方才的宴上楚大人贪杯不少。”

“我酒量好得很，”楚明允顿了顿，又道，“昨夜也丝毫没醉。”

苏世誉笑而不答，转眸将视线落上身旁的花满枝杈：“时令已晚，这恐怕是能见得的最后一场桃花了。”

楚明允却仍定定瞧着他，顾自续道：“我昨夜一直都是醒着的。”

苏世誉面上波澜不惊：“原来如此。我还奇怪楚大人为何要睡在山亭中，也不怕着凉。”

“提起这个……”楚明允拖长语调，“那件外袍我不打算还你了。”

苏世誉笑了笑：“无妨，既然楚大人喜欢，那只管留着便是。”

楚明允一瞬不瞬地看着他，似是想读出些什么，闻言低声笑了：“你待我这么大方，无论我做什么事你都无二话吗？”

苏世誉一怔，微敛了眸，淡淡道：“楚大人玩笑了。”

楚明允偏头，微狭起眼眸：“你为什么不看着我？”

苏世誉略有迟疑，慢慢地抬眸对上他的眼，目光深深，如夜似海，他笑看过来：“若我说都不是玩笑呢？”

四目相对，苏世誉静默片刻，忽而了然：“匈奴所提出的条件我先前已详细地问过魏大人了，既然陛下说要待我回来后详加商议，我自当慎重思量，楚大人不必担忧至此。”

楚明允面上笑意隐去："我何曾说过是为了匈奴的事？"

苏世誉笑笑："我早就说楚大人应改掉这种顾左右而言他的习惯，往后还是直言为好。"

"世誉，"楚明允踏前一步，看入他眼里，极其认真地道，"我愿与你交心相待，你待如何？"

苏世誉愣住。

"我直言了，"他低声道，"你肯应我吗？"

苏世誉略略回神，笑道："楚大人这是……"

他问道："你肯信我吗？"

半晌无话。

花影曳动，林间渐起凉意，重云灰蒙蒙地压在了天际。

苏世誉抬头远望一眼，又叹了口气："暮春多雨，你我还是尽早回去为好。"

风盈满袖，楚明允不自觉收拢了五指，却弯眉一笑："就知道你会是这么个反应，面对真心实意也不为所动，果真是块石头。"

苏世誉笑了声："楚大人的真心，恐怕这世上都无人能应对。"

"怎么会，只要苏大人把方才的债清了，我就教你做这世间独一人啊。"楚明允笑道。

苏世誉无奈地看他一眼，温声道："不闹了，早些回去吧，免得再淋了雨。"

楚明允"嗯"了一声，看着苏世誉转过身去，有风倏然而起，微湿的气息携了桃花淡淡香气迎面而来，满目纷然，一地残艳，他忽而轻叹，声音沉沉地模糊在风里。

"来日方长。"

苏世誉未能听清，回眸看来："什么？"

楚明允眸光潋滟，轻笑一声，上前几步与苏世誉并肩而行："没什么。"

一方桃林外，陆清和踯躅良久，末了还是敌不过好奇心，深吸了一口气，轻手轻脚地踏入。

花已开至末路，怒绽得凄艳，绯色弥满视野。

陆清和四处张望着寻找，风过枝摇，几棵树后隐隐约约地显出个身影，孑然独立。她忍不住心头骤紧，一边暗道不应该啊，一边快步上前拨开了遮挡的花枝，张口道："怎么回事？您没寻到苏——"

话音戛然而止。

她怔怔地望着，书案后的男子抬头诧异看来，颇显秀气的手正握着支朱笔，铺展的画卷上有十里桃花。

陆清和回过神来，忙转身要走："抱歉抱歉，认错人……"

"眉黛夺将萱草色，红裙妒杀石榴花。"男子提声道，"别动。"

她应声僵在原地："啊？"

只见那男子提笔蘸墨，在画上几笔寥寥勾勒出轮廓，神韵已然浮现，他再抬眸看来一眼，极为和气地笑了笑："无须紧张，随意站着即可。"

"哦。"陆清和应道，顿了顿，忍不住抬手理了一下鬓发，"那……你画好看点啊。"

男子笑着应下："自然。"

他面容生得柔和秀气，像是哪位太傅家的子弟，陆清和偷瞄良久，又朝画上扫去一眼："喂，那个……你先前有没有看到其他人啊？"

男子不抬眼地摇了摇头。

"奇怪。"她嘟囔一声，叹了口气，索性闲谈起来，"你是头次过来吗？"

男子不禁含笑打量着她，直看得陆清和一头雾水，他才道："每年都来。"

"每年都画？"

"是。"

“你真无聊。”陆清和嘴角抽了抽。

男子毫不介意，笑了笑：“年年岁岁，花也并非全然相似的。”

“那也终究是一处风光，看久了总会枯燥，”陆清和道，“不如再去别的地方走走看，三千世界，处处繁华。”

“你去过很多地方？”

“当然啊！”她眉眼更添明快，“西湖、洞庭湖、湘江，江南我都快走遍了，这次我爹发信催我回来前我又去了长白雪山，那里的白雪无垠，真要比这儿美得多！”

“你爹是陆尚书？”他问道。

“对啊，你怎么猜到的？”陆清和奇道。

未及回答，身后忽然碎步赶来名宫娥，擦过陆清和身旁，直接叩首跪下：“陛下，有雨将至，昭仪娘娘请您回殿歇息。”

陆清和顿时腿软。

李延贞点了点头：“知道了。”他任宫娥上前来收拾画卷，道：“陆爱卿曾提起过，他女儿怀游侠之心，好四处游历。”

陆清和俯身就跪下了：“臣女不识陛下圣驾，言辞无礼，还望陛下不要见怪！”

李延贞好笑地看着她：“起来便是。”

“不、不必了……臣女跪着就好。”陆清和垂下头，欲哭无泪。

李延贞上前将她扶起：“画还未好，待空闲之时朕再找你来补全，如何？”

陆清和战战兢兢地起身，闻言不由得斗胆看了李延贞一眼，人面桃花相映红。

她心头一动，鬼使神差地道：“好。”

章十一

匈奴

一场骤雨匆匆，日暮时分乍然停歇，余落了满地残红。日影偏斜，晚色层起，梧叶滴漏声声，于暗夜里浸染开一片湿意。

楚明允推门而出，步入中庭，取出袖中的碧色口哨召来黑羽鸟，将一封密信塞入竹筒中后放其飞远。

梧桐枝叶一脉幽绿，寂静中忽然响起脚步声，似是有人在院落外疾步行经，自远而近。

楚明允收回远望的目光，不经意地回头看去，院门处影影绰绰，忽然有一袭白衫掠过，分外显眼。

他微蹙了眉，转眼间便闪至那人身后："苏大人？"

对方身形陡然僵住，继而转过身来，晦暗模糊的灯影下显出苏世誉的面容，他点了点头，算是应答。

楚明允蹙紧了眉，旋即舒展开，轻笑了声："你在做什么？"

他却不语，环顾四下发觉无人，放下心来，食指贴在唇边无声地"嘘"了一声，然后便转身往楚明允房中走去。

楚明允若有所思地盯着他动作，在他示意下跟着回到房中，顺手关上房门倚靠上去，抄着手看向他。对方却转回身，招手示意他附耳过来。

楚明允没有动作，他便自行走近了。

楚明允任他凑近，敛眸冷眼扫过他的脸，又直看进那双眼里。对方垂下了眼，错开视线，微微侧首，仿佛是要开口说些什么。

离侧颈不过分寸。

楚明允猛然抬手扼住他的咽喉锁死，骨裂声爆响伴着“当啷”脆响，一把短刀从素白袖中摔落出去。他扬手就扯下一张人皮面具，其下露出的清秀面容顿时涨成了紫红色，张口便是鲜血涌出，挣扎难言。

面具触感温软，极似人皮，做工至精，楚明允对着烛光仔细打量了片刻，冷笑出声：“连半分情态也学不像，还敢假扮苏世誉刺杀我。”

他抬手，提得对方双脚离地：“让我想想看，是该夸你胆识过人，还是嫌命太长呢？”

对方喉中发出破碎痛苦的呜咽，应声猛地一颤，紧绷的身体软了下去，没了气息。

楚明允松开手，尸体沉闷地摔在地上，他一眼也懒得多看，转而将那张假面递上烛焰，烧成了一团乌黑，难以言明的古怪气味便弥漫在了屋内。

楚明允蹙眉略一思索，抬脚往苏世誉的院落走去。

回廊几曲，一折之后忽见有人迎面走来，是独身一人的宇文隼。

夜已渐深，朱红宫廊上挂着华灯盏盏，四下里寥无人声。

楚明允视而不见地径自前行，正要与他擦肩而过。宇文隼却忽然停住脚步，不可抑制地回想起白日里的难堪情形。如何也想不出楚明允那时究竟对苏世誉说了些什么，才能让一个斯文儒雅的人达到那般程度，怨愤的心念一生，讥讽的话自然而然地就出了口：“楚将军这么晚还有事要忙啊？”

宇文隼哼笑了声：“也对，像将军这样的美人，还真令人难以想象是怎么坐上这个位子的。”

楚明允闻言驻足停下，望着不远处烛影曳曳的灯盏，忽然问道：“宇文骁是你什么人？”

宇文隼一时莫名：“是我的皇长兄。”

“听语气，你很仰慕他？”楚明允问。

“自然。”宇文隼看着楚明允的背影，忍不住流露出几分傲慢，“当年皇长兄横扫三州十二郡，让你们汉人食不下咽，那样的气概，哪怕最后战死沙场也是我们的英雄！谁不仰慕？”

“呵，战死沙场。”楚明允轻声笑了，回眸看他，半张脸隐在阴影中，晦暗不清，“想知道他是怎么死在我手里的吗？”

宇文隼一愣：“什……什么？”

“想来他们也是不会告诉你们的。”楚明允慢慢地转过了身，正对着他，“沙漠瀚海，我能直入百里攻城略地而不迷失方向，你知道为什么吗？”

“为什么？”宇文隼下意识问道。

楚明允勾着唇角，笑意盈盈地道：“你的皇长兄告诉我的。”

“胡说！”宇文隼怒道，“皇长兄绝对不会背叛我们的！”

“那你怎么解释我在沙漠中从未遭过伏击？”楚明允微挑了眉梢，静静瞧着他。宇文隼顿时噎住，楚明允便低笑了声继续道：“十招之内我折断了宇文骁一半的骨头，将他活捉。驻扎的营地旁有片海子，我就把他倒绑在扎在海子里的木柱上。”

楚明允的语气淡淡，漫不经心，笑意却一分分地加深，看着宇文隼道：“要不要我来告诉你那是怎样的感觉呢？

“不会死，但海水会接连不断地灌入他的口鼻，他要无时无刻不在海潮中挣扎着呼吸，而且咸水还会浸入他的肌理，凌迟他的伤口，反复折磨到连自杀的念头都没空有。而且啊，全身的血都会顺着往脑袋上流，时间久了，你猜，会不会掉出什么来？”

宇文隼怔怔地看着眼前姿容艳丽的男人笑着说出不带一丝感情的话，胸膛里像是也有海水倾灌而入，浑身的血都一点点凉下。

“只两天他就熬不住了，放下来的时候趴在我的脚边，你知道像什么吗？”

喉头似被死死堵塞住了，宇文隼脸色苍白，楚明允的言下之意他听得分明，却只能吐出一句：“你……你怎么能……怎么能这样对他？！”

“成王败寇，有何不可？宇文骁在之前屠城时就该有这样的觉悟。”楚明允道，“宇文骁在第一次见我时，说了跟你相似的话，他说我这样的美人，就该活捉以供军中玩乐。

“他像条狗一样趴在我面前时，我便问他：‘皇子殿下，现在，还觉得我美吗？’”

楚明允缓步款款向宇文隼走近，他进一步，宇文隼便退一步，终至背抵上廊柱退无可退。楚明允在他跟前站定，微微俯身逼视进他眼里，忽然露出一个摄人心魄的笑来：“皇子殿下，现在，还觉得我美吗？”

宇文隼张了张口，还来不及发出声音就被一把掐住了脖子。

楚明允的笑意悉数敛去，眉目如刀刃般凌厉：“真不愧是年轻气盛，连战场的血腥气都不曾闻过，就敢在我面前耀武扬威。”

“你敢……”宇文隼抓上他的手，嘶声道，“放开！”

楚明允倾身，低声道：“我大可直白告诉你，割地盟约一事谈无可谈。如果他们所有人都答应了，那我就杀了你。两国交战又如何，你觉得我会怕吗？”

宇文隼抓着他的手指拼命要掰开，那只手却如铁铸一般分毫不松，窒息感没顶涌上，仅剩下赤红的双目还死死地瞪着他。

“不过，”楚明允忽然松开手，退开一步，“我倒是不觉得匈奴的王会愚蠢到为了一个不受宠的儿子而跟大夏开战。”

他似笑非笑地瞥了眼捂着喉咙咳嗽的宇文隼：“你觉得呢？”

宇文隼费力地平复着呼吸，一言不发，眼神彻底黯下。

窗棂扑落声响，黑羽鸟落上药庐窗沿，仰头鸣叫几声。

秦昭回头看去一眼，将茶盏放在杜越面前，走过去取下密函。

杜越搁下手中药单，跟着跨过晾在地上的药材，凑头过去问道：“写的什么啊？”

“师哥吩咐说要探查一下那些留在朝中的臣子对与匈奴割地结盟

的态度。”秦昭将信纸折好收起。

“这还用问？”杜越果断道，“肯定不能让出去啊！”

秦昭看着他，点了点头：“师哥也是这个意思。”

杜越愣了愣，随即猜出了楚明允信中原意。他讪讪收回了视线，俯身将药材收整回匣子里，秦昭便默不作声地继续帮忙，一双骨节分明的手长年持刀握剑，却能极为熟练地将草药分门归类。

杜越忍了又忍，末了还是忍不住开口道：“哎，秦昭，你觉得……楚明允究竟算什么样的人啊？”

秦昭动作未顿，想了想，反问道：“你觉得呢？”

“我觉得……我……”杜越挠了挠头，“我跟姓楚的好歹有多年的交情，原先我觉得自己知道，可是现在又感觉不知道了。”

“怎么说？”秦昭问道。

“就是……”杜越重重叹了口气，拉过凳子坐下，将先前楚明允扔了玉佩的事咬牙切齿地讲给秦昭听，“别的不说，我表哥可是好心好意送那么好的玉，他就那么扔了啊！当年在苍梧山时我只觉得他这人性格实在是找抽，可几年不见，看他现在这么狠绝的样子，我真的不明白他在想什么了。”

“师哥没变，一直这样。”秦昭道。

“你确定？”杜越一脸怀疑。

“当年山上除了两位师父，就只有我们三个，师哥对我们没有戒心，你当然发现不了。”秦昭也坐下，道，“下山以来，无论何人送的东西，只要是不明用意的，师哥都会毫不犹豫地毁掉，也的确因此避开了许多祸端。”

“这样啊。”杜越闷闷地应了一声，静了半晌，又拧着眉低声道，“楚明允他……到底是什么来历啊？”

秦昭摇了摇头。

“不会吧？”杜越惊诧，“连你也不知道？！”

“师哥从不曾跟任何人提起。”秦昭道，“而且最早待在苍梧山上的不是你？”

“是啊。那时候百里师父一开始明明说了是不收徒的，可是我从家里探亲回来后就发现多了个楚明允，我问师父怎么回事儿，师父只说他是百里师父故人的孩子。”杜越忽然拍案而起，“对了，刚见姓楚的时我问他了，但你知道他怎么跟我扯的吗？”

“什么？”

“他说他其实是孤魂野鬼，因为有执念才没死干净，苍梧山上灵气足，他修行完就要去吃人了！”杜越激愤不已。

秦昭看着他：“你信了？”

“信了啊。”杜越理所当然道。

秦昭默默别开了视线。

杜越继续道：“我还问他以前吃过人吗，他说吃过啊。就因为这个我一直有点怕他，到现在都改不过来了！”

秦昭：“……”

“这也不能怪我信了啊！”杜越急忙补充道，“秦昭你又不是不知道，起初姓楚的整天冷着脸不爱搭理人的样子，我问他这些的时候他就坐在那个石潭边上，周围全都是白雾，然后他忽然冲我笑了，第一次啊，你是不知道他当时那个眼神，吓死我了！”

秦昭叹了口气，放缓了声音道：“我明白你的意思。”

时至今日回想起仍是心有余悸，杜越拍了拍胸口坐下，便听秦昭慢慢开口：“师父显然知道师哥的事情，但是也绝口不提。不过师父在师哥辞别当晚喝了许多酒，醉后模糊地说了几句。”

“百里师父说什么了？”杜越追问道。

秦昭皱紧了眉：“那天夜里我去收拾酒具，师父忽然叹气说师哥选的这条路实在太苦，我问为什么，师父只告诉我……”

他对上杜越期待的眼神，又垂下眼，犹豫着道：“他想要以一己之力改变整个天下，若不能成大业，则必然死无葬身之地。”

楚明允停下脚步，抬眸凝望那一屋灯火透出了窗，薄薄地晕染上院落里的那株花树，残花沾湿，光影明灭。

他走上石阶，正欲抬手，门却自内打开了，猝不及防地对上苏世誉的视线，楚明允未及回神：“你怎么知道我在？”

苏世誉淡淡一笑：“听到楚大人的脚步声了。”

他侧身让楚明允进屋：“只是不知楚大人有何事？”

“有件事要问。”楚明允坐下，往书案上随意扫去一眼，“你在做什么？”

“方才陆尚书将前些时日的刑部奏表拿来给我了，刚看了几页。”苏世誉倒了杯茶，“楚大人想问什么？”

“有没有什么人经常盯着你的脸看？”楚明允想了想，又补充道，“除了我。”

苏世誉闻言不禁笑了声，又见他并无玩笑之意，仔细想了想，坦诚道：“除了楚大人，倒是没留意到别人如此。”

“那苏大人在淮南时，应该有些侍者时常陪在身旁？”

苏世誉颔首：“我对淮南并不熟悉，自然会有侍者在旁指引。”

楚明允了然，意味不明地笑了声，随手拿过了茶盏。

“楚大人问这个是何意？”苏世誉不解道。

“没什么，”楚明允喝下口茶，又开口，“推恩令的事苏大人准备得如何了？”

“条令内容我早已拟定好，也呈与陛下过目了，”苏世誉道，“只是想要顺利施行，除了淮南王的叛乱罪状，还需一位诸侯王牵头才可。”

“看来苏大人已经找到合适人选了。”楚明允看着他。

苏世誉笑了笑：“已经传信给了西陵王，大约待我们返回长安后不久他就能抵达。”

“西陵王？”指尖漫不经心地点在青花瓷杯上，楚明允沉吟，“西陵王同其他藩王都有些交情，算得上是有几分声望，又是如今最安稳的一个，你倒是选得不错。”

“既然楚大人也这样说了，看来是不会差的。”苏世誉笑道，他看着楚明允似是没了下文，微有困惑地开口道，“楚大人没有别的要问的吗？”

“问什么？”楚明允挑了眉梢，笑吟吟道，“问你肯不肯信我诚心以待，你不是不应我吗？”

“我并非指这个。”苏世誉敛眸，淡声笑道，“关于匈奴想要割地结盟的事，楚大人没有什么想要问我的吗？”

楚明允单手撑着下颌，笑意盈盈地看他：“没有啊。”

苏世誉道：“依先前魏尚书所言，楚大人当时态度强硬得非同一般。”

楚明允随意地笑了声：“向来武主战，文主和，有什么稀奇的。”

苏世誉看着他：“可我也是文臣。”

“你不一样。”

“如何不一样？”

楚明允笑道：“你主和吗？”

苏世誉一时没接上话。

楚明允瞧着他，忽然想起什么，起身上前了一步。

苏世誉下意识退开一步：“怎么了？”

“躲个什么，我又不会吃了你。”楚明允说着，抬手招了招，示意他附耳过来。

苏世誉不明所以，左右看了看，道：“我此处无人窥听，楚大人不妨直言。”

楚明允露出一点不满神色，却不说话，仍勾了勾手指，示意他附耳来听。

苏世誉轻皱了眉，猜不出究竟何事需要如此隐秘，便凑近上前，凝神倾听。

楚明允借这距离，将他面容仔细地纳入了眼底，温其如玉，低眉敛目间尽是遮掩不去的风华，尘埃不染，最是清雅，这才是名动天下的御史大夫，唯一入得他眼的人。

苏世誉耐心等了半晌，没等到什么隐秘机要，耳畔只听到一阵忍不住的笑声。

苏世誉看向他："这便是楚大人要说的？"

楚明允笑得止不住，闻言还敢厚颜无耻地点头："嗯。"

苏世誉十分无奈，又禁不住跟着笑了："好了，别闹了。"

"只是忽然想试试看，若是本人，会是什么样子。"

他话音未落，外面的脚步声与急促的拍门声骤然响起，苏世誉转头望去，楚明允正好的心情突然被打搅，顿时不快至极，冲着门外斥道："大半夜吵什么，不想活了？"

话语中的怒意吓得门外的人一愣，又惶急道："大……大人，魏尚书那边出了大事，陛下急召您去大殿！"

猎宫大殿之上，诸臣列位两侧，户部尚书魏松独自跪在殿中。

李延贞扫视一周，目光最终落在魏松身上，缓慢地开了口："方才有人向朕禀告，说是魏爱卿通敌叛国……"

他话音未落，魏松佝偻的身形猛地一颤，张口呼道："陛下，老臣冤枉啊！"

臣子中有人暗暗倒抽了口冷气，议论声悄然潮起，投去的目光顿时各异。

李延贞抬了抬手，殿中随之静下几分，他继续道："为何忽然来此一说？"

侍卫长应声出列跪下，回首看去一眼，便有两名侍卫押着个男人上殿，他问魏松道：“敢问这可是魏尚书府中的人？”

魏松侧头看了眼那战战兢兢跪着的人，应道：“不错，是我侍从。”

侍卫长收回视线，对上位俯下身去，双手过顶地奉上一封信，恭敬道：“回禀陛下，臣等夜巡猎宫内外，见到匈奴使臣住处附近有人行为鬼祟，上前查看后发现此人。臣见他答话支吾，神情惊慌地在藏着什么东西，便将这封信夺下了。”

“臣不敢污蔑朝廷重臣，为何是通敌叛国之罪，”他话音一顿，沉声道，“陛下看了信中内容便知。”

宦官自觉下来拿过信，拆开递给了李延贞。粗略扫视后，李延贞皱了皱眉，一时没有说话，又细细地看了下去。

侍卫长直起身，道：“魏尚书在信中称可助匈奴九皇子结下盟约，得到那五座城池，以此表明心意。信中多有亲近匈奴之词，甚至直言愿为匈奴效力……”

“一派胡言！”魏松不可抑制地提声打断了他的话，浑身颤抖。

众人中早有了骚动，私语窃窃。

楚明允没什么表情地瞧着魏松，苏世誉微微皱了眉，他们看得清楚，魏松脸色随着侍卫长的话一寸寸苍白了下去，如今已是面无人色。

碎语声中忽然有人长叹了口气。“原来是这样，”工部尚书岳宇轩直直地看向魏松，恍然大悟般，“当初魏大人与楚大人争执不休，执意要割地结盟，所述缘由条条在情在理，我以为魏大人身为户部尚书，果然关怀民生，心中还敬佩不已，欲倾力支持。没想到……”

他缓缓地摇了摇头：“竟然只是为了给匈奴献礼。”

“当日之话字字都出于肺腑！”魏松道，“匈奴与我大夏世代血仇，纵然可以暂时搁下互通来往，可我怎么会通敌卖国，向匈奴奴颜婢膝！”

岳宇轩转过头顾自叹息，不再答话。

“魏大人，信上如此写的，我句句属实。”侍卫长又道，“何况魏大人的送信之人不正是在匈奴住处被捉拿的？”

侍卫触及侍卫长的目光，按在那随从肩上的手稍松了力。

随从抬起头又慌忙低下，道：“是，今晚大人交代我送信过去，还嘱咐说内容紧要，非得亲手交给匈奴皇子才行，我不敢耽误，可过去了才发现匈奴皇子不在房中，就站在外面等了。小的只是奉命行事……真的、真的什么都不知道啊！”

侍卫长看向魏松：“魏大人还有什么要说的吗？”

“派遣他连夜送信的人是我不错。”魏松闭了闭眼，转头望向苏世誉，“可信中内容，我并不知晓。”

苏世誉不解地对上他的目光，侍卫长也困惑地看去一眼，问道：“信既然是魏大人派人送的，魏大人怎么会不知道其中内容？”

“苏大人！”魏松枯瘦的手猛地攥紧了殿上绣毯，青筋毕现，“事到如今，您还不打算开口吗？！”

楚明允蹙眉，见苏世誉同样错愕了一瞬，问道：“魏大人所言何意？”

“今夜前来托我代为送信的人难道不是大人您吗？”魏松声音喑哑，“是您说有要事托我转达，是您要我今夜务必送到，是您……让我秘而不宣啊！”

众人心中皆是骇然，殿中一时寂静，他余音嘶哑，空落落地砸在偌大的殿中。

楚明允微愣，这瞬息间陡然忆起院落外匆忙的脚步声，被拦住的白衫身影，昏暗灯影下转过来的苏世誉的脸，笑意中避开他视线的那双眼，以及……面具下那张全然陌生的脸。

他眸光浮沉，晦暗不明。

苏世誉皱紧了眉，语气却平淡无波：“可我并未托魏大人送过信。”

“苏大人是果真不肯认了吗？”魏松盯着苏世誉道。

苏世誉未及开口，一旁刑部尚书陆仕实在忍不住想缓和这剑拔弩张的气氛，笑道："魏大人，你先别急，既然你说今夜见过苏大人，不如好好想想是什么时辰，兴许是记错了？"

"戌时三刻。"

陆仕闻言脸色变得难看至极，迟疑道："魏大人，可确定是戌时？"

"绝不会错。"魏松斩钉截铁道。

陆仕脸上笑意僵住，渐渐淡下，他犹豫良久，低声道："苏大人戌时正在房中，我亲自送去了刑部奏表。"

魏松猛地抬头看去，不能置信。

陆仕对上他的视线，痛心不已。

"陆仕？"魏松声线颤抖，"你我知交多年，你也不肯信我了？"

"我当然信你，"陆仕咬牙道，"可无论是我随行属官，还是添茶宫娥，都是亲眼看到苏大人一步也没离开过的。"

魏松险些跪立不稳，颤巍巍地勉强撑住身形："苏大人……苏大人……"

"够了。"李延贞忍无可忍地出声，叹了口气，"朕信苏爱卿绝不会有谋反之意，谁都不必多言。"

楚明允意味深长地瞥了李延贞一眼。

殿中魏松缓缓地抬起头来，动作艰难得似用尽了满身力气，苍老的脸上转眼间就眼泪纵横："陛下信苏大人，就不肯信一信老臣吗？"

李延贞面有难色，没有答话。

"三十七年啊！"魏松凄声道，"自老臣入仕以来，三十七年间辅佐过三代帝王，不敢负君，不敢忘民！十三年前匈奴战乱，饥荒肆虐，老臣为备齐军粮不惜卖尽家产；陛下登基后几年天灾不断，老臣也是呕心沥血苦苦支撑。早前艰险都不曾有过一丝退意，老臣又何必在如今叛国啊陛下！"

殿中无声。

偏僻处兵部侍郎许寅压低了声音，对着身旁人道："你看如今这个局势，像是苏党要内斗了？”

楚党众人大多是冷眼旁观，他身旁人冷声笑了笑，并不直言。

沉默半晌，李延贞将手中信函翻过，正对着满殿重臣：“爱卿所言，朕明白。只是这信上……确实是爱卿的字迹。”

这句话讲得极淡，如一声轻叹，落地无声，在魏松耳中却如一声惊雷，劈开头颅，留得脑中一片空白。

良久，魏松忽然膝行上前，直至陛下，他缓缓抬头直视李延贞，不由泪流满面，语气却平静下来：“事已至此，老臣百口莫辩。只是这通敌叛国之罪，臣万不会认。

“臣魏松出仕至今，三十七年，由始至终，未曾有一刻徇私，更未曾有一刻违逆——还望陛下明鉴！”

魏松猛然俯身叩头下去，满布皱纹的额头直磕撞上玉阶。

一声闷响，凌乱白发之下，殷红色的血缓缓漫延开去。

李延贞愣住，有什么话被死死卡在喉中，吞吐不得。

楚明允别开了眼，不经意扫见陆仕大睁着一双眼，浑身颤抖。

苏世誉敛眸无言，忽而就想起先前楚明允那句莫名的询问。

——有没有什么人经常盯着你的脸看？

隐在袖中的手不觉微微收紧。

禁军统领诚惶诚恐地随着楚明允进入了屋中。

这位大人向来是喜怒无常得厉害，此刻神情漠然，看得统领越发胆战心惊。

楚明允回身径自坐下，统领跟上一步，脚下却踩上什么绵软东西。他低头看去，随即猛地退后两步，看了眼靠在椅上的楚明允，又看向地上的尸体，愣怔着无法回神。

“魏松死了。”楚明允忽然开口，听不出半点情绪。

“属下听说了。”统领应道，“大人，这尸体是……”

楚明允漫不经心地扫去一眼，素白手指轻点上扶手：“你仔细瞧瞧他靴底。”

统领依言蹲下身，低头去看，沿边有带湿的泥尘混粘了几瓣白花。“这是……”统领仔细辨别，“荼蘼花？”

“眼神倒是不错。”楚明允轻笑了声，“我在院外拦下这人时他顶的是苏世誉的脸，虽然那面具已经被我烧了，但你看这装束总也能认出来的吧？”

统领连声应是，冷汗满额。岂用刻意去认，方才那惊慌一眼中他几乎就以为是那位御史大人遇害了。

“那你该知道魏松究竟是受谁之托传信了，”楚明允慢声道，“也该猜得到他是从哪里踩了这荼蘼花的。”

唯有南麓，才荼蘼满林。

统领惶然跪下：“大人……”

“是我给你的布防图上没写清楚，才放了人从南麓进了猎宫来？”

“不，当然不是，”统领惶急中爬上前，“是属下，是属下偷懒，没有按您吩咐更改守卫，都是属下的错，属下原以为多年来都……”

“执令不行，守卫失职。”楚明允打断他，“这户部尚书的死，你可脱得了干系？”

“求大人饶命！是属下失职，属下知错！”统领不管不顾地抱住了楚明允的腿，脸色惨白，“属下愿为大人赴汤蹈火，誓死效忠，禁军就是大人您的囊中之物！求大人高抬贵手，千万不要告知陛下！”

楚明允蹙紧了眉：“放手。”

统领忙松开手，连连叩拜：“求大人饶命！魏尚书官高位重，一旦陛下知道，属下必定是没活路的……”

“行了，”楚明允不耐烦道，“我若打算要你性命，你还能在这里？”

统领顿时了然，暗自松了口气。

“谢大人。”他恭顺无比地俯下身去，以额头抵着楚明允鞋尖，“大人活命之恩，属下没齿难忘。”

“哦？”楚明允偏头瞧他，尾音带笑。

“大人放心，此后无论是我还是禁军，都在大人您的掌控之下。”

图书在版编目（CIP）数据

君有疾否 / 如似我闻著 . —广州 : 广东旅游出版社 , 2023.7（2025.5 重印）
ISBN 978-7-5570-3044-5

Ⅰ . ①君… Ⅱ . ①如… Ⅲ . ①长篇小说－中国－当代 Ⅳ . ① I247.5

中国国家版本馆 CIP 数据核字 (2023) 第 084770 号

君有疾否

JUN YOU JI FOU

出 版 人：刘志松
责任编辑：陈　吉
责任技编：冼志良
责任校对：李瑞苑

广东旅游出版社出版发行
地址：广州市荔湾区沙面北街71号首、二层
邮编：510130
电话：020-87347732（总编室）　020-87348887（销售热线）
投稿邮箱：2026542779@qq.com
印刷：河北鹏润印刷有限公司
（地址：河北省沧州市肃宁县工业聚集区）
开本：880毫米 × 1230毫米　1/32
字数：227千
印张：8.75
版次：2023年7月第1版
印次：2025年5月第14次印刷
定价：49.80 元

如发现图书质量问题，可联系调换。质量投诉电话：010-82069336